Ulrike Dömkes

Roter Riesling

KBV

Originalausgabe

www.kbv-verlag.de
E-Mail: info@kbv-verlag.de
Telefon: 0 65 93 - 998 96-0
Fax: 0 65 93 - 998 96-20
Umschlaggestaltung: Ralf Kramp
unter Verwendung von: © diadis – www.fotolia.de
Redaktion: Volker Maria Neumann, Köln
Druck: CPI books, Ebner & Spiegel GmbH, Ulm
Printed in Germany
ISBN 978-3-95441-253-2

Für Sonny, Miff und Paula,
ohne die die Mosel nur halb so schön wär.

Vorwort

Die Rebsorte »Roter Riesling«

Er wird als Urform des Rieslings angesehen, der rote Riesling, aus dem die weiße Variante durch Mutation entstanden ist. Vom Mittelalter bis ins 19. Jahrhundert wurde er angebaut, doch danach verdrängte ihn der ertragreichere weiße Riesling erfolgreich aus den Weinbergen. Aber er überlebte unbemerkt und still bei Rebenzüchtern und Weinbauversuchsanstalten. So arbeitet die Rebenzüchtung der Hochschule Geisenheim seit 1991 mit dieser Sorte und entdeckte Erstaunliches. Er ist weniger anfällig für Fäulnis, und in der Praxis zeigt sich die Rebsorte widerstandsfähiger.

Während der weiße zu viel Wärme übel nimmt und Gefahr läuft, sein typisches Aroma zu verlieren, stellten die Rheingauer Weinbaubetriebe, die ihn angebaut haben, fest, dass er toleranter gegenüber der Klimaerwärmung ist.

Für den Winzer, der sich *dem* Weinklassiker der mitteldeutschen Regionen verpflichtet fühlt, kann der rote Bruder eine Beruhigung sein, denn mit ihm lässt sich das speziellen Säure-Süßespiel dieser Sorte erhalten, auch wenn die Temperaturen steigen.

Die Vermehrung erfolgt bis heute auf vegetativem Wege, d. h. durch Stecklinge, sodass man mit Recht von einer historischen Sorte sprechen kann, die in dieser Form schon vor Hunderten von Jahren angebaut wurde. Alleine das macht den roten Riesling zu einem Geschmackserbe, das bewahrt werden muss.

Leider geben die hellroten Trauben ihre Farbe nur ungern preis. Der Wein zeigt sich in kräftigem Gelb, der Winzer kann ihm aber durch bestimmte Kellertechniken eine dunkel- bis rotgoldene Färbung, ähnlich einer betagten Auslese, entlocken. Im Geschmack gleicht er der weißen Sorte, voller sommerlicher Fruchtaromen, aber fülliger und konzentrierter.

Im Rheingau wird er seit 2004 wieder angebaut, und aus Rheinland-Pfalz zeigen über hundert Betriebe Interesse. Noch ist der Anbau in diesem Bundesland nicht erlaubt, der Antrag auf Klassifizierung aber schon gestellt. In ca. zwei Jahren ist mit der Genehmigung zu rechnen, sodass auch im traditionsreichen Gebiet der Mosel die alte Sorte angebaut und gekeltert werden darf.

Im vorliegenden Roman habe ich der Zeit etwas vorgegriffen. Die Wingerte an der Mosel sind schon bepflanzt, und der erste Wein wird eingefahren. Ich bin allerdings fest überzeugt, dass die Zukunft diese Geschichte bald eingeholt hat.

Juni 2015, Mesenich

Nachkommen von Carlo Boffa

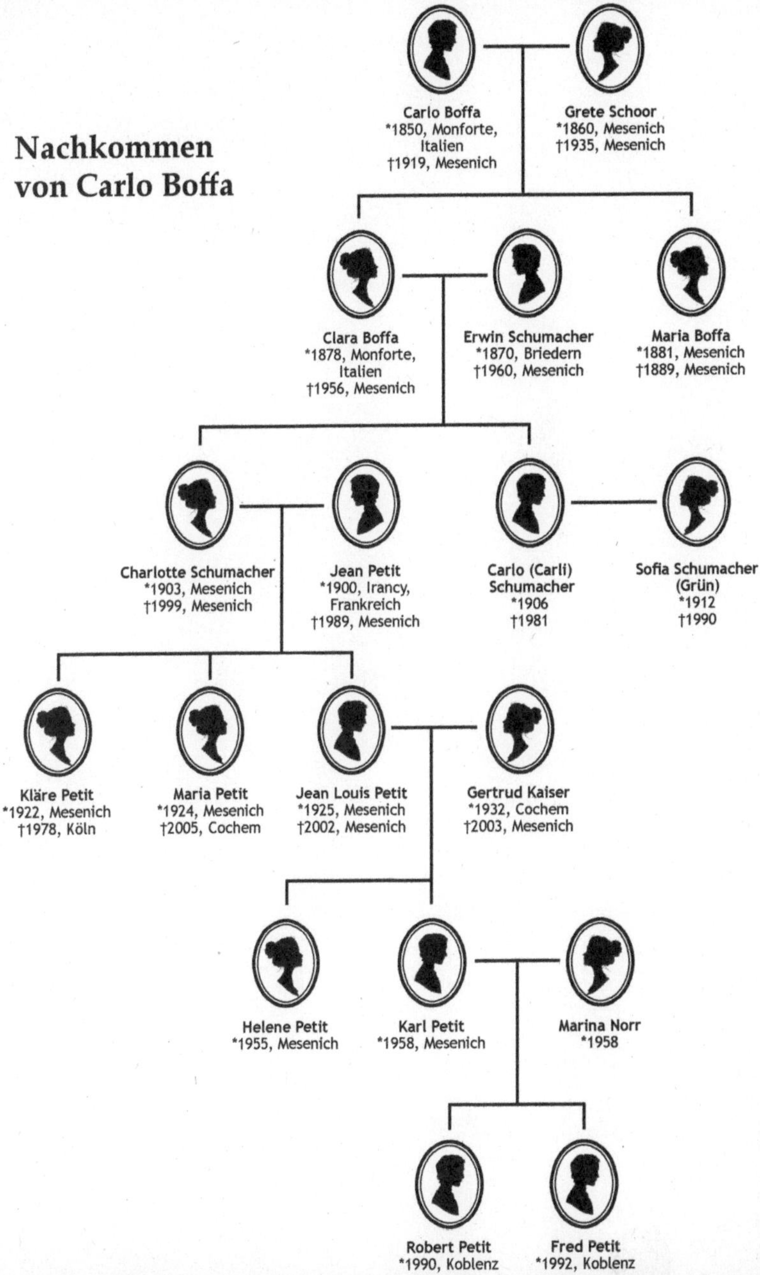

1. Kapitel

1877, Anfang Juni

Die Luft war voller Staub.

Er zog seine Jacke fester um sich und hielt den Kragen zu. Zwang sich, ruhig zu atmen. Was unmöglich war, weil es sofort Hustenreiz auslöste. Er zog ein Taschentuch aus der Hose und hielt es vor seine Nase. Atmete flach, bis sich die Schmutzwolke etwas gelegt hatte. Stille und Dunkelheit drangen in sein Bewusstsein. Sofort stieg die Panik an.

Langsam, dachte er, langsam. Eins, zwei, drei, Luft holen, eins, zwei, drei, ausatmen. So, jetzt denk nach. Was hast du?

Er fuhr mit den Händen in die Hosentaschen. Ein Taschenmesser, eine Tüte Nägel, ein Stück dünnes Seil, vielleicht ein Meter, ein Klumpen Kautabak in einer Blechdose und das Taschentuch.

Der Fels war abgerutscht, als er in die hintere Höhle wollte. Nachsehen, was der Vorarbeiter hier immer zu suchen hatte. *Neugier ist der Katze Tod.*

Die ganze Woche über hatte er beobachtet, wie Alois Zimmer in die Höhle schlich. Spät in der Nacht, wenn er dachte, dass alle schliefen. Er bewegte sich verstohlen, zündete die Kerze erst im Keller an. Carlo war ihm einmal gefolgt, kam aber nicht nahe genug heran, um zu sehen, was Alois trieb. Er hatte nur leises Strohrascheln gehört.

Alois hatte klargemacht, dass keiner der Arbeiter in der letzten Höhle etwas zu suchen hatte. Er war Sprengmeister, lagerte hier die Sprengstoffe, und die gingen nur ihn etwas an. Er konnte unangenehm werden, wenn seine Männer nicht spurten. Oder wenn ihm danach war.

Der Blick seiner hellgrauen Augen hatte etwas Verwaschenes, er schien sein Gegenüber nicht fixieren zu können und war deshalb umso beunruhigender. Dauernd schnippte er die Fingernägel aneinander, zusammen mit dem unsteten Blick ein nervtötendes Verhalten, das die Männer reizbar und unsicher machte. Beim Heer war er Obergefreiter gewesen, das kam durch.

Er allein hatte Zugang zum Lager. Er ließ keinen in die Nähe seines Arbeitsmaterials. Zu gefährlich, womit er recht hatte, aber auch eine gute Möglichkeit, Anderes, Illegales zu verstecken. Was sonst hätte er Nacht für Nacht dort tun sollen? Dynamitstangen zählen?

Carlos Neugierde hatte ihm keine Ruhe gelassen, er musste wissen, was hier versteckt war. Heute war die Gelegenheit gekommen. Ein Stützbalken in dem schmalen Gang zum Felsenkeller war gebrochen und musste verstärkt werden. Er hatte sich freiwillig gemeldet. Alois hatte ihn angeblafft, sich nicht unnötig aufzuhalten. Carlo sägte Bohlen zurecht und legte sie neben den Balken, dann holte er Nägel und den Hammer. Zwei Bohlen waren angenagelt, als die Wand wegbrach. Der Gang wurde zugeschüttet, die ganze Luft mit modrigem Geruch durchsetzt. Aber er hatte Glück gehabt, die Steine hatten ihn nicht getroffen. Und er hielt den Hammer noch in der Hand. Sein kostbarster Besitz.

Die Kerze war erloschen. Wenn er sie wiederfand, konnte er sie anzünden und sich die Bescherung ansehen.

Manchmal ist es besser, wenn man sofort tot ist. Denk das nicht! Carlo, hör auf, such die Kerze, du hast Streichhölzer. Doch, die hast du. In der Jacke, linke Tasche, da sind sie immer. Ja. Deine Kameraden werden dich suchen. Hat ja genug Krach gemacht.

Carlo hielt die Luft an, als er das Streichholz anriss. Aber er war zu fahrig und ließ es fallen. Beim zweiten konzentrierte er sich. Er schützte die Flamme mit der Hand, bis sie ruhig brannte. Doch sie war wieder aus, bevor er die Kerze entdeckte. Er hockte sich auf den Boden und tastet umher. Er musste Streichhölzer sparen, suchte systematisch den Boden ab. Nichts. Ein paar Steine rollte er zur Seite, griff dahinter in die Dunkelheit. Ein seltsames Gefühl überkam ihn, als seine Hände so nackt im Ungewissen tappten. Als Kind hätte er gedacht, dass jetzt jemand oder etwas zubeißt.

Große, spitze Zähne, und du bist ganz allein.

Da, die Kerze! Er stöhnte vor Erleichterung, wartete bis er ruhiger war, redete sich gut zu.

Jetzt machst du sie vorsichtig an, pass auf!

Er tropfte etwas Wachs auf einen flachen Stein und stellte den Kerzenhalter in sicherer Entfernung ab. Im Kerzenschein sah er, wie knapp er den Steinen entgangen war. Verdammt viel, was da runtergekommen war. Vom Durchgang war nichts mehr zu sehen, er konnte nur hoffen, dass der Einbruch nicht den ganzes Tunnel verstopfte.

Das wären dann acht, neun Meter. Unsinn, so viel lockeres Gestein war da nie.

Er horchte auf Stimmen von der anderen Seite. Es blieb still. Er begann, die Steine wegzuräumen. Ab und zu gab er mit dem Hammer Klopfzeichen, hörte aber keine Antwort. Sie mussten doch da drüben sein! Er warf die Steine hinter sich, doch immer neue rollten nach. Erschöpft hockte er sich auf den Boden. Er war bestimmt schon eine Stunde hier eingeschlossen. Zeit war relativ, wenn man keine Anhaltspunkte hatte.

Vielleicht bin ich erst zehn Minuten hier drin.

Wo blieben die anderen? Als er mit der Reparatur angefangen hatte, waren sie gerade von der Arbeit gekommen. Sicher saßen sie draußen, es war Hochsommer, eine brütende Hitze, da lud die Mosel zum Baden ein. Wer den ganzen Tag im Stollen arbeitete, war dankbar für jede Stunde Tageslicht. Sie waren an die dreißig Männer. Die meisten aus Italien, ein paar aus Bayern. Der Kaiser-Wilhelm-Tunnel, der seit drei Jahren im Bau war, war von zwei Seiten aus dem Berg gehöhlt worden. Von Cochem und von Eller aus bohrten und sprengten die Männer. Carlo gehörte zur Eller-Truppe, die in einer früheren Brauerei, gegenüber der Ortschaft Mesenich untergebracht war. Die Bierbrauerei, 1850 erbaut, war nur einige Jahre betrieben worden. Gleich in der Anfangszeit ertranken die drei Kinder der englischen Besitzer in der Mosel. Ein Schicksalsschlag, der in den Ruin führte. In den Lagerräumen der Brauerei, die direkt in den Fels gehauen und vom Haus aus zu begehen waren, befand sich Carlo jetzt.

Vielleicht hatten sie gar nichts gehört. Carlo sagte sich, dass er nur etwas Geduld brauchte. Er beschloss, den hinteren Raum zu inspizieren. Das wollte er sowieso, und jetzt würde es ihn ablenken.

Er setzte vorsichtig einen Fuß vor den anderen, darauf bedacht, nicht über die herumliegenden Steine zu stolpern. Vor dem Eingang hing ein Stück Sacktuch. Er klappte es zur Seite und hielt die Kerze in die Finsternis. Auf dem Boden lag Stroh verstreut, im Hintergrund standen Kisten. Er schob sich in den Raum, die Luft war hier besser, der Vorhang hatte einiges an Staub abgehalten. Allein das war Grund genug, sich hier aufzuhalten.

Carlo stand jetzt vor einer Kiste, die mit einer Zahlenreihe und ein paar Buchstaben beschriftet war. Die Kennzeichnung kam ihm bekannt vor. So sahen die preußischen Waffenkisten aus, die er beim Militär gesehen hatte. Damals, Ende der Sechzigerjahre, hatte Italien mit den Preußen gegen Österreich gekämpft und endlich das Veneto und Friaul in italienischen Besitz bringen können. Carlo stammte aus dem schon lange eigenständigen Piemont, er konnte sich keine Fremdherrschaft vorstellen und war stolz darauf gewesen, für die Freiheit seiner Regionen zu kämpfen. Durch die Machtverschiebungen im deutsch-französischen Krieg 1870/71 fiel dann auch endlich Rom, der Rest des verhassten Kirchenstaates, an das jetzt vereinte Italien. Carlo hatte, so wie Tausende Italiener, an eine leuchtende Zukunft geglaubt. Aber die Jahre waren vergangen, ohne dass die erhofften Besserungen eingetreten waren. Die einfachen Menschen blieben arm wie zuvor. Die Mächtigen prassten wie eh und je. Die Kirche huldigte der Bigotterie wie einem Sakrament.

Carlo war enttäuscht gewesen und schloss sich einem Zug Wanderarbeiter an, die nach Preußen gingen, um sich bei Tunnelbauten zu verdingen. Die Italiener hatten Erfahrung auf diesem Gebiet und wurden gerne genommen.

Und jetzt saß er hier in einem preußischen Felskeller an der Mosel und sah auf die alten Waffenkisten. Er gestattete seiner Erinnerung einen kleinen Ausflug, der durchzogen war von Pulverdampf, dem Geruch nach schimmeligem Brot und Schlimmerem.

Vielleicht lagerte Alois das explosive Material in diesen Kisten.

Carlos Respekt vor dem Teufelszeug war groß – erst in der Vorwoche hatte es zwei Jungs erwischt, die nicht schnell genug in Deckung waren. Einer war sofort tot, doch der andere lebte lange genug, bis der Schock nachließ. An den Rest mochte er nicht denken, an die Schreie, den Beinstumpf … Er war weggelaufen, feige. Hatte die Bergung den anderen überlassen, er schämte sich und schob die Gedanken beiseite. Er hätte doch nicht helfen können, und jetzt hatte er ganz andere Probleme. Es war kühl und trocken hier im Berg, er zitterte. Trotzdem lief Schweiß über seinen Nacken, er fühlte ihn kitzelnd unter dem Kragen.

Nur ein schmaler Haken sicherte den Deckel. Er schob ihn beiseite, hob ihn an und lehnte ihn nach hinten. Er sah auf Holzwolle, die er vorsichtig beiseiteschob. Dynamitstangen, aber ohne Zündschnüre. Er öffnete noch fünf weitere Kisten – immer das Gleiche. Er war enttäuscht. Er wusste nicht, auf was er gehofft hatte, jedenfalls nicht nur auf Sprengstoff.

Die Anspannung hatte ihn von seiner Situation abgelenkt, jetzt fiel sie in ihrer ganzen bleiernen Schwere auf sein Gemüt. Er war plötzlich wie ausgelaugt, völlig kraftlos, sein Puls brauste in den Schläfen, seine Panik war größer, als direkt nach dem Unglück. Eine Hoffnungslosigkeit ergriff ihn, die mit kalten Krallen sein Herz zerquetschte. Wie Wasser aus einem Schwamm troff sein Lebenswille aus ihm, sammelte sich auf dem kalten Boden und wurde von der Dunkelheit aufgesogen.

Dio mio, sie müssen mich finden. Oder mach, dass ich sofort sterbe. *Dio mio.*

Er sackte schluchzend zusammen.

2. Kapitel

2012, Mitte Juli

Die Glocke schallte durch das ganze Haus. Sie riss Boris de Beers aus einem Albtraum, in dem er, herbeizitiert von Gott persönlich, die Messweine jeder einzelnen Kirche Irlands verkosten musste. Die irischen Priester hatten ein Faible für Bier, null Ahnung von Wein – und entsprechend schmeckten die Proben. Womit er diese Strafe verdient hatte, verpasste er, die Glocke kam dazwischen. Dass sie im Kirchturm hing, empfand Boris als besonders perfide. Gott missgönnte ihm die Auflösung, das war ausgesprochen gemein. Boris nahm das übel.

Er rappelte sich vom Sofa auf und schlurfte in die Küche. Seine kurzen Haare standen in alle Richtungen, das Weiß darin wurde immer deutlicher, bemerkte er, als er im Vorbeigehen in einen Spiegel sah. Der Mittagsschlaf hatte sich bis fünf Uhr ausgedehnt. Er fühlte sich benommen und ließ das kalte Wasser laufen. Er spritzte es ins Gesicht, fuhr mit den nassen Händen über den Kopf und trank direkt aus dem Kran. Dann ging er zum Kühlschrank, holte eine angebrochene Flasche Riesling Hochgewächs heraus und goss einen Schluck in eine Teetasse, die umgedreht im Abtropfgitter gestanden hatte.

Er prostete Richtung Kirche: »Du hättest die Iren besser beraten sollen! Das kann ich auch nicht mehr geradebiegen!«

Boris sah aus dem Fenster auf den Fluss. Er war beruflich an der Mosel. Als freier Journalist arbeitete er für Wein- und Gourmetmagazine. Er schrieb sich in lockerer Folge durch die Weingebiete Europas. Das Hauptgewicht lag auf Interviews mit guten Winzern. Sie mussten nicht unbedingt bekannt sein, wichtiger waren ihm ihre Liebe zum Beruf und die Leidenschaft, mit der sie sich für ihn einsetzten. Die Persönlichkeiten hinter den Weinen interessierten ihn. Guten Wein machten viele, er suchte das Besondere, die neue Idee, den speziellen Zugang. Sein Respekt vor der harten Arbeit und dem Risiko, das sie eingingen, war hoch. Boris zog den Hut vor all den kleinen Betrieben, die mit Qualität dem Mainstream von ewig gleich schmeckenden Weinen trotzten.

Neben seiner anderen journalistischen Arbeit besuchte er pro Jahr ein Weinanbaugebiet Europas. Nach Piemont, Toscana und Nord-Burgund war es in diesem Jahr das mittlere Moseltal. Er hatte sich einen gewissen Ruf erworben und konnte sich seine Arbeitsgebiete aussuchen. Spätestens seit er eineinhalb Jahre zuvor mit einer frechen Kolumne herausgekommen war, kauften die Verlage alles, was er schrieb. *Mehr Schein als Wein* hatte ihn in Weinkreisen berühmt gemacht und ihm den Ruf eines Enfant terrible eingebracht, den er durchaus genoss. Türen öffneten sich, wo früher nicht einmal ein Mauseloch gewesen war, andere schlossen sich, denn Boris nahm kein Weinblatt vor den Mund.

Was ihm nicht gefiel, war, dass er nicht mehr so unbeobachtet leben konnte wie vorher. Natürlich war er nicht Brad Pitt, er konnte noch alleine am Strand liegen und fremde Mädchen küssen. Aber er fühlte sich nicht mehr so anonym, wie er einmal gewesen war. Die Eskapaden mit seinem Freund Claudio Manera fanden inzwischen den Weg zu seinen Kollegen, was nichts anderes hieß, als dass außer seinem Weinwissen auch seine »kriminelle« Laufbahn bekannt wurde. *Ispettore* Manera war beim Morddezernat in Cuneo, Piemont – und Boris besaß das Geschick, in dessen Fälle zu stolpern.

Doch die Mosel versprach einen ruhigen Aufenthalt. So wie der Fluss dahintrieb, nicht übermäßig schnell, aber doch mit einer steten Strömung, so sah er seinen Aufenthalt hier. Er wollte vier Wochen bleiben, in Ruhe die neuen Weine probieren und einige vielversprechende Restaurants aufsuchen. Vor allem aber wollte er die Winzer besuchen, die er zum Teil schon seit zwei Jahrzehnten kannte. Gewöhnlich wohnte er auf einem Weingut oder einem dazugehörenden Haus. Doch in diesem Jahr hatte er das Ferienhaus eines Pressefotografen gemietet, einen Riesenkasten direkt an der Mosel. Der Kollege hatte es geerbt und liebevoll restauriert. Sieben Schlafzimmer, eine gut ausgestattete

Küche mit Terrasse und Garten zum Wasser, komplett mit Bootssteg und Kahn.

Boris hoffte auf ein paar entspannte Tage beim Angeln, mit anschließendem Grillen der Beute am Ufer. Das Wetter war ideal, Mitte Juli, schön warm, aber nicht so heiß, dass man sich nicht rühren konnte. Gegenüber auf der anderen Seite lag eine Ruine, dort in Ufernähe sah er vielversprechende Stellen, denen er ein paar Zander oder Hechte entlocken würde.

Boris angelte seit vielen Jahren und war überzeugt, dass nicht Glück, sondern Können zum Erfolg führte. Dass seine Freunde sich immer vorsorglich nach der Adresse des nächsten Fischhändlers erkundigten, konnte ihn nicht bremsen.

Er gähnte, riss sich aus seinen Träumereien und ging duschen. Dann zog er eine Jeans und ein weißes Leinenhemd an und begann mit den Essensvorbereitungen. Nach dem ersten Olivenölspritzer griff er zur Schürze.

Gerade als er die Nudeln abschüttete, klopfte es an der offenen Terrassentür.

Karl Petit kam mit einem »Bissduda?« herein. Er hielt eine Flasche hoch. »Der Rote, im Mai abgefüllt. Jetzt hat er sich beruhigt.« Er sah sich suchend nach Gläsern um.

Boris zeigte hinter ihn und fragte: »Isst du mit?«

»Nee, ich muss gleich zu Hause essen, sonst krieg ich Ärger.« Karl zog einen Korkenzieher aus der Tasche und öffnete die Flasche.

»Der erste, oder?«

Karl nickte.

»Hast du schon probiert?« Boris sah ihn an.

»Vor dem Abfüllen, ja. Den machen wir jetzt zusammen auf, hatte zwei Monate Ruhe. Ist, glaub ich, ziemlich gut.« Er nahm Weingläser vom Regal und goss in jedes zwei Fingerbreit ein.

Der Wein floss in sattem Gold in die Gläser, deutlich kräftiger im Ton als ein weißer Riesling in Kabinettqualität.

Boris stellte sein Essen warm und setzte sich zu Karl an den Küchentisch. Er nahm das Glas hoch und hielt es ins Licht. Die Farbe war bemerkenswert. Sie changierte leicht wie das Seidenfutter eines Pelzmantels. Er ließ den Wein kreisen und tauchte seine Nase in das Glas.

Kurz bevor Boris probierte, zögerte er. Er war so gespannt, wie schon lange nicht mehr. Wann hatte man schon die Möglichkeit, den Wein einer fast unbekannten deutschen Traubensorte zu probieren? Er hatte einiges darüber gelesen, jetzt kam die Praxis.

Die Sorte war uralt, aber aus den verschiedensten Gründen in Vergessenheit geraten. In den letzten paar Jahren hatte es eine kleine Renaissance gegeben. Das Institut für Rebenzüchtung der Hochschule Geisenheim hatte geforscht, ein, zwei Winzer im Rheingau bauten ihn an, aber zu mehr war es bisher nicht gekommen.

Karl Petit, dessen Weingut über Mesenich hinaus bekannt und geschätzt war, hatte vier Jahre zuvor eine seiner besten Lagen mit der alten Sorte bepflanzt. Im Vorjahr hatte er die erste Lese eingefahren. Und jetzt war der erste Wein im Glas.

Karl sagte: »Los, jetzt!«

Sie nahmen noch eine Nase Aroma, dann einen Schluck und schmeckten konzentriert, geradezu andächtig das ganze Spektrum von in Alkohol gelöstem Sommer.

Boris nahm einen zweiten Schluck, der seine Eindrücke bestätigte. »Karl, Karl, das ist enorm! Das ist einer der besten Rieslinge, die ich kenne.« Er ließ erneut die Düfte durch seine Nase streichen. Im Ganzen war das Bouquet verhaltener als bei einem »normalen« Riesling Hochgewächs, wies aber doch die typischen Aromen auf. Pfirsich und Aprikose, Apfel und Rose und dann noch etwas anderes. Boris hielt die Nase tief in das Glas: »Du, ich rieche tatsächlich feine Pilze, nichts Starkes wie Steinpilze aber ein frischer Wiesenchampignon, ja, das kommt hin. Wenn ich es nicht wüsste, würde ich auf eine Cuvée von Grauburgunder und Riesling tippen, viel Riesling, wenig Grauer.«

»Eine Nase wie ein Bluthund!« Karl lachte. »Aber du hast recht. Das macht ihn spannend und anders. Und doch bleibt er ein klassischer Riesling, ist doch enorm.«

»Was ist mit der Farbe?« Boris hielt das Glas gegen das Licht.

»Ja, das ist schade. Ich hätte gerne etwas mehr Orange rausgekitzelt, aber das will er nicht. Ich hab alles Mögliche probiert und die Standzeit auf der Maische schon ausgedehnt, aber nix zu machen. Die Geisenheimer haben ihn sogar erhitzt, auch nur mit mäßigem Erfolg, den Geschmack lassen wir mal weg.«

Jetzt lachte Boris: »Von Geburt an Glühwein, der Knüller. Unser Glühwein wächst am Stock! Klasse!«

»Und danach gehst du am Stock!«

»Vorsicht – autochthone Glühweine!«

»Aber, ernsthaft, ist schon schade, dass er keine Farbe bekennen will.« Boris musste wieder lachen. »Das Zeug birgt ungeahnte Möglichkeiten!«

»Ich könnte eine gute Werbestrategie gebrauchen.« Karl runzelte die Stirn und goss nach.

»Zu welchem Preis verkaufst du ihn?«

»Zwölf bis fünfzehn Euro. Das muss er bringen.«

»Ist er wert, aber zu Anfang werden die Kunden zögern. Du brauchst schon etwas Zeit, um ihn einzuführen. Kannst du nicht knapp unter zehn bleiben? Erhöhen kannst du im nächsten Jahr.« Boris war überzeugt, dass die Kunden positiv auf etwas Neues reagieren würden. Er war nicht der Einzige, den die Neugier trieb. Und wenn das Produkt überzeugte, und das tat es, sah er keine Schwierigkeiten. Nur die Anfangshürde sollte nicht zu hoch sein.

»Sollte schneller gehen, sonst wird's knapp. Ich hab viel eingesetzt.« Karls Stimmung sank, er wurde stiller, dann gab er sich einen Ruck, trank erneut und grinste. »Wird schon klappen.«

Das Weingut Boffa war ein Synonym für Qualität. Es trug noch immer den Namen seines Gründers Carlo Boffa, Karls Ururgroßvater. Carlo Boffa war in den 1870er Jahren als Wanderarbeiter hierhergekommen und geblieben. Die Liebe hatte ihn gehalten, und wohl auch die Aussicht auf eine bessere Zukunft. Die Nachfahren Carlos waren in der Regel leidenschaftliche Winzer, die den guten Ruf des Hauses begründeten. Als Karl zusammen mit seiner Schwester Helene 2000 den Betrieb von ihren Eltern übernahm, hatten sie auf einem soliden Fundament das Gut in die Spitzenklasse geführt. Ihre Hochgewächse gewannen eine Auszeichnung nach der anderen und wurden ihnen trotz der hohen Preise aus der Hand gerissen.

Karl hatte in Geisenheim Önologie studiert und den Kontakt zu seiner Hochschule gehalten. Als dort Anfang der Neunzigerjahre im Institut für Rebenzüchtung mit dem »Roten Riesling« experimentiert wurde, hatte er die Entwicklung verfolgt. Er sah in dieser Sorte die Möglichkeit, das Vergnügen am Riesling zu erweitern, ohne ihn zu verfremden. Und das war ihm gelungen.

Nur zu welchem Preis, das war noch ungewiss. Er hatte eine seiner besten Lagen, sowie drei Jahre investiert. Was nichts anderes bedeutete, als dass er auf die Einkünfte von drei Jahrgängen Riesling Hochgewächs verzichtet hatte. Er hatte Rebstöcke entfernt, die er zehn Jahre zuvor gesetzt hatte. Die Lage war perfekt, über dem Dorf gelegen in südwestlicher Ausrichtung. Ein von der Sonne bevorzugter Platz. Er war vom Erfolg seines Frevels fest überzeugt, denn als solchen oder als puren Irrsinn sahen die meisten seiner Kollegen das Zerstören der Rebstöcke an. Karl war selbst nicht ganz wohl bei der Sache, er hatte lange versucht, eine gleich gute, brachliegende Lage zu kaufen, war aber am störrischen Besitzer gescheitert. Er sei nicht besser, hatte seine Schwester gemeint, als er Vergleichbares in den Nachbargemeinden ablehnte, weil er darauf beharrte, auf Mesenicher Grund zu bleiben. Doch sie hatte zugestimmt, nicht zuletzt, weil sie seit einigen Jahren mit ihrem Mann in Hamburg lebte und nur noch stille Teilhaberin war. Karl trug die Verantwortung und hatte den Überblick, der Betrieb stand gut da, sie konnten sich dieses Experiment leisten.

Jetzt ließ er die Früchte seiner Arbeit im Glas kreisen. Sie hatten ihn zum guten Schluss doch mehr gekostet, als er vermutet hatte.

»Hast du Schwierigkeiten?«, fragte Boris.

»Nichts, was sich nicht lösen lässt.« Karl trank den Rest und stand auf. »Schreibst du drüber?«

»Klar, das ist ein Knaller, Karl. Ich recherchiere noch ein bisschen, dann kommt der Artikel übernächsten Monat in die *Vinivin*.«

»Geht's auch schon nächsten Monat?«

Boris zögerte. »So eilig?«

»Schon, ja.«

»Ich seh, was ich tun kann.«

»Danke, Boris. Ich muss jetzt, Marina wartet mit dem Essen.« Er klopfte mit dem Knöchel auf den Tisch und ging pfeifend aus der Küche.

* * *

Boris' engste Freunde hatten Gefallen daran gefunden, ihn während seiner Arbeitsreisen heimzusuchen. Die Orte lagen in Weingegenden, was ihnen sowohl beruflich als auch persönlich entgegenkam. Seine Unterkunft bot meist Platz für mehrere Gäste – und so hatte sich aus dem ersten Besuch, im piemontesischen Barologebiet, eine liebe Gewohnheit entwickelt. Während Boris seiner Arbeit nachging, machten sie Urlaub. Er besuchte Winzer und Restaurants, sie gingen auf

Entdeckungsreise oder begleiteten ihn – wie seine Freundin Marlene, die als Weinhändlerin das Angenehme mit dem Nützlichen verband.

Boris war das recht, er war nicht gerne allein. Auch jetzt wartete er auf seine Freunde, die die nächsten drei Wochen in unterschiedlicher Besetzung bei ihm verbringen wollten. Er hatte die Zimmer vorbereitet und einen kalten Imbiss zusammengestellt.

Die Bande würde im Laufe des Abends eintrudeln. Ihre Anfahrtswege waren weit und staugefährdet. Marlene und ihr Lebensgefährte Claudio kamen aus dem Piemont. Aus Tonnerre im Nordburgund kamen Yves Romain und seine Freundin Claire. Yves war genau wie Claudio bei der Kriminalpolizei. Sie hatten sich im Vorjahr bei einer länderübergreifenden Polizeiaktion kennengelernt, in die auch Boris verwickelt gewesen war.

Er hatte schon am Morgen einige Flaschen Riesling kaltgestellt. Er überlegte kurz, dann packte er noch zwei mehr in den Kühlschrank. Sie würden durstig sein.

Als nichts mehr zu tun blieb, setzte er sich hinaus auf den Bootssteg und beobachtete ein Frachtschiff, das, mit Bergen von Altmetall beladen, vorbeifuhr. Hinter der Steuerkabine befand sich eine Art Terrasse, auf der Wäsche trocknete und zwei Fahrräder standen. Ein roter Kleinwagen parkte dahinter. Boris wusste nicht viel über Schiffe, aber sie faszinierten ihn. Wie so ein Leben wohl war? Den ganzen Tag unterwegs, gemächlich, eintönig, auf engstem Raum.

Er sah so gebannt auf dieses Stück fremdes Leben, das mit dem tiefen Brummen der Dieselmotoren an ihm vorbeizog, dass er das Auto nicht hörte, das in seine Einfahrt bog. Eine kalte Nase schnupperte an seinem Nacken. Boris drehte sich erschreckt um. Nerolinas lange, weiche Zunge fuhr einmal über sein Gesicht, dann sprang Boris auf und begrüßte den aufgeregten Labrador.

»Da seid ihr ja!« Boris öffnete die Arme, wirbelte Marlene herum und küsste sie, dann gab er Claudio einen Klaps, der sich gähnend streckte und die Augen rieb. Er trug die Haare relativ lang und nach hinten gekämmt, was ihm einen Fünfzigerjahre-Touch gab.

Wenn er sich als Kriminalbeamter vorstellte, brauchte er sich gewöhnlich nicht auszuweisen. Er war die Idealbesetzung eines jeden Fernsehkrimis. Marlene, die sich darüber amüsierte, hatte ihm einen Trenchcoat geschenkt – sozusagen ein Overkill.

»Ihr seht k. o. aus.«

»Autofahren macht keinen Spaß mehr.« Marlenes braune Locken waren zerzaust, die Bluse durch den Gurt zerknittert, sie wirkte erschöpft. »Nur Idioten und Staus.«

»Und ihr mittendrin.«

»Genau, zwei Idioten mehr, die die Autobahnen verstopfen. Aber egal, jetzt sind wir hier. Du siehst schon unverschämt erholt aus. Du bist doch erst eine Woche hier.«

»Tja, der heilsame Einfluss von Angeln und Wein.« Boris grinste.

Claudio stöhnte: »Gibt's hier in der Nähe einen Fischhändler?«

»Gib uns erst mal ein Bier, wir verdursten«, sagte Marlene. Sie war auf den Steg getreten und sah die Mosel rauf und runter. »Ist das schön hier!«

Nerolina hatte schon ein Bad genommen und sich in den Schatten eines Nussbaumes geworfen. Das Flusstal war hier recht eng, die Hänge mit Weinbergen und Waldflecken bedeckt. An den Ufern wuchs dichtes Gesträuch, das Wasser spiegelte die vielfältigen Grüntöne wider. Die Nachbarorte versteckten sich hinter den nächsten Windungen des Flusses, nur gegenüber konnte man die leeren Fensteröffnungen eines alten Gebäudes erkennen. Jetzt, im Sommer, war es zur Hälfte von Büschen und Bäumen verdeckt. Boris erzählte, dass es sich um die Überreste einer ehemaligen Brauerei handelte. Sie stammte aus dem 19. Jahrhundert und war zu einer idyllischen Ruine verfallen. Die Geschichte dahinter war das weniger.

Die Besitzer des Betriebes waren aus England gekommen und hatten Porter und Ale in ausgezeichneter Qualität gebraut. Aus England folgte auch ein Kapitän a. D., sowie eine Witwe mit drei Kindern. Der Seemann brachte den Kindern, drei Jungen, das Schwimmen bei, um sie für den Fall eines einen unbedachten Sturzes in den Fluss zu wappnen. Eines Tages schwammen sie allein, der Jüngste geriet in einen Strudel, die beiden Geschwister wollten ihn retten, und am Schluss ertranken sie alle. Die Anteilnahme der Bevölkerung am Tod der Kinder war groß. Sie waren allgemein beliebt gewesen, und man trauerte genauso um sie, wie man die untröstliche Witwe und den verzweifelten Kapitän bedauerte.

Einige Zeit später verunglückte der Direktor, er fand den Tod durch den Sturz in eine Schachtanlage. Er war die Seele des Unternehmens gewesen, das sich nie wieder von den Schlägen erholte. Diverse Unternehmungen versuchten in der Folgezeit ihr Glück, von der Unterkunft der ausländischen Tunnelarbeiter über Zimmer für Waidmänner vom Niederrhein bis zur Geflügelfarm. Aber auf dem Gelände schien ein Fluch zu liegen. Jeder Versuch, dort ein Geschäft aufzubauen, scheiterte nach kurzer Zeit.

Heute war der Anblick des gegenüberliegenden Ufers wild-romantisch, und der üppige Pflanzenwuchs ließ diesen Abschnitt des Moseltals traulich und freundlich wirken.

»Haben sich die Burgunder schon gemeldet?«, fragte Claudio.

»Nein, aber ich schätze, sie kommen bald. Sie sind mittags los, und es sind ja nur fünfhundert Kilometer.«

Boris zeigte seinen Freunden das Haus. Sie entschieden sich für eines der Zimmer mit Moselblick in der ersten Etage. Nerolina wollte nach der langen Fahrt ihre Ruhe haben und rutschte sofort unter das Bett.

3. Kapitel

1877

Carlo beruhigte sich, suchte nach seinem Taschentuch und schnäuzte sich die Nase. Er musste nur die Nerven behalten, seinen Geist beschäftigen. Er rappelte sich auf und tastete sich bis zu der Einbruchstelle, die Kerze ließ er im hinteren Raum, durch den offenen Vorhang drang ein Lichtstrahl, der kaum bis zu dem Geröllhaufen reichte. Aber wenn er sich umdrehte, leuchtete im Hintergrund ein schwacher Hoffnungsschimmer. Er klopfte erneut gegen die Steine und warf wieder einige hinter sich. So arbeitete er eine ganze Zeit in stetem Wechsel von Klopfen und Werfen, Hoffen und Bangen. Als er eine Pause einlegen musste, setzte er sich wieder in den beleuchteten Keller. Die Kerze nahm ab. Er konnte sich aber nicht durchringen, sie zu löschen.

Nur noch ein bisschen, *Dio mio*, nur noch ein bisschen.

Bevor er wieder an seine Arbeit ging, hob er noch einmal den Deckel einer Kiste und starrte auf die Dynamitstangen. Er sah von einer anderen Seite hinein als das erste Mal und bemerkte einen Fetzen Stoff unter den Stangen. Im Dämmerlicht war es kaum zu sehen, aber als er sich näherbeugte, erkannte er Streifen auf dem Tuch. Das war ungewöhnlich, die Stangen und überhaupt alles Material war entweder in Holzwolle oder groben, grauen Leinenstoff verpackt. Carlo überlegte nicht lange. Er griff vorsichtig hinein, nahm ein paar der Stäbe und legte sie in die Nachbarkiste. Unter dem Sprengstoff war eine ganze Lage dieses Stoffes ausgebreitet, darunter drückten sich Formen ab. Carlo hob einen Zipfel des Tuches und fand eine Kerze. Er fluchte und dankte Gott. Damit wäre zumindest ein Problem aufgeschoben. Er legte den Rest der Stangen beiseite und nahm den Stoff ganz weg. Neben drei weiteren Kerzen lagen Kerzenhalter, Schüsseln, Kelche, eindeutig das Handwerkszeug eines Priesters. Alles schimmerte golden, war zum Teil mit Edelsteinen besetzt und schön ziseliert.

Sein erster Impuls war, ein paar kleine Teile einzustecken. Aber dann dachte er nach. Was sollte er damit? Er kannte niemanden, dem er es verkaufen könnte. Außerdem war er Ausländer, man würde ihn sofort in den Kerker werfen, keiner würde glauben, dass er das Zeug gefunden hatte. Er fragte sich, woher der Schatz stammte. Er hatte nichts von einem Kirchenraub gehört, und er war immerhin schon seit drei Jahren hier. Die Männer waren begierig auf jede Neuigkeit, sie hatten außer ihrer Arbeit nichts. Was sie verdienten, gaben sie für Essen, Schnaps und Wein aus. Wenn sie am Sonntag zusammensaßen und der Wein zur Neige ging, dann tratschten sie wie die Waschweiber. Alles wurde durchgehechelt, einmal hin und wieder zurück, Hauptsache der Tag wurde in die Länge gezogen, die Illusion einer Gemeinschaft noch für eine Galgenfrist aufrechterhalten.

Carlo stellte die Kiste wieder genauso zusammen, wie er sie vorgefunden hatte. Nur eine der Kerzen nahm er heraus und schob sie in seinen Hosenbund. Wenn er hier rauskam, bevor er sie brauchte, würde er sie in die Mosel werfen. Wenn er sie brauchen würde, ja, dann wäre sowieso alles egal. Er bekreuzigte sich.

Er horchte mit einem Ohr zum Durchgang, er würde sie auf jeden Fall hören. Er verzichtete auf das Klopfen und sah in den anderen Truhen nach. Zum ersten Mal hoffte er, dass er nicht sofort gefunden würde.

Überall das Gleiche. Oben Sprengstoff, darunter Kirchengold. Es war mehr, als eine Kirche hergeben konnte. Er überschlug, dass entweder ein Dom hatte dran glauben müssen oder die Gotteshäuser eines ganzen Landstriches erleichtert worden waren. In einer der Kisten war ein Sack mit Münzen, er nahm eine heraus und hielt sie nahe an das Kerzenlicht. Er erkannte die unverwechselbare Prägung eines Vereinsthalers. Die Münzen waren gültig, also neueren Datums, das Kirchengerät stammte wahrscheinlich noch aus der Zeit Napoleons.

Carlo warf das Silberstück zurück in den Beutel, dann drehte er den Beutel eng zusammen und band seine Kordel darum. Jetzt konnten die Münzen nicht mehr klimpern. Er steckte sie tief in seine Hosentasche, darüber ein paar Nägel. Er vergewisserte sich, dass der

Raum wieder im alten Zustand war und entfernte die Kerze und das Wachs. Zum Glück war die Kiste mit den Münzen ganz hinten und dazu noch unten gewesen. Alois würde den Verlust nicht so schnell entdecken.

Er schloss den Vorhang hinter sich, befestigte die Kerze in der Nähe des Gerölls und begann wieder zu klopfen. Er nahm den Rhythmus auf, in dem er vor der Pause gearbeitet hatte.

Mechanisch bewegte er den Hammer und warf Steine hinter sich. Seine Gedanken schweiften immer wieder ab zu den Kisten, und wenn er auch seine Lage nicht vergessen konnte, so schob er sie doch möglichst weit beiseite. Seine Angst, die Nerven zu verlieren, war so groß, dass er in Gedanken mit dem Goldschatz die tollsten Sachen anstellte. Er trank Sekt aus den goldenen Bechern, ließ sich köstliche Speisen auf ebenso goldenen Tellern servieren, illuminierte sein luxuriöses Schlafgemach mit den herrlichen Kerzenhaltern und behängte schöne Frauen mit Goldschmuck und edelsteinbesetzten Armreifen.

Bei den schönen Frauen machte sein Gehirn eine Pause und fokussierte sich auf Grete, die Tochter des reichsten Winzers aus Mesenich. Eine Idee nahm Gestalt an, die ihn lächeln ließ, er schmiedete Pläne, an die er bisher nicht zu denken gewagt hatte. Das Unglück könnte sich als sein Glück herausstellen, wenn er hier lebend herauskam. Erneut bekreuzigte er sich.

Er hatte schon länger beschlossen, in Preußen und am liebsten hier an der Mosel zu bleiben. Als Bauarbeiter fand er immer Arbeit, aber er wollte im Weinbau tätig sein. Seine Heimat hatte ihm da nichts zu bieten. Er kam aus dem Piemont, ein armer Landstrich, in dem die Bevölkerung von der Hand in den Mund lebte. Sie bauten Gemüse für den eigenen Bedarf an, auch Trauben, aus denen ein roter, gerbstoffreicher Wein gemacht wurde. Zwar gab es schon ein paar Weingüter, aber die einfachen Leute kelterten nur ein bisschen für den Eigenbedarf und hüteten das Fass mit dem süßen Wein im Keller. Carlo hatte es Spaß gemacht, seinem Vater beim Weinmachen zu helfen.

Das Moseltal mit seinen Weinbergen gefiel ihm. Es war ganz anders als das Piemont – und doch ähnlich. Auch hier gab es viel Armut und Wein. Der größte Teil der Bevölkerung bebaute Land, musste dafür jedoch lange Fußmärsche in Kauf nehmen. Hier unten am Fluss waren die Hänge mit Steinen durchsetzt und zu steil für Gemüse und Getreide. Die nächsten Äcker lagen auf der Höhe, Kilometer entfernt. Wein wurde in größerem Umfang angebaut, doch auch hier waren die Weinbauern, die von ihrer Arbeit leben konnten, dünn gesät. Sie bearbeiteten noch ein Stück Land für das tägliche Brot. Auch die Menschen erinnerten ihn an seine Heimat. Verschlossen, aber nicht humorlos, eigenbrötlerisch und hilfsbereit, wenn man ihr Vertrauen gewonnen hatte. Aber der Unterschied zwischen den gerbstoffreichen Weinen des Piemonts und dem Riesling konnte nicht größer sein. Es reizte ihn, mit dem Riesling zu arbeiten. Oft war er sauer, weil die Sommer zu kalt waren, aber er hatte von Methoden aus Frankreich gehört, die das ändern konnten. Hier könnte er endlich ausprobieren, was ihm zu Hause versagt blieb.

* * *

Carlo ahnte nicht, dass seine Träume nicht nur die Panik in Schach hielten, sondern auf der anderen Seite des Flusses geteilt wurden. Da saß ein Mädchen mit langen, blonden Zöpfen in seinem Zimmer und plante mit Herzklopfen und Berechnung ihrer beider Zukunft.

Grete Schoor war die Tochter des einzigen Bauern in Mesenich, der, neben Kartoffel- und Rübenfeldern auf der Höhe Richtung Liesenich, auch fünf Wingerte besaß. Er bewirtschaftete sie sorgfältig, füllte den Wein ab und lagerte ihn in kühlen Kellern, die hinter seinem Haus in den Berg gegraben waren.

Grete brachte mit dem Kahn Kartoffeln und Speck, Schmalz, Rüben, Kohl, Äpfel, Birnen und Wein auf die andere Seite, in das Quartier der Tunnelarbeiter. Ihr Bruder ruderte sie, aber das Verkaufen war ihre Sache. Sie hatte einen Sinn fürs Geschäft und ließ sich von den Arbeitern nicht beschwatzen. Sie hielt ihre Preise; wer nicht zahlen konnte, sollte sehen, wo er blieb. Da war sie ganz die Tochter ihres Vaters, der mehr als einmal bedauerte, dass sie ein Mädchen war – als Junge hätte sie den Hof übernehmen können. Einem Mädchen traute er das nicht zu, da musste er sehen, dass er den richtigen Schwiegersohn fand – und das wurde langsam Zeit. Denn Grete war nicht nur geschäftstüchtig, sie war auch hübsch und die Nachbarssöhne scharrten mit den Hufen.

Sie hatte nicht die geringste Lust, als Frau eines der Bauern mit einem Stall Kinder zu enden. Tagaus, tagein die Hände im Wasser, zum Putzen, Waschen, Kochen und Spülen. Sie sah die knotigen Finger ihrer Mutter und der Nachbarinnen. Die verhärmten Gesichter. Als Bräute hatten sie noch gelacht, aber das war ihnen bald vergangen, als sie Jahr für Jahr ein Kind warfen, von denen dann doch die Hälfte starb. Für Trauer blieb da nicht viel Zeit, ein neues war schon unterwegs. Später saßen sie dann als alte Frauen in der Küche und schälten Kartoffeln, bis sie starben und ihre Töchter in ihre Fußstapfen traten. Oh, nein, dazu hatte sie keine Lust.

Einmal die Woche setzte sie über, um die Arbeiter zu versorgen. Seit ein paar Monaten fiel ihr ein Italiener auf, der immer sehr höflich war. Jedes Mal sah sie sich nach ihm um, sie fürchtete, er könnte weiterziehen. Aber er stand meist schon da und fing die Leine auf, um das Boot zu sichern. Er half ihr auf den Steg und hatte sich vorgestellt, Carlo hieß er und hatte die dunkelsten Augen und die längsten Wimpern, die sie je gesehen hatte. Wenn sie sich langsam über die Augen senkten und in seinen Mundwinkeln ein Lächeln aufblitzte, überlief es sie heiß und kalt. Er sprach etwas Deutsch und lernte schnell dazu. Dann sagte er immer »*Bella Signorina*«. Das klang so schön wie eine Melodie. *Bella Signorina*, schönes Fräulein hieß das. Sie hatte ihn gefragt. Und »Greta« sagte er. Wenn er sie ansprach, kam sie sich vor wie eine Prinzessin.

Der Vater wollte sie an den Franker Josef geben. Kandidaten gab es genug, sie war eine gute Partie. Aber der Franker Josef hatte einiges an Vieh – Kühe, Schweine, sogar zwei Pferde. Wenn die beiden Höfe zusammen kämen, hätten sie das Dorf in der Tasche. Das würde dem Vater gefallen, der nach dem Bürgermeisteramt schielte. Aber seinen Wein liebte er auch – und das war seine Schwäche. Grete hatte viele Nächte wach gelegen und nachgedacht. Sie hatte einen Plan, einen wahnwitzigen Plan. Nur schnell musste es gehen, sie sah den Vater zu oft mit dem Josef reden. Aber wenn er klappen würde, hätte sie gewonnen. Wenn nicht – sie wagte nicht, darüber nachzudenken.

4. Kapitel

2012

Es wurde schon dämmerig, als endlich Yves Romain und seine Freundin eintrafen. Yves' erster Urlaubstag hatte mit Arbeit begonnen. Wie so viele Polizisten, fühlte er sich auch dann im Dienst, wenn er freihatte. Er musste noch eine kleine Vernehmung beenden, die sich als verzwickt herausstellte. Claire holte ihn schließlich mit gepacktem Wagen vom Präsidium ab und drohte alleine zu fahren. Yves hatte unbekümmert ein Mittagessen zum Trost vorgeschlagen, und so war es immer später geworden.

Jetzt saß er neben Claudio und tauschte Neuigkeiten mit ihm aus. Seit sie im vergangenen Jahr zusammen eine groß angelegte Fälschung von Parmaschinken aufgedeckt hatten, waren sie befreundet und standen in Kontakt. Wegen der weiten Entfernung – der eine lebte im Piemont, der andere fast siebenhundert Kilometer entfernt im Nordburgund – hatten sie sich seit dem vorigen Herbst nicht gesehen.

Für den jüngeren Yves war Claudio ein erfahrener Kollege, dem er einiges abguckte und den er kurzerhand in die Schar seiner zahlreichen Brüder eingereiht hatte. Er strebte eine Karriere bei Europol an, träumte von Verfolgungsjagden und sah sich gerne an der Seite Claudios im Musketierduo als Rächer der Enterbten. Claudio hatte Yves' Sorglosigkeit anfangs nicht einschätzen können. Sie war seiner Mentalität ähnlich, und er wusste, wie gerne er selbst manchmal neben den Dienstwegen unterwegs war, wenn er es als nützlich ansah. Seinem Chef verkaufte er das als unkonventionell.

Bei Yves zeigte sich bald, dass auf ihn Verlass war, wenn es darauf ankam. Seitdem mochte Claudio seinen lässigen Humor und hatte eine Ahnung davon, was sein eigener *commissario* durchmachte.

Seine Freundin Claire war Steuerberaterin, süß, blond gelockt wie Yves und pummelig, mit einem scharfen Verstand, den man ihr aufgrund ihres Aussehens nicht zutraute. Ein Vorurteil mit der Halbwertszeit von Uran. Doch sie amüsierte sich darüber und nutzte ihren Vorteil zum Schrecken der Finanzämter.

Sie hatte sich neben Boris gesetzt und ihm Grüße ihrer Freundin, der Schinkenproduzentin Gianna, ausgerichtet. Dabei sah sie ihn so forschend an, dass Boris rot wurde.

Die beiden waren wie die Heuschrecken über die Reste des Abendessens hergefallen. Yves goss Wein nach und streckte die Beine von sich. Als einer von vier Söhnen war er an große Tischrunden gewöhnt und fühlte sich wohl in diesem Kreis, der einer Familie ähnlich war. Er strich seine hellen Locken hinter die Ohren und blickte in die Runde, seine Augen wurden immer schwerer, und er gähnte wie ein Nilpferd.

Die ganze Gesellschaft hing inzwischen mehr am Tisch, als dass sie saß. Müdigkeit machte sich breit, die gefahrenen Kilometer und das unablässige Rhabarber der Stimmen wirkten wie ein Schlafmittel. Sie ließen alles stehen und liegen und gingen ins Bett.

* * *

Der Samstagmorgen in einem kleinen Moseldorf war nicht von Ruhe gekennzeichnet. Kurz vor acht fuhr hupend das Bäckerauto durch die Straßen. Die Männer, sofern sie noch nicht aufgestanden waren, sprangen aus den Federn in die Hose, ins Hemd, schnell Zähne geputzt, Wasser ins Gesicht, Hände durch die Haare, Schlappen, Geld – los ging's. Der Verkaufswagen wartete an einem kleinen Platz in der Mitte, es hatte sich schon eine Schlange gebildet, da hätte man sich nicht so beeilen müssen. Einmal tief durchatmen und einen Blick ins Innere des Wagens werfen. Da war sie – die schöne Bäckerin. Sie teilte Brötchen und Gebäck aus und schenkte ihren Kunden ein Lächeln. Boris und Claudio wartete darauf, an die Reihe zu kommen. Der alleinstehende Winzer mit einer Vorliebe für Apfeltaschen brauchte fünf Minuten, um die richtige auszuwählen. Dann wurde noch kurz das Wetter diskutiert. Claudio träumte vor sich hin, es ging so geruhsam zu, Glockengeläut im Hintergrund, leises Hundebellen aus einem offenen Fenster.

»He, schlaf nicht ein, wir sind dran.«

Claudio sah der schönen Bäckerin in die Augen und deutete auf ein Puddingteilchen.

Boris überließ ihn seiner Verzückung und kaufte zehn Brötchen und fünf Rosinenstütchen. »Ja, das Puddingteil bezahle ich mit.« Er reichte Claudio die Tüte. »Hier, das kannst du selber tragen.«

»Wow.«

»Sie kommt zweimal die Woche, wohnt achtzig Kilometer von hier, hat fünf Kinder und einen Mann mit schwarzem Gürtel.«

»Na, der Morgen fängt hier ja gut an.

»Ist wie im Urlaub, oder?« Boris griff in Claudios Tüte und biss ein Stück Teilchen ab.

Claudio atmete tief aus: »Ich konnte keine Berichte mehr sehen. Szapella hat mich praktisch gezwungen zu fahren. Die Verwaltungsärsche haben sich wieder was Neues ausgedacht. Noch mehr Papierkam, noch weniger Zeit für wirkliche Arbeit. Ich bin so sauer, ich habe schon überlegt aufzuhören.«

»Du wärest nicht glücklich ohne die Polizei.«

»Das sagst du so. Mir hat die Arbeit an unserem Haus viel Spaß gemacht. Ich könnte ein kleines Unternehmen aufmachen. Alte Häuser umbauen, Restaurierung und so was.«

»Wie weit seid ihr?«

»Ein Zimmer ist noch zu streichen, der Dachboden, ein Gartenhaus. Fast fertig. Du musst unbedingt kommen.«

»Ich versprech's, ich komme noch dieses Jahr nach Serralunga.«

Bis sie zu Hause waren, unterhielten sie sich über gemeinsame Freunde. Boris merkte, dass er sie vermisste, er hatte es im letzten Jahr nicht nach Italien geschafft. Da war er mit Claudio Schinkenfälschungen im Burgund nachgegangen. Er seufzte und dachte an die Schinkenproduzentin Gianna Lerouge, die ihnen geholfen hatte und ihm seitdem nicht mehr aus dem Kopf ging.

Kaffeeduft zog auf die Terrasse. Der Tisch war vom Gelage des Vortags befreit und zum Frühstück gedeckt. Aus der Küche drangen Geräusche. Es klirrte, Wasser lief. Nerolina sprang mit einem Stück Brot im Maul nach draußen. Claire, im brombeerroten Sommerkleid, folgte ihr mit einem Tablett. Sie verteilte Gläser und Eier auf dem Tisch. »Wir wollen gleich mit dem Boot fahren. Geht das, Boris?«, fragte sie.

»Klar, jemand kann mich auf die andere Seite bringen, ich will angeln. Dann ist Platz genug für alle.«

»Gibt es Fisch heute?« Marlene setzte sich an den Tisch, auch sie im Sommerkleid und barfuß.

»Fisch könnt ihr im Supermarkt kaufen, ich will nur meine Ruhe.«

Marlene lachte und winkte Claudio zu sich. »Komm Schatz, was hast du in der Tüte? Hm, angebissener Puddingkuchen.«

Claudio schenkte Kaffee ein und sah sich um. Er war am Vorabend so müde gewesen, dass ihm die Lieblichkeit der Umgebung nicht bewusst geworden war. Die Sonne glitzerte auf der Wasseroberfläche, die noch bewegt war von einem der Ausflugsboote, die Mesenich anliefen.

Der am Steg vertäute Kahn, knallrot gestrichen, hörte auf den Namen *Lieschen* und dümpelte in den Wellen vor sich hin. Zwei Holzruder klackerten im Takt gegen die Sitzbänke. Der Rasen fiel zum Wasser hin ab, sodass sich neben dem Steg ein natürlicher, kleiner Strand ergab, von dem aus man in den Fluss steigen konnte.

Zur anderen Seite sah er die Oberkante der Weinberge gerade noch über das Dach linsen. Ein paar Menschen bewegten sich durch die Rebzeilen. Sie schienen die Triebe anzubinden. Das leicht dunstige Himmelsblau versprach einen Bilderbuchtag.

Später setzte sich Yves an die Ruder des Kahns, Boris und Claudio ihm gegenüber. Sie näherten sich der Ruine am anderen Ufer. Boris hatte eine große Tasche mit Angeln und allerlei unappetitlichen Köderdosen dabei. Ein Klappstuhl, Mineralwasser und ein Buch vervollständigten die Fracht. Der Kahn schob sich an ein paar dünnen Baumstämmen vorbei zu einem schmalen Holzsteg, an dem sie anlegten. Die Ausrüstung landete auf den Brettern, Boris kletterte hinterher. Er winkte den beiden, als sie kehrtmachten. Die nächste halbe Stunde würde er mit dem Einrichten der Angeln beschäftigt sein. Er besaß zwei, die er in Halterungen stecken konnte. Das war die angenehmste Art zu fischen, man tat nichts weiter, die Fische fischten sich selbst. Theoretisch. Wenn man die richtigen Köder hatte. Wenn nicht, hatte man einen geruhsamen Nachmittag verbracht und holte die Forelle aus der Kühltruhe.

Boris gähnte. Er prüfte, ob die Angeln fest saßen, und setzte sich in seinen Stuhl. Er öffnete sein Buch, schloss die Augen und schlief ein.

Auf der anderen Seite quetschten sich seine Freunde in das Boot und ruderten flussabwärts. Sie winkten ihm, doch er reagierte nicht.

Yves hatte im Schuppen ein zweites Paar Paddel gesucht und gefunden, nachdem er am Boot auch ein zweites Paar Dollen entdeckt hatte. Die Strömung trug sie schnell dahin, und auf der Höhe von Beilstein machten sie eine Pause. Sie entschlossen sich, zu bleiben und die Burg Mechernich zu besichtigen.

Auf dem Rückweg setzte Claudio die Frauen und Yves am Haus ab und fuhr zur Ruine der Brauerei hinüber. Boris stand auf dem Steg und kämpfte mit einer Angel. Er drehte wie ein Wilder an der Kurbel, das surrende Geräusch drang über das Wasser. Die Rute bog sich bedenklich durch, dann plötzlich ging ein Ruck durch die Angel, sie schlug zurück, Boris stolperte nach hinten. Der Schwimmer mitsamt Haken sauste durch die Luft und landete im Gebüsch. Ein Fisch sauste nicht mit, der war zuvor entkommen.

»Doch Kühltruhe«, sagte Claudio, als er anlegte.

Boris bemühte sich, die Schnur zu entwirren, gab auf und packte seine Siebensachen zusammen. »Der Köder war falsch. Obwohl, da war einer dran, hast du gesehen? Vielleicht versuche ich es heute Abend noch mal.«

Claudio sparte sich die Antwort.

Als sie am Haus ankamen, schallte Musik aus der offenen Terrassentür.

Yves hatte im Wohnzimmer das Klavier entdeckt und erinnerte sich an den Unterricht, der in jugendlichem Alter eine Plage und jetzt ein Glück war. Er hatte lange nicht gespielt, in seiner Wohnung stand kein Instrument. Aber jetzt, wo er vor sich hin improvisierte, merkte er, wie viel Spaß es ihm machte. »Ich glaube, ich kauf mir ein Klavier«, rief er in die Küche. Ein paar energische Akkorde bekräftigten seinen Entschluss.

Marlene und Claire saßen in der Küche und schnippelten Gemüse.

»Und, wo ist die Beute?«, fragte Claire, als die Männer eintraten.

»Schwimmt in der Mosel«, Claudio zeigte auf Boris. »Der Köder war falsch, der Fisch zu schnell, und überhaupt haben wir heute Lust auf Fleisch.«

»Ihr könntet wenigstens pro forma ein bisschen Vertrauen haben«, murrte Boris, er nahm Marlenes Glas und trank einen Schluck.

Yves Hintergrundmusik wurde leiser und langsamer, er schien zu überlegen, wie es weitergehen sollte. »Übrigens ist diese Ruine spannend«, rief er. Er spielte eine Krimimelodie, die dramatisch anschwoll. »Da will ich unbedingt mal rein.« Die Noten verdichteten sich zu einem unheilvollen Grollen und nahmen dann plötzlich eine abenteuerlustige Geschwindigkeit auf. Man hörte ein leises Kichern.

»Madonna«, stöhnte Claudio.

5. Kapitel

Karl Petit stand vor einem Edelstahltank im Keller und beobachtete, wie der Wein durch einen dicken Schlauch in die Abfüllanlage floss. Er hatte sie vor fünf Jahren gekauft, als hier noch alles in gewohnten Bahnen verlaufen war. Runde siebzigtausend Euro, die auch das renommierte Weingut Carlo Boffa nicht aus der Portokasse zahlen konnte, hatte ihn der Spaß gekostet.

Als seine Schwester Helene und er den Betrieb 2000 übernommen hatten, waren ihre Eltern in den Siebzigern gewesen. Ihr Vater Jean-Louis hatte das Weingut von seinem kinderlosen Onkel Carli Schumacher geerbt. Jean-Louis war der Sohn von Carlis Schwester Charlotte, die nach dem ersten Weltkrieg einen übriggebliebenen, französischen Soldaten geheiratet hatte. Es schien in ihrer Familie Tradition zu haben, dass die Weingutstöchter ein Auge auf die schwarz gelockten Fremden warfen. Sie hatten ein gut Teil Abenteuerlust im Blut, das sich über Sprachbarrieren und geschockte Eltern hinwegsetzte. Tatsächlich ging Charlotte Schumachers Neugierde auf das Leben so weit, dass sie ihren Soldaten, Jean Petit, überreden wollte, mit ihr auszuwandern.

Eine Tante ihrer Großmutter lebte seit sechzig Jahren in Amerika. Jahre mit Missernten und die folgenden Hungersnöte hatten viele Einwohner der Hunsrück- und Moseldörfer in die Armut getrieben. Sie waren nicht mehr fähig, sich selbst zu versorgen, und lagen den Gemeinden auf der Tasche, die an die Grenzen ihrer Möglichkeiten kamen. Der Bürgermeister von Senheim hatte einen Plan, sich endgültig der fordernden Armut zu entledigen: Er finanzierte die Auswanderung aus der Amtskasse.

Auf Gemeindekosten in die neue Welt zu gehen, das hatte sich nicht schlecht angehört. Es gab genug Interessierte, die von den Gerüchten über die Fülle an Arbeitsplätzen, das leicht verdiente Geld und die Chance, noch einmal neu anzufangen, angezogen wurden. Allerdings verloren sie die preußische Staatsbürgerschaft unwiderruflich, was nicht allen gefiel. De facto blieb ihnen aber nichts anderes übrig als zuzustimmen, da die Gemeinde weder in der Lage noch willens war, die hungernden Familien durchzufüttern.

102 Personen aus Senheim gingen im Frühsommer 1852 in Liverpool an Bord der *Henri Clay* und erreichten am 13. Juli New York. Unter ihnen war auch Charlottes Großtante.

Die meisten reisten von da aus weiter nach Wisconsin, ob ihre Tante dazugehörte, blieb unklar, aber Charlotte war sicher, die Verwandtschaft zu finden, wenn sie erst einmal drüben waren.

Dass es schließlich doch nicht dazu kam, lag an ihrem Bruder Carli. Seine Ehe blieb kinderlos, und nach dem ersten Weltkrieg waren die Arbeitskräfte rar. Zu viele junge Männer waren tot oder verschollen, jede Hand wurde gebraucht. Charlotte, inzwischen mit Jean Petit verheiratet, brachte es nicht fertig, ihren Bruder im Stich zu lassen. Jean, der aus dem Nordburgund stammte, hatte bei Winzern gearbeitet, allerdings nie einen eigenen Hof besessen. Für Carli war er ein Geschenk des Himmels. Jean war dankbar, im Betrieb der Familie zu arbeiten, damit war für ihn ein Herzenswunsch in Erfüllung gegangen. Sie hatten Glück gehabt, Carli und Jean. Neben ihrer Liebe zu Charlotte und Wein verband sie eine tief gehende Sympathie. Ihre Freundschaft war ein Segen für Familie und Geschäft.

Charlotte ließ nach ein paar Jahren das Thema Amerika ganz fallen. Hatte sie zuerst noch bedauernd ihrem Traum nachgehangen, so trat er im Laufe der Zeit immer mehr in den Hintergrund. Alle Versuche, ihrer Senheimer Verwandtschaft Informationen über den amerikanischen Zweig zu entlocken, waren vergeblich gewesen. Sie hatten keine. Die Großtante war in den Weiten Wisconsins verschwunden, ihre Nachkommen trieben sich Gott weiß wo herum. Auf der Suche nach ihnen durch ein unbekanntes Land mit einer unverständlichen Sprache zu ziehen, verlor an Reiz, je mehr der Alltag Charlotte abverlangte.

Sie führte die Bücher des Betriebs, ihre Schwägerin war kein Rechentalent (dafür braute sie phänomenale Liköre, wovon sie noch heute profitierten). Drei Kinder nahmen den Rest ihrer Zeit in Anspruch, aber es war

Jean, der den Ausschlag gab. Er war zu einem guten und begeisterten Winzer geworden, der ihr jeden Abend mit leuchtenden Augen von den Fortschritten im Weinberg oder Keller berichtete. Charlotte dachte praktisch, wie alle Boffa-Frauen. Sie hatte einen liebevollen Mann, der ihr den Auswanderungswunsch erfüllen würde, wenn sie darauf bestand. Und weil sie das wusste, verzichtete sie, denn sie ahnte, dass sie Amerika gegen Jeans Glück und letztlich ihr eigenes eintauschen würde.

Von ihren Kindern zeigte der Sohn Jean-Louis schon früh Interesse am Weinbau. Onkel Carli setzte ihn als Erben ein. Als er 1980 schwer erkrankte, übernahm Jean-Louis den Betrieb.

Carli starb ein Jahr später im Alter von 75 Jahren. Jean-Louis Vater war nicht viel jünger, kraxelte aber bis ins hohe Alter in den Weinbergen umher. Das wurde ihm schließlich zum Verhängnis. Mit 89 Jahren verlor er beim Rebenschneiden das Gleichgewicht und stürzte den halben Hang hinunter. Ein Rebstock fing ihn kurz vor der Begrenzungsmauer mit gebrochenem Genick auf. Die Familie war wie gelähmt.

Am Tage der Beerdigung war das gesamte Dorf auf den Beinen. Ein nicht enden wollender Zug schlängelte sich durch die Gassen zum Leichenschmaus in das größte Gasthaus am Platz. Jean war sehr beliebt gewesen, so manchem hatte er geholfen, wenn Not am Mann war. Sein Anblick würde fehlen, wie er durch den Ort ging, nicht mehr schnell, aber stetig und aufrecht. Immer eine Pfeife in der Hand und ein »Scherche« in der Tasche.

Charlotte, selbst 80 Jahre alt, trug ihre Trauer mit Würde – oder Wut, wenn sie die Besserwisser hörte, die den Kopf über die Unvernunft des alten Mannes schüttelten. Jean war dort gestorben, wo er am liebsten war – und genau das hatte er verdient, das war für sie Gewissheit und Trost.

Ihre Töchter Maria und Kläre lebten noch unverheiratet im elterlichen Haus. Kläre war Lehrerin, Maria führte den Haushalt. Jean-Louis hatte eine Frau aus Köln geheiratet und selbst schon zwei erwachsene Kinder, die ganz in der Tradition das Weingut weiterführen wollten. Beide studierten Önologie in Geisenheim und übernahmen im Jahr 2000 den Betrieb von ihren Eltern.

Karl war verheiratet, seine Schwester Helene verliebte sich in einen Hamburger Weingroßhändler und folgte ihm 2007 in den Norden. Von da an führte Karl das Unternehmen allein, Helene war noch Teilhaberin, mischte sich aber nicht mehr in die Geschäfte ein. Nur bei entscheidenden Vorhaben behielt sie sich ein Recht auf Einspruch vor.

Über den Großhandel ihres Mannes hatte sie einen gut laufenden Export in die USA aufgebaut. Die Amerikaner (viele deutscher Herkunft) liebten Riesling, besonders die guten Restaurants wollten die berühmten Moselweine auf der Karte führen. So wanderte nicht die Familie, aber wenigstens ihr Lieblingskind, der Wein, in die neue Welt aus. Als zweites Standbein erwies sich die Likörproduktion, auf der Basis der Rezepte ihrer Großtante. Dies brachte einen netten Gewinn, der das ein oder andere Experiment möglich machte. Was mit einfachem Aufgesetzten angefangen hatte, war von Tante

Sofia mit den verschiedensten Gewürzen und Kräutern verfeinert worden. Weinbergspfirsich, Aprikosen, Pflaumen, Kirschen und Johannisbeeren bekamen unter ihren Händen eine besondere Note. Die Originalrezepturen hielt sie in feiner Tintenschrift in einer Kladde fest. Diese lag wohlgehütet in einem verschlossenen Fach des alten Eichenschranks im Büro. Karl und Helene hatten an den Zutaten nichts geändert, nur die Herstellungsmenge erhöht und einen einprägsamen Namen gefunden, den sie gezielt bewarben. Auch hier konnten sie auf die Erfahrung des Hamburger Ehemannes zurückgreifen. Die »Süße Sofie« in der schlanken Flasche mit dem eleganten Etikett war bald in jeder gut sortierten Weinhandlung zu finden.

Als Karl 2008 beschloss, roten Riesling anzubauen, stimmte Helene zu. Einen »unbekannten« Riesling auf den Markt zu bringen, schien eine weitere, gewinnbringende Idee zu sein.

Karl wartete, bis der Rest des Tanks in die Abfüllanlage verschwand. Dann ging er zu der ratternden Maschine. Zwei seiner Leute nahmen die vollen Flaschen am Ende auf und legten sie in Stahlkörbe. 10.000 Flaschen roter Riesling, weitere 10.000 hatten sie in der Vorwoche abgefüllt. Ein Drittel der gesamten Erzeugung bestand aus dem neuen Wein. Karl überlief ein leichtes Schaudern. Der Wein war gut, kein Zweifel, aber seine Kunden zeigten sich zögerlicher als erwartet. Die Verkostung der Fassproben auf der *Pro Wein* war nicht so erfolgreich verlaufen wie erhofft. Die Weinhäuser und Restaurants waren unschlüssig, den Neuling einzukaufen, trotz Qualität und eines moderaten

Preises. Der Erklärungsbedarf sei hoch, kein Mensch habe je von rotem Riesling gehört. Der gemeine Rieslingliebhaber wolle normalen Wein zu seiner Forelle oder zum Spargel. Das hieß, der Rote musste gezielt angeboten und verkauft werden, also bei jedem Gast erklären und überzeugen. Ebenso im Handel.

Die Anlaufzeit kostete Mühe und Geld, genau die Punkte, an denen Karls Kunden zickten. Danach würde er laufen wie das Brünnlein vor dem Tore, davon war er überzeugt. Die Frage war, ob die Bank das auch glaubte. Bankdirektor Semmelwald, sein guter Freund, runzelte jetzt schon die Stirn, wenn er die Kreditrate eine Woche zu spät bezahlte. Karl hoffte auf Boris' Artikel. Bei dessen Ruf dürfte der Erfolg nicht lange auf sich warten lassen. Aber auch das Weinmagazin erschien erst in drei Wochen.

Karl schrie seinen Leuten zu, er sei im Büro und trat aus der lauten Halle hinaus in den ruhigen Sonnenschein. Er stieg die paar Stufen zur Eingangstür des großen Bruchsteinhauses hinauf. Im Flur war es angenehm kühl. Karl ging in sein Büro und schloss die Tür hinter sich. Er setzte sich an den Schreibtisch und legte das Gesicht in die Hände. Die nächste Rate war in zehn Tagen fällig. Er steckte in der Klemme. Weder Frau noch Schwester wussten davon – und das sollte, wenn möglich, so bleiben.

Karls Gedanken drifteten wieder ab in die Vergangenheit. Carlo Boffa hatte vor über hundert Jahren alles aufgebaut. Wie oft hatten seine Eltern ihm die Geschichte erzählt. Der hatte nun wirklich mit Schwierigkeiten zu kämpfen gehabt!

Carlo hatte Tagebuch geführt, demnach war es mit dem Schwiegervater alles andere als einfach gewesen. Und trotzdem konnte er die Qualität verbessern und den Betrieb vergrößern.

Karl brauchte dringend eine Aufmunterung. Er ging zu dem Eichenschrank, der seit Boffas Zeiten im Büro stand, und schloss das Tresorfach auf. Unter diversen Verträgen (auch denen von Semmelwald, dem humorlosen Pfennigfuchser) lagen die Tagebücher Carlo Boffas. Sie rochen leicht muffig, die Seiten waren mit Stockflecken gesprenkelt. Sein Ururgroßvater hatte eine kräftige, gleichmäßige Handschrift gehabt, nicht gerade das, was man von einem Tunnelarbeiter erwartet hätte. Viele konnten nicht mal lesen und schreiben.

Karl hatte die schmalen Hefte lange nicht mehr in der Hand gehabt. Das letzte Mal, als er nach dem Tod seiner Großmutter Charlotte das Fach aufgeräumt hatte. Da hatte er sie jedoch nur von einer Seite zur anderen geräumt. Er erinnerte sich nicht, sie jemals selber gelesen zu haben.

Es waren fünf Stück, alle aus grauer Pappe mit gelblichen Seiten. Carlos Tochter Clara hatte sie nach dem Tod der Eltern gefunden und ins Deutsche übersetzt. Die Blätter mit der peniblen Handschrift lagen hinten in den Heften. Er nahm das dritte zur Hand, das von seiner Arbeit im Weingut erzählte. Zwischen den Streitereien mit seinem Schwiegervater hatte er präzise seine Ideen zur Weinverbesserung festgehalten, die dieser für viel zu teuer und unnötig hielt. Der Schwiegervater erwies sich als harter Brocken, dem Neuerungen suspekt waren, besonders wenn sie von Carlo kamen.

Karl las weiter, dass es sich um die Methode des »Gallisierens« handelte, das seit den 1850er Jahren in Deutschland in Mode gekommen war. Der Trierer Chemiker Ludwig Gall nahm die Idee seines französischen Kollegen Chaptal auf, dem Wein Zuckerlösung beizugeben, um so den Alkoholgehalt zu erhöhen. Die Qualität der wenig sonnenverwöhnten Weine des Moseltals wurde erheblich gesteigert, den dünnen Weinen Körper und Fülle verliehen. Entsprechend teurer waren sie zu verkaufen. So kostete ein Fuder »gallisierter« Wein 105 Thaler, während der unbehandelte bei 25 Thalern lag. Die meisten Winzer hatten allerdings nicht das Geld, Zucker zu kaufen, und mussten den Händlern das »Verbessern« und auch den Gewinn überlassen.

Carlo sah das gar nicht ein. Er wollte die Kontrolle behalten und nicht, dass irgendein unwissender Händlerlümmel am Niederrhein in seinem Wein herumpfuschte. Die Ergebnisse ließen oft zu wünschen übrig und fügten dem Winzer erheblichen Schaden zu. Carlo versuchte, seinen Schwiegervater zu überzeugen, aber erst als er ihm vorschlug, den Zucker aus eigener Tasche zu bezahlen, ließ dieser sich darauf ein.

Die Weine brachten mehr ein als je zuvor – und erstmals konnte die Familie gänzlich vom Ertrag der Wingerte leben. Der Schwiegervater erlebte den Aufschwung noch säuerlich mit, aber da er nicht sein Verdienst war, sparte er sich die Anerkennung. Er starb bald darauf, Karl mutmaßte aus den Aufzeichnungen, dass nicht einmal seine Frau darüber sehr unglücklich war.

Karl klappte das Heft zu. Auch er würde es schaffen! Irgendwie musste er den Kredit stilllegen, bis der Verkauf ins Rollen kam. Es würde ihm etwas einfallen!

Woher hatte Carlo damals das Geld gehabt? Die Tunnelarbeiter konnten nicht viel verdient haben. Der Großteil musste für das tägliche Leben draufgegangen sein.

Er zog das vorhergehende Heft hervor, Nummer zwei. *1875-1877* stand auf dem Etikett, die letzte Sieben war verschmiert von einem Tropfen. Wein vermutlich, der Kranz war gelblich. Aber die Übersetzung fehlte, ebenso in Heft eins. Er versuchte, die italienischen Sätze zu entziffern, kam aber bald an seine Grenzen. Deshalb hatte er auch immer nur die Geschichten ab Carlos und Gretes Hochzeit gehört. Weil keiner den Rest übersetzen konnte, oder neugierig genug war, es übersetzen zu lassen. Dafür war Karl jetzt umso gespannter, was in den älteren Tagebüchern stand. Es war ja an sich schon ungewöhnlich, dass ein Arbeiter schrieb. Dass er dazu noch ein Tagebuch führte, war für die damaligen Verhältnisse mehr als exotisch. Was wohl seine Arbeitskollegen dazu gesagt hatten? Karl vermutete, dass Carlo seine Schreiberei geheim gehalten hatte. Sonst wäre er im besten Falle dauernd aufgezogen worden.

Boris de Beers! Der sprach Italienisch. Das war die Lösung. Karl nahm die beiden Hefte und machte sich auf den Weg.

6. Kapitel

1877

Carlo hielt inne. Hatte er da etwas gehört? Er rief, so laut er konnte. Klopfte mit dem Hammer auf die Steine und horchte. Da – aus dem Geröllhaufen kamen schwache Rufe. Sofort hämmerte er wieder auf die Steine, die Antwort kam prompt. Carlo sog mit einem Seufzen so tief Luft ein, dass seine Lungen schmerzten. Tränen rannen über sein Gesicht, er warf wie besessen Steine hinter sich, merkte nicht, das einer auf seinen Fuß fiel und die Haut seiner Hände blutete. Er fühlte nichts mehr, sah nichts mehr, dachte nichts mehr. Er hörte nur die Geräusche von der anderen Seite. Das Höllentor klemmte, Gott sei Dank. Die Engel riefen ihn ins helle Leben.

Dio mio, grazie.

Ein dünnes Fädchen Licht stahl sich durch eine Lücke im Gestein. Carlo sollte diesen Moment sein Lebtag nicht vergessen. Seine Dankbarkeit, der Finsternis entkommen zu sein, ließ ihn demütig werden. Aber sie bestärkte ihn auch, seine Pläne zu verfolgen. Gott allein wusste, wie viel Zeit dem Menschen blieb. Sie war nicht zum Zaudern da.

Alois war als Erster bei ihm. Er zog ihn durch das Loch und übergab ihn seinen Kameraden. Sie führten ihn vor das Gebäude. Alois rief ihnen hinterher, er wolle den Einbruch prüfen, sie sollten alle draußen bleiben, es sei gefährlich.

Trotz seiner Verfassung spürte Carlo das Gewicht der Münzen in seiner Tasche und bemühte sich, aufrecht zu gehen. Er musste vermeiden, dass die anderen ihm zu nahe kamen. Er hustete und schüttelte die helfenden Arme ab. »Danke, Freunde, danke, *grazie*. Es geht schon. Wasser«, er streckte die Hand aus, einer gab ihm eine Blechtasse. Die Männer waren aufgeregt, jeden hätte es treffen können, sie wussten alle, wie knapp ihr Kollege dem Tod entkommen war. Sie führten ihn zu einer Bank. Er setzte sich, trank mehr Wasser und auch einen Schluck Wein aus einer Flasche, die ihm gereicht wurde. Sie ließen ihm kaum ein paar Minuten Ruhe, dann wollten sie genau wissen, wie es zu dem Unfall gekommen war. Bis zum Schlafengehen hatte er die Geschichte sicher zehn mal erzählt. Und auch in den folgenden Tagen wurde sie immer wieder hervorgekramt.

Die tragischen Unglücksfälle zwanzig Jahre zuvor schwappten wieder an die Oberfläche. Der Einsturz des Tunnels bestätigte, was in den umliegenden Dörfern schon immer bekannt war: Auf der alten Brauerei lag ein Fluch.

Im Laufe der nächsten Monate und Jahre sollte Carlos Geschichte um Visionen von Todesengeln, gebrochene

Gliedmaßen, Fieberattacken, Fledermausangriffe und ähnlich dramatische Schnörkel verfeinert werden. Alles zusammen ergab ein Gebräu von miserablem Karma und atemloser Sensationslust, das in der Zukunft für so manches unerklärliche Geschehen um die Brauerei herhalten musste. Alois hatte schon davon profitiert, als er seine Schätze versteckt hatte, doch jetzt waren sie sicherer denn je. Keiner der Männer wagte sich freiwillig in den Berg. Unter regelmäßigem Bekreuzigen und Stoßgebeten wurde das Geröll entfernt und die Wände und Decke des Tunnels mit starken Eichenbalken gesichert. Sie wollten sich nicht länger als nötig in den Eingeweiden der Brauerei aufhalten und arbeiteten ohne Pause.

Nur Alois sah Carlo ab und zu in den Berg verschwinden, jedoch auch nicht mehr so oft wie früher. Er hatte ihn am Tag nach dem Unglück ausgefragt. Carlo hatte gesagt, dass er einige Zeit ohnmächtig gewesen sei und kurz nach dem Aufwachen schon seine Retter gehört habe. Ab und zu fühlte er den forschenden Blick des Vorarbeiters auf sich ruhen, doch im Laufe der Zeit schien Alois sorgloser. Carlo hatte ihn überzeugt.

* * *

Grete Schoor legte mit dem Versorgungskahn am Steg an. Ihr Bruder Wilhelm warf Carlo das Seil zu und sprang auf die Holzplanken. Seit dem Unglück waren zwei Wochen vergangen. Carlo hatte eine gewisse Berühmtheit erlangt, die es ihm erlaubte, sein Vorhaben forscher anzugehen, als er es normalerweise getan hätte. Er half Grete aus dem Boot und trug ihre Ware bis zu dem improvisierten Stand am Ufer. Die Männer scharten sich sofort um ihren Tisch. Gretes Besuche bildeten eine willkommene Abwechslung, bald hatte sie alles verkauft. Wilhelm spielte ein paar Runden Karten und würde noch einige Zeit beschäftigt sein. Carlo lud die leeren Körbe ins Boot und wartete mit Grete unter einer Buche.

»Greta«, er strich mit der Hand eine Locke in ihre Haube.

Das weiche R und das melodische A fuhren ihr direkt in den Magen. Grete ergriff seine Hand und schmiegte ihr Gesicht hinein. »Carlo, Carlo … Carlo. Dein Name klingt so schön.« Sie wurde rot.

Er lachte. »Greta, Greta … Greta. Deiner ist noch schöner.«

Grete sah sich nach ihrem Bruder um, aber der starrte wie gebannt in sein Blatt. Die anderen Männer spielten auch Karten oder beachteten sie nicht.

»Greta, ich mag dich so. Kannst du, ich meine, *cara mia,* ich möchte hier bleiben, bei dir.«

Sie sah ihn an. Sie war so verliebt. Er wollte bleiben! Ihr Herz sprang wie verrückt.

»Wenn ich zu euch komme, dein Vater, wie ist er? Ich habe ihm einiges zu bieten. Glaubst du, er sagt ja?« Carlo war in Fahrt gekommen.

Jetzt lachte Grete und sah ihn kokett von der Seite an. »Sollte ich nicht zuerst ja sagen? Was meinst du?«

Carlo ergriff ihre Hand und küsste sie. »*Ti amo,* Greta. Sagst du ja?«

»Ja, Carlo, ja, ja, ja«, sie strahlte über das ganze Gesicht.

* * *

Als er an diesem Abend auf seiner Pritsche lag, konnte er an nichts anderes als an Greta denken. Am Sonntag wollte er ihren Vater aufsuchen. Ob die Münzen wohl ausreichten, um ihn zu überzeugen? Und was hatte er sonst noch zu bieten?

Nervös zählte er seine Fertigkeiten an den Fingern ab, Schreinern, Mauern, alle Arten von Handwerk, aber auch Schreiben – und das Wichtigste: seine Kenntnisse im Weinberg. Gretas Vater würde gewiss froh sein, wenn er eine so gute Hilfe bekam. Und er wollte von dem Vater lernen, damit er später einmal die Weinberge übernehmen konnte. Denn das war sein geheimer Wunsch, das Weingut mit Greta zusammen zu bewirtschaften. Ihr Bruder zeigte kein Interesse, das wusste er von ihr und hatte es sich auch schon gedacht. Seine Neigungen lagen sichtlich nicht in harter Arbeit.

Während Carlo sich hin und her wälzte, wurde ihm plötzlich das Schnarchen um ihn herum bewusst. Er war der Einzige, der Löcher in die Nacht starrte, dabei war morgen ein normaler Arbeitstag, der mit dem ersten Tageslicht begann.

Wenn er nun etwas mehr als diese paar Thaler hätte? Wenn er Gretas Vater die ganzen Silberthaler geben könnte? Da konnte der doch gar nicht nein sagen!

Jetzt wäre die Gelegenheit, unbemerkt in den Keller zu kommen.

Er erhob sich so leise es ging und schlich mit nackten Füßen zu den Felsenräumen. Immer wieder hielt er inne und horchte. Er wagte nicht, ein Licht anzuzünden, darum kam er nur langsam vorwärts. Zu groß war seine Furcht, unbedacht etwas umzustoßen.

Als er die Keller betrat, war sein erster Impuls, sofort wieder umzukehren. Die Erinnerung an sein Gefängnis war noch so frisch, das ihn ein Schauer durchlief.

Er malte sich das Gesicht von Gretas Vater aus, wenn er die Silberthaler vor ihn auf den Tisch legen würde. Er zwang sich, nur daran zu denken.

Im hinteren Raum zündete er die Kerze an und holte die Thaler so schnell wie möglich aus ihrem Versteck. Er verstaute sie geräuschlos in seiner Hosentasche, verschloss die Kiste wieder und vergewisserte sich, dass er keine Spuren hinterlassen hatte. Als er zurück wollte, stand Alois im Durchgang und versperrte den Weg. Er war Carlo unbemerkt gefolgt und hatte sein Tun beobachtet. Seine Gesichtszüge waren vor Wut verzerrt, doch er sagte kein Wort, denn keiner durfte sie hören. Auch Carlo schwieg.

In der gespenstischen Stille hob Alois einen Hammer, den er auf Carlo niedersausen ließ. Der konnte sich im letzten Moment abwenden, sodass nur sein Oberarm gestreift wurde. Carlo sog zischend die Luft ein und biss die Zähne zusammen, um nicht zu stöhnen.

Entschlossen holte Alois wieder aus, Carlo sprang ihn an. Alois stand durch den Schwung des Hammers nicht sicher und wurde nach hinten geschleudert.

Sein Kopf schlug an die Wand. Reglos lag er da, Blut sickerte auf den Boden.

Carlo keuchte, die Stille machte alles unwirklich. Carlo sah wie durch einen Nebel auf Alois hinab. Das Blut rauschte in seinen Ohren, er brauchte all seine Kraft, um nicht zu schreien.

Er hatte seinen Vorarbeiter umgebracht. Er würde in den Kerker kommen. Er würde hingerichtet werden.

Carlo erfasste kaum, was er tat. Er wusste nur, dass es so weit nicht kommen durfte, nicht jetzt, wo er endlich Greta gefunden hatte.

Er zog Alois in den letzten Keller und versteckte ihn hinter den Kisten. Es begann bereits zu dämmern, die Zeit drängte. Begraben würde er ihn in der nächsten Nacht.

* * *

Auch Grete lag an diesem hellen Sommerabend lange wach. Sie sah aus ihrem Fenster auf den Fluss und die braunen Mauern der Brauerei. Da war jetzt ihr Carlo. Ob er schon schlief? Nein, er dachte an sie, das fühlte sie. Was hatte er nur gemeint? Er habe einiges zu bieten!? Bestimmt hatte er gespart von dem Hungerlohn, den er bekam. Aber damit würde ihr Vater nicht zufrieden sein. Er würde ihn vor die Tür werfen. Grete konnte sich lebhaft vorstellen, wie Carlo voller Stolz sein Erspartes auf den Tisch legte und der Vater zu brüllen anfing. »Willst dich hier ins gemachte Nest setzen, du Schmarotzer.« Das würde fünf Minuten so gehen, dann gäb's einen Tritt und das wär's.

Grete wurde kalt, sie zog die Bettdecke höher. Wenn sie an den Franker Josef dachte, wurde ihr noch kälter.

Ihr Plan musste her, auch wenn es sie noch so schauderte. Aber jetzt, wo sie genau wusste, dass Carlo so empfand wie sie, würde sie es schaffen! Sie wollte abwarten, was der Vater zu Carlo sagte, wenn nötig würde sie dann ihr Ass aus dem Ärmel ziehen.

7. Kapitel

2012

Boris saß am Schreibtisch in seinem Schlafzimmer. Vor ihm lagen die Hefte, die Karl ihm vorbeigebracht hatte. Seine langen Beine hatte er ausgestreckt, die Schuhe von den Füßen geschoben. Er war schon im Schlafanzug, einer schwarzen Boxershort mit fliegenden Schweinchen und einem T-Shirt.

Er blickte direkt durch das Fenster auf die Mosel. Es wurde dämmerig. Nach einem gemeinsamen Essen hatten sich die Freunde verteilt. Einige waren zu einem Spaziergang durch die Weinberge aufgebrochen, Marlene saß im Wohnraum und sah fern. Er hörte die Anfangsmelodie einer britischem Krimiserie und drückte ihr die Daumen, dass sie die nächsten anderthalb Stunden Ruhe haben würde.

Er wandte sich den Tagebüchern Carlo Boffas zu. Das altmodische Schriftbild war zum Teil verblichen und gewöhnungsbedürftig. Er brauchte ziemlich lange, um die Worte entziffern zu können. Der Stil aus dem neunzehnten Jahrhundert machte es auch nicht leichter. Manche Formulierungen gingen sicher auf piemontesische Redewendungen zurück, die ihm nicht geläufig waren, da würde er später Claudio fragen. Aber so langsam arbeitete er sich ein. Er legte einen Block neben das Heft und begann mit der Übersetzung.

Nummer eins erzählte von Carlos Wanderschaft durch die Alpen nach Preußen. Hunger und Kälte waren seine dauernden Begleiter gewesen. Hier und da arbeitete er ein paar Tage auf Bauernhöfen für ein Strohlager und ein warmes Essen. Einmal war er einer resoluten Bäuerin ins Netz gegangen, die ihn nachts besuchte und tags mit doppelten Rationen fütterte. Er blieb zwei Wochen, dann verschwand er, als ihr Mann sie um ein Haar erwischt hätte. Die Bäuerin, Marthe hatte sie geheißen, steckte ihm noch ein gutes Stück Speck zu und den abgelegten Rock ihres Mannes.

Carlos Aufzeichnungen waren von einer eigenwilligen Poesie durchzogen, so beschrieb er sie als *strohhaarig und ruppig, mit einem unerwarteten Kern aus Bonèt,* dem traditionellen Schokoladendessert seiner Heimat.

Boris' Gedanken schweiften ab zu Gianna, aber er fand keine entsprechende Beschreibung für sie. Er las weiter. Die Reise führte Carlo schließlich bis Cochem, nachdem er sich einem Trupp Landsleute angeschlossen hatte, die zum Tunnelbau Cochem-Eller unterwegs waren. Er begann seine Arbeit 1875 vom Portal Eller aus.

Untergebracht waren die Arbeiter in einer stillgelegten Brauerei gegenüber von Mesenich. Boris blickte hinüber auf die Ruine, die im Zwielicht aus dunklen Augenhöhlen zurückstarrte.

Carlo beschrieb den Alltag der Fremdarbeiter. Leicht war es nicht gewesen. Sie waren nicht gern gesehen in den Dörfern, ein paar Raufbolde und rohe Gesellen mischten sich unter die fachkundigen Arbeiter und verdarben den Ruf der ganzen Kompanie. Von Schlägereien und Messerstechereien war die Rede, einmal sogar von Mord. Aber der Hauptteil der Zeit war mit Arbeiten, Essen beschaffen und Heimweh ausgefüllt. Einer von Carlos Kollegen besaß eine Mundharmonika, auf der er die Lieder aus der Heimat spielte. Die Männer sangen mit, wenn ihnen die Tränen nicht die Stimme raubten. Boris stellte sich das Feuer vor, die abgerissenen Gestalten im orangefarbenen Schein der Flammen. So viel Romantik zum Preis von so viel Schmerz.

Das erste Heft hatte er schnell übersetzt, Carlo schrieb nur alle paar Tage, manchmal fehlten Wochen, und oft waren es nur ein paar Sätze. Die Fortsetzung ging ähnlich, aber noch sporadischer weiter. Dann folgte ein Dankgebet für die Rettung aus der Finsternis. Die Schrift war zittrig, wahrscheinlich kurz nach einem aufwühlenden Erlebnis geschrieben.

Einige Tage später folgte etwas, das sich wie das Protokoll der vorherigen Ereignisse anhörte. Carlo Boffa hatte minutiös den Hergang eines Unglücks (ein Gang in die Keller der Brauerei war eingestürzt und er von der Außenwelt abgeschnitten) und seine Rettung beschrieben. Aber er berichtete noch etwas anderes, er hatte einen tief im Berg versteckten Kirchenschatz entdeckt. Boris nahm einen Schluck aus seinem Weinglas, das war eine echte Entdeckung. Er lehnte sich zurück und las das Heft mit wachsendem Erstaunen bis zum

Ende durch. Der Kirchenschatz war nicht die einzige Überraschung. Dann las er ein zweites Mal und schrieb die Übersetzung sorgfältig auf seinen Block. Wer hätte das gedacht? Kein Wunder, dass nur das dritte Heft übersetzt war.

Boris blieb noch eine Weile sitzen und ließ sich die Sache durch den Kopf gehen. Er war gespannt, wie Karl auf die Enthüllungen reagieren würde. Er legte die Papiere zusammen und ging schlafen. Er hörte noch das beruhigende Gemurmel seiner Freunde, als sie in ihre Zimmer schlichen, dann versank er in Träume, in denen dunkle Räume, Geister und glitzernde Schätze die Hauptrolle spielten. Und von irgendwoher erhaschte er den Duft von Schweinen in der Sonne.

* * *

»Klar, ich hab dir alle gegeben.« Karl schüttelte den Kopf. »Hast du das auch richtig verstanden?« Er deutete auf die Blätter und Hefte, die Boris vor ihn auf das Fass gelegt hatte.

Sie befanden sich im Keller des Weinguts. Auf einem aufrecht stehenden Fass lag ein Ventil der Filteranlage, das Karl reinigte.

Er sah Boris über den Rand seiner Brille an und schüttelte den Kopf. Dann wandte er sich wieder seiner Arbeit zu. »Das ist hier eine ziemliche Fummelei. Ich lese mir das gleich mal durch. Meinst du das ernst?«

Boris fröstelte in seinem dünnen Hemd. »Lies es in Ruhe, dann merkst du, dass ein Teil fehlt. Das Heft hört am 28. Juni 1877 auf, das nächste beginnt im folgenden

Jahr. Ja, ich weiß, er macht oft große Pausen. Aber er hört so abrupt auf. Er schreibt bis zum letzten Fitzelchen Papier, dann ist das Heft einfach zu Ende. Für mich fehlt da was. Carlo hat bestimmt in einem neuen weitergemacht oder ein paar lose Blätter dazugenommen.«

»Ich bin so gespannt, was Carlo geschrieben hat. Kannst du es mir nicht schon mal erzählen?«

Boris meinte trocken: »Die Überraschung will ich dir nicht nehmen. Du wirst schon sehen! Ich fahre jetzt mit Marlene nach Koblenz. Gib mir mal eine Flasche von deinem Neuen mit, vielleicht kann sie ihn unterbringen.«

Karl griff hinter sich und nahm zwei Flaschen roten Riesling aus einem Regal. »Schön wär's. Die Bank macht mich verrückt.«

Marlene, Claudio und Boris fuhren an der Mosel entlang Richtung Koblenz. In der Stadt trennten sie sich.

Während die Männer mit der Seilbahn über den Rhein vom Deutschen Eck zur Festung Ehrenbreitstein fuhren, besuchte Marlene ihre Freundin Irina, die sich in das Abenteuer eines eigenen Restaurants gestürzt hatte. *Chez I.* würde im nächsten Monat öffnen. Marlene wollte die Weinkarte zusammenstellen.

Der kleine Gastraum befand sich in einer Gasse der Altstadt, nahe der Liebfrauenkirche. Früher hatte ein exquisiter Herrenschneider hier residiert. Hinter großen, holzgefassten Schaufenstern hatten Kaschmir- und Tweedstoffe, Seidenfutter und feine Lederhandschuhe auf zahlungskräftige Kunden gewartet. Die Eingangstür mit den geschliffenen Glaseinsätzen hatte eine lange Messingstange als Griff. Irina war zu einem anständigen Preis an das Ladenlokal gekommen, was daran lag, dass es über zehn Jahre wechselnde Mieter beherbergt hatte. Meist verschwanden sie über Nacht mitsamt ihren obskuren Import-Exportgeschäften. Entsprechend sahen die Räume aus. Die Eleganz der Fensterfront kam zutage, nachdem die starre Schicht übereinander geklebter Rabattversprechungen erst eingeweicht und dann vorsichtig abgezogen wurde. Im Inneren hatte es nicht anders ausgesehen.

Marlene öffnete die Tür und trat ein. Im Hintergrund dudelte ein Radio.

Irina kam aus der Küche, in alte Jeans und einen beuligen Pullover gehüllt, die kurzen Haare standen zu Berge und sie sah erschöpft aus, aber sie grinste wie die sprichwörtliche Katze. Sie umarmte Marlene, dann griff sie nach ihren Schultern und drehte sie einmal rund: »Alles meins!«

Die Anstreicher hatten so viel zinngraue Wandfarbe verstrichen, dass sich jede Erinnerung an die zahllosen Zigaretten davongemacht hatte.

»Sagenhaft!«

»Schön?«

»Toll! Wer hier nicht essen kommt, ist selbst schuld.«

»Wie findest du die Bar?«

Marlene sah an der einen Seite des Raums einen alten Wirtshaustresen stehen, der in einem hellen Salbeigrün gestrichen war. Der Boden war mit dunklen Eichendielen belegt. Die Tür zur Küche befand sich neben dem Tresen, sodass die Gäste nicht gestört wurden. Marlene war begeistert.

»Wir werden dir eine tolle Weinkarte machen. Und ich bin dein erster Gast. Du kannst direkt den großen Tisch reservieren.«

»Vorher gibt's eine Eröffnung für geladene Gäste, warte die erst mal ab.«

Zwei Männer mit Werkzeugkoffern kamen aus dem hinteren Bereich, grüßten und begannen mit Wandlampen zu hantieren.

Irina zog Marlene in die Küche. Sie probierte Karls Roten und nahm ihn sofort ins Programm. Marlene erzählte ihr von seinen Problemen.

»Aber dann muss er mehr Werbung machen. Die Leute kapieren sonst nicht, was er da hat.«

»Laut Boris hat er das gemacht. Aber du wirst recht haben, die meisten wissen nicht, wie spektakulär dieser Wein eigentlich ist.«

»Na, ich werde mal ein Menü um den Wundertrank herumbasteln. Kommt immer gut an. Und bring diesen Karl mit zur Eröffnung, dann kann er selbst ein bisschen Werbung machen. Ich mach ein paar Flaschen auf.«

Den Rest des Nachmittags räumten sie zusammen Geschirr ein und tratschten über Gott und die Welt.

Für die Rückfahrt wählten sie die andere Moselseite, was in diesem Fall die Cochemer Seite war. Der Streit, ob es sich hierbei um die links- oder rechtsmoselige handelte, hielt bis Mesenich an. Marlene war der Ansicht, man würde Richtung Quelle blicken, Boris sah Richtung Meer beziehungsweise Rhein. Claudio war die ganze Fragestellung ein Rätsel, er wollte wissen, was sie abends essen würden.

»Claudio! Es wird schon was geben. Jetzt gib doch mal Ruhe!« Boris wandte sich an Marlene. »Und deshalb wird in Fließrichtung gesehen, ist doch logisch, man geht mit dem Fluss.«

»Im Gegenteil! Man sieht auf die Quelle, also den Ursprung, ist doch klar. Wir fahren auf der rechten Seite!«

»Quatsch, links!«

Claudio murmelte irgendwas Unfreundliches auf Italienisch. »Das nächste Mal nehm' ich das Schiff. Basta! Das fährt in der Mitte«, murrte er.

Sie erreichten das Haus am späten Nachmittag. Yves und Claire lagen mit Büchern auf der Wiese.

Yves drehte sich auf den Rücken und winkte Boris heran. »Dein Freund Karl war schon dreimal hier.«

»Gut, dann hat er meine Übersetzung gelesen.« Er berichtete den anderen von den Tagebüchern.

Die Freunde waren sich sicher, dass die goldenen Fundstücke aus den zu Anfang des neunzehnten Jahrhunderts säkularisierten Kirchen stammen mussten. Das passte zeitlich perfekt und war die wahrscheinlichste Erklärung.

Yves wollte auf der Stelle das Boot auslaufen lassen, um Richtung Ruine zu rudern. Er zählte die Werkzeuge auf, die sie mitnehmen mussten, um zu graben, und schlug in Ermangelung von Säcken ein paar Kissenbezüge vor. Marlene schätzte das Gewicht von zwei prall gefüllten Bezügen mal Goldpreis und kam ins Schwärmen. Vom historischen und Sammlerwert abgesehen würde alleine der Materialwert reichen, um sie alle glücklich zu machen. Nur kannte sie leider keinen Hehler. Damit konnte Yves dienen, der Claudio anstieß und großzügig meinte, er bekomme etwas ab, wenn er sich mal umhören würde. Boris hatte gegen eine kleine kriminelle Exkursion wenig einzuwenden, sofern ein schöner Edelstein und ein Exklusivartikel für ihn herausspringen würden. Das brachte Claire auf den Gedanken, den Schatz einem Museum zu leihen und sich als Kunstmäzene einen Namen zu machen.

Der Reiz eines Goldschatzes löste ein wunderbar beunruhigendes Prickeln aus, dem sich keiner von ihnen entziehen konnte.

* * *

Karl hatte sich in sein Büro zurückgezogen und die Tür abgeschlossen. Boris war wieder nicht zu Hause gewesen. Er musste unbedingt mit ihm reden. Während des Lesens war eine Idee in ihm erwacht. Zugegeben gewagt, aber auch so verrückt, dass sie funktionieren konnte. Er musste es nur geschickt anstellen. Er nahm erneut die Übersetzung zur Hand.

Da hatte sein Ururopa Carlo Boffa einen Mann umgebracht! Carlo Boffa ein Mörder! Karls erste Reaktion war Überraschung und Unglauben gewesen. Je mehr er darüber nachdachte, desto unwahrscheinlicher erschien ihm die ganze Geschichte. Nicht genug, dass Carlo verschüttet und gerettet wurde, nein, er entdeckte einen Schatz und brachte seinen Vorarbeiter um, wenn auch versehentlich. Mit dem gestohlenen Geld »kaufte« er seine Greta und begründete das Weingut Boffa. Karl war sprachlos. Und die Leiche gab es ja auch noch. Denn soweit er wusste, war nie ein Toter in der alten Brauerei gefunden worden. Und Carlo hatte sich die ganzen Jahre nur seinem Tagebuch anvertraut. Vielleicht wusste Grete davon, sie hatte dann aber dichtgehalten, es war ja auch nur ein unglückseliger Sturz gewesen. Carlo war kein Mörder im eigentlichen Sinne. Oder doch?

Karl hielt es nicht mehr aus. Er eilte ein weiteres Mal zu Boris hinüber. Irgendwann musst der doch zurückkommen.

* * *

»Ich muss natürlich den Schatz finden!« Karl fuchtelte aufgeregt mit den Händen, während Boris die Oleander goss.

»Wie?«

»Ja wie, wie?«

»Ich meine, wie willst du das machen? Wenn das bekannt wird, hast du Heerscharen von Abenteurern und Groupies hier rumrennen. Abgesehen davon, dass du den Schatz abgeben musst.«

»Weiß ich doch. Deshalb müssen wir den Mund halten. Du hast es doch nicht weitererzählt?«

»Nur in groben Zügen. Reg dich nicht auf, von denen will keiner an dein Gold. Sind alles mehr oder weniger Polizisten, also von der unbestechlichen Sorte, mein ich.«

»Hm, na gut. Sie reden doch nicht drüber?«

»Nur untereinander.« Boris verschwieg vorsichtshalber, dass schon eine lebhafte Diskussion über die Bergung des »größten Kirchenschatzes diesseits der Apen« im Gange war.

»Du bist dir aber im Klaren, dass du die Sachen abliefern musst? Wenn überhaupt noch etwas da ist. Vielleicht ist der ganze Klimbim längst weg.«

»Weiß ich doch. Es gibt aber bestimmt einen Finderlohn.«

»Nicht unbedingt«, Marlene kam mit einem Tablett roter Cocktails in den Garten. »Ich hab euch reden hören. Es kann passieren, dass du alles an das Land geben musst und nur eine Anerkennung bekommst, wenn du Glück hast. Es gibt da zwei Regelungen. Einmal die sogenannte ›Hadriansche Teilung‹. Eine Hälfte für den Finder, die andere für den Besitzer des Fundortes. Oder, und das ist die gebräuchliche, laut Denkmalschutzgesetz geht der Fund automatisch an das Land. Auf Hadrian kannst du nicht pochen, weil die Denkmalfritzen das schwerwiegendere Gesetz haben.«

»Oh. Woher weißt du das alles?«, fragte Karl misstrauisch.

Boris machte hinter seinem Rücken komische Grimassen.

Marlene musste lachen. »Meine Schwester ist Archäologin, du glaubst nicht, was ich alles weiß.« In Wirklichkeit hatte sie aus Neugierde bereits im Internet recherchiert.

Boris atmete aus, da hatte sie gerade noch mal die Kurve gekriegt.

»Was verziehst du so das Gesicht?«

Boris stöhnte. »Ach, nichts.«

Marlene war noch nicht fertig. »Außerdem ist die andere Geschichte ja auch sehr schön – wenn man den Fund abgeben muss«, sie hatte ein verdächtiges Glitzern in den Augen. »Stellt euch mal vor, da stiehlt einer

Gold und bringt versehentlich jemand um, den er dann verscharrt. Und alles aus Liebe. Weil er sonst nicht seine Greta bekommen würde. Wenn das nicht romantisch ist. Überleg mal, was du daraus machen kannst, Karl. Das ist die beste Werbung für dein Weingut, die es gibt.« Marlene strich sich die braunen Locken hinter die Ohren und sah träumerisch über das Wasser.

Karl hatte interessiert zugehört, jetzt wurde er unruhig. »Du hast recht! Das muss ich mir mal durch den Kopf gehen lassen.«

Sie reichte ihm ein Glas. »Na, dann auf den Weinhof Boffa.«

Karl ging nach Hause, den Kopf schwer von seinen Werbeplänen. Marlene betrachtete seine leicht krumme Haltung und meinte: »Wenn ich mir das so angucke, glaub ich, er steckt tiefer in der Scheiße, als er zugibt. Was sagt denn seine Frau, wie heißt sie wieder?«

»Marina.«

»Ja, stimmt. Was sagt die denn dazu?«

»Keine Ahnung, ich bin ihr noch nicht begegnet.«

»Ist doch komisch. Er verbringt so viel Zeit hier, und seine Gattin lässt sich nicht blicken.«

»Vielleicht hat sie viel Arbeit, sie ist in Koblenz bei einer Versicherung.«

»Oder einem Freund.«

»Ach, komm.« Marlene stieß ihn mit dem Finger an. »Da fällt mir ein, ich hab schon ewig nichts von Gianna gehört.«

Boris spürte das bekannte Ziehen in der Brust, wenn er an sie dachte.

»Ruf sie doch mal an.«

»Ja, sollte ich.« Er drehte an einem Knopf seines Leinenhemdes. »Ich trau mich nicht.«

Marlene hob die Brauen.

»Da ist ja auch noch Paolo Pero.«

»Pero ist nach Südamerika abgedampft und schickt ab und zu eine Postkarte«, wandte sie ein.

Gianna war ebenso indifferent wie Boris. Paolo Pero, ihr früherer Arbeitgeber und talentierter Betrüger, hatte sich der Polizei und einem Ableger der russischen Mafia erst durch Tod, dann durch Flucht entzogen. Gianna war an seiner Überführung beteiligt gewesen, was an ihrem Gefallen aneinander nichts geändert hatte. Nachdem er mit seinem Wagen in den Fluten des Arno verschwunden war, seine Leiche fortgespült von einer Strömung, die durch breite Brückenpfeiler beschleunigt wurde, tauchte wie ein Wunder ein paar Wochen später eine Postkarte auf. Aus Südamerika, ohne ein Wort, nur Giannas Adresse und ein fliegendes Schwein auf der Vorderseite. Gianna hatte sofort verstanden und die Karte geheim gehalten. Vor Kurzem war eine zweite gekommen, von der hatte sie Marlene am Telefon erzählt. Marlene hatte ihr versichert, dass die Beteiligten (Claudio auf der italienischen, Yves auf der französischen Seite) kein Interesse mehr an Pero hätten. Die involvierte russische Gang war in Parma gefasst worden, Pero war nichts Konkretes nachzuweisen gewesen, auch wenn jeder wusste, dass er einen Betrug im großem Stil vorgehabt hatte, theoretisch konnte er wieder in Europa auftauchen.

Boris wollte Gianna die Entscheidung überlassen, was Unsinn war, denn wer sollte es sonst tun? Außerdem liebte er sie, so oder so.

8. Kapitel

Karl hörte seine Frau hereinkommen. Sie warf den Schlüsselbund in eine Holzschale und hantierte mit den Kleiderbügeln der Garderobe. Ihre Absätze klackerten auf den Zementfliesen des Flurs. Sie steckte den Kopf zur Tür herein und sagte: »Karl, ich ziehe mich um, dann muss ich zur Vorstandssitzung der Zenfrauen.«

Zenfrauen? Karl blickte nicht mehr durch. Marina jagte von einem Termin zum nächsten. Sie war ehrenamtlich engagiert, Mitglied jedes nur denkbaren Vereins und kaum zu Hause.

Sie lief schon die Treppe hoch. Ein paar Minuten später hörte er ein »Tschüss«, die Tür klappte – und sie war weg.

Karl wandte sich wieder seinen Überlegungen zu. Er hatte auf einem Blatt Papier einen Schlachtplan skizziert:

1. Schatz suchen

Hier überlegte er, ob er *Leiche suchen* dazuschreiben sollte, ließ es aber. Das würde man sehen.

2. Teilnehmer: Boris und?

Marlene – und wer wusste sonst noch davon? Zuerst wollte er alleine los, aber er musste mit dem Boot rüber, Licht halten, wahrscheinlich eine Mauer einbrechen und so weiter. Vielleicht doch ein paar Männer?

3. Schatz bergen

Und dann? Würde man sehen.

Es gab so viel zu bedenken! Er knüllte das Papier zusammen. Er würde sich erst mal allein umsehen, nicht am Wochenende, wenn die Touristen lange unterwegs waren. In zwei Tagen, Montagnacht.

* * *

Eine Mondsichel stand am sternenklaren Himmel, sodass die Nacht nicht völlig schwarz war. Zwei Uhr, er hatte vier Stunden bis Sonnenaufgang. Karl sah sich um und war nicht mehr sicher, ob es eine gute Idee gewesen war, alleine zur Brauerei zu rudern. Er saß in einem Kahn und bewegte gleichmäßig die Riemen, es war still, nur ein sachter Wind ließ die Bäume am Ufer rascheln. In der Mitte des Flusses war er sehr allein, das schwarze Wasser umspülte das Boot, Karl dachte lieber nicht über den Vier-Meter-Wels nach, der angeblich am Grund hauste. Aber indem er nicht an ihn denken wollte, dachte er natürlich erst recht daran. Er schüttelte sich leicht und bewegte die Ruder schneller.

Seinen ursprünglichen Plan, Boris um Hilfe zu bitten, hatte er verworfen. Die Freunde waren zu begeistert gewesen, keiner wollte das Ereignis verpassen. Sie schienen die Aktion für einen tollen Spaß zu halten.

Alles intelligente, in ihren Berufen erfolgreiche Menschen, und sie benahmen sich wie eine Bande Desperados auf der Suche nach dem Inkagold. Yves, dem man wenigstens noch sein jugendliches Alter zugutehalten konnte, hatte die Ruder mit Lappen umwickeln wollen. So machten das angeblich die Indianer auf dem Kriegspfad. Karl hatte daraufhin die Aktion abgeblasen. Er hatte sich mit seinem guten Ruf herausgeredet. Wenn rauskam, dass er in einem einsturzgefährdeten Gebäude Mauern einreißen wollte, wäre er dran. Das konnte er sich nicht leisten, deshalb würde er den offiziellen Weg gehen. Also Bürgermeister und so weiter. Die Freunde waren enttäuscht, aber was sollten sie machen?

Karls Existenz konnte vom Fund des Kirchenschatzes (und der Leiche) abhängen. Er dachte nicht daran, die Lorbeeren der Verwaltung zu überlassen. Die kamen noch früh genug und heimsten ein, was sie nur konnten. Er hatte sich das gut zurechtgelegt. Nachdem er den Schatz gefunden hatte, würde er an die Presse gehen. Die Möglichkeit, dass der Schatz nicht mehr da war, zog er gar nicht erst in Betracht. Er kannte einen Redakteur des Lokalsenders, den er angerufen und neugierig gemacht hatte, natürlich ohne die Lokalität preiszugeben. Wenn alles gut ging, käme morgen ein sensationeller Bericht über den Fund und ihn ins Fernsehen. Geschickt vermarktet würde die Geschichte seines Ururgroßvaters, der aus Liebe gestohlen und versehentlich einen fiesen Vorarbeiter umgebracht hatte, die Herzen erobern. Das Weingut Boffa würde in den Fokus des Interesses rücken – und damit der Wein. Das hieß Verkauf, Geldeinnahmen und endlich den blöden Kredit seines Verräterfreundes bezahlen. Dem würde er es zeigen!

Heute war er persönlich vorbeigekommen, nachdem Karl einfach nicht mehr ans Telefon gegangen war. Er hatte ihm mit Müh' und Not eine Fristverlängerung aus den Rippen geleiert – seinem angeblichen Freund, dem feinen Herrn Bankdirektor. Drei Wochen hatte er. Diese Werbeaktion musste einfach klappen, und zwar schnell.

Er band das Boot am Steg fest und machte sich mit seinem Rucksack auf den Weg. Er musste sich an den Büschen hochhieven, die Böschung zur Uferstraße war durch die nächtliche Feuchtigkeit rutschig geworden. Ein hoher Maschendrahtzaun sicherte das Ruinengelände. Karl ging an der Seite zu einem schmalen Durchschlupf. Auf dem Boden lagen verstreut Steine, viele mit Moos bewachsen und in der Dunkelheit kaum auszumachen. Vorsichtig setzte er Fuß vor Fuß, bis er eine Türöffnung erreichte, die in einen der vorderen Räume führte. Das Dach fehlte, ebenso die Zwischendecken, die Wände mit den nackten Fensteröffnungen strebten schwarz in die Höhe. Oben glitzerten ein paar Sterne, aber so weit entfernt, dass die Mauern nur umso bedrohlicher wirkten. Kleine Bäume wuchsen im Inneren. Als Karl einen davon streifte, flatterte ein Vogel auf. Er stieß einen erschreckten Laut aus und spürte eine leichte Gänsehaut. Er knipste seine Taschenlampe an. Der Lichtschein ließ Farben aufblitzen, das grelle Moosgrün, das kräftige Pink der Fingerhüte. Wie in Unterwasserfilmen, dachte Karl, wenn die Lampe der

Taucher eine andere Welt enthüllt. Voller Farben, die nie gesehen werden.

Er trat in einen zweiten Raum, der tief in die Dunkelheit reichte. Hier war eine Decke, er musste sich also schon im Hang befinden, denn das Dach fehlte auf dem ganzen Gebäude. Die hintere Begrenzung des Raumes bestand aus einer Ziegelwand, die einen Durchgang in die weiterreichenden Felsenräume, die früheren Lager, verschloss. Auf dem Boden lag Unrat; leere Flaschen, Pizzakartons. Hier hatten sich Leute herumgetrieben, die hier genauso wenig zu suchen hatten wie er. Karl erreichte die Wand. Zwei, drei Steine fehlten, wahrscheinlich Versuche, die verborgenen Gemächer zu öffnen. Zu viel Arbeit, dachte Karl, die Typen, die hier campiert hatten, hatten sich lieber noch ein Bierchen genehmigt und die Mauer Mauer sein lassen. Er leuchtete durch eins der Löcher, sah aber nichts, nur Steinwände. Er spürte eine Berührung am Fuß und hörte ein leises Huschen.

Bestimmt Ratten, redete er sich zu, Gott, wenn er das Geld nicht bräuchte …

Aus seinem Rucksack holte Karl einen Fäustel, holte aus und ließ ihn gegen die Mauer knallen. Der Krach war unbeschreiblich, er war sicher, dass ganz Mesenich wach im Bett saß. Aber das Loch war größer geworden. Er nahm einen Meißel, dessen Schlagende er mit einem Stück Leder umwickelt hatte – Yves Idee! – und setzte ihn in den Fugen an. Das dauerte länger, machte aber nicht so viel Lärm.

Manchmal brach sofort ein ganzer Stein heraus. Karl begann zu schwitzen, das Loch war bald groß genug, dass er sich hineinwinden konnte. Er leuchtete wieder hindurch. Immer noch nichts Interessantes. Er musste jetzt da rein und gründlich nachsehen. Da, wieder eine Ratte. Besser als ganz allein! Er zögerte, er richtete sich auf, aber die Wahrheit war: Er hatte Angst, dort hindurchzukriechen.

Plötzlich kam aus dem ersten Raum, dem ohne Dach, ein Geräusch. Heimlich. Verstohlen. *Ein Geräusch, wie wenn einer versucht, kein Geräusch zu machen.* Das Kinderbuch von John Irving gehörte seiner kleinen Nichte, bis zu diesem Moment hatte er nicht viel damit anfangen können. Jetzt wusste er genau, was gemeint war. Karl hielt die Luft an und knipste die Taschenlampe aus. Er war dankbar für jede Maus und Ratte in seiner Nähe. Aber die ließen nichts von sich hören, die feigen Biester! Da … wieder! Die Zweige des kleinen Baumes flitschten zur Seite, beunruhigend laut. Danach wieder Stille. War das ein Wispern? Minuten vergingen, er war so verkrampft, dass seine Muskeln schmerzten. Karl war am Ende, er zitterte. Er hielt es nicht mehr aus, alles war besser als die Anspannung, die seine Nerven zerriss.

Er rief: »Wer ist da?« Doch der Ruf kam nur leise quietschend aus ihm heraus.

Gelächter, Licht, Boris, Claudio. Zwei Taschenlampenstrahlen blitzten auf und tauchten ihn in einen Spot.

Karl bekam weiche Knie, ihm wurde schlecht, er setzte sich auf seinen Rucksack. »Seid ihr bescheuert? Ich hab bald einen Herzinfarkt gekriegt.«

Die beiden bemühten sich nicht einmal um ein betretenes Gesicht.

»Wir wollen dir helfen. Wir haben dich ablegen sehen, als wir noch im Garten saßen. Und wir sind allein, Ehrenwort. Hast du den Bürgermeister dabei?«, feixte Boris.

»Okay, okay, das hab ich erfunden. Aber deine Leute sind mir wirklich zu viel.«

Boris und Claudio waren nähergekommen und besahen sich den Durchbruch. Karl hatte sich wieder einigermaßen beruhigt und war ganz froh über die Gesellschaft. Seine Angst, durch das Loch zu klettern, war jetzt völlig verflogen. Sie krochen nacheinander auf die andere Seite. Ein schmaler Gang führte in den Fels, die Wände nackter Stein, es roch nach Erde, und die Kälte war abgestanden. Ganz geheuer war keinem von ihnen, doch da das niemand zugeben wollte, gingen sie weiter. Ein Raum öffnete sich, an den Wänden lagen alte Lappen, Holzlatten. Durch eine schmale Öffnung kamen sie in eine Art Kammer, recht niedrig, klein und leer. Sie untersuchten sorgfältig die Wände und den Boden. Laut Carlos Tagebuch hatte er hier den Vorarbeiter vergraben wollen, aber der Boden war sehr hart, sie konnten sich nicht vorstellen, das Carlo ihn da eingebuddelt hatte. Claudio, der sich mit den Wänden beschäftigte, rief etwas und zeigte auf die Steine vor sich. Das war eine aufgeschichtete Bruchsteinwand.

Die Steine waren über Jahrzehnte zusammengefügt. Jede kleine Erdbewegung hatte sie nur noch enger aneinander geschmiegt. Die Mauer war wie mit Beton gegossen.

»Die kriegen wir nur mit Gewalt klein«, meinte Karl nach dem vergeblichen Versuch, einen Stein zu lösen.

»Worauf warten wir dann noch?« Boris nahm aus seinem eigenen Rucksack einen Hammer und ein paar Handschuhe. Claudio tat es ihm nach.

Um fünf Uhr hatten sie die Mauer eingerissen, die Steine fortgeräumt und dahinter eine flache Mulde freigelegt, in dem ein mit Fetzen bedecktes Skelett lag. Claudio gönnte sich eine Zigarette.

Sie fanden außerdem, in vier Waffenkisten verteilt, einige goldene Kelche, diverse Kerzenhalter und zehn silberne Münzen, von denen jeder eine behielt, ein Rest gestreifter Stoff hing an einem herausstehenden Nagel.

Mit dem ersten Dämmerlicht legten sie in Mesenich an. Sie waren zerschunden, verdreckt und hungrig. Karl ging nach Hause, er würde um acht die Redaktion anrufen. Boris und Claudio kochten Kaffee und plünderten den Kühlschrank.

9. Kapitel

BEKANNTES WEINGUT AUF MORD GEGRÜNDET
Versehentlich Vorarbeiter erschlagen!

Der Boulevardpresse kam die Moselsensation gerade recht, um das Sommerloch zu stopfen. In Mesenich und an der alten Brauerei war der Teufel los. Ein Kamerateam war zufällig früher vor Ort als die Polizei und hatte schon einen Film plus Interview zusammengestellt. Die Polizei versuchte, das Fernsehen zu verscheuchen, inzwischen hatte aber auch die Presse Wind von der Sache bekommen. Sie scharten sich um die Ruine und interviewten Karl oder die Anwohner, die eine kleine Bootswallfahrt ans andere Ufer veranstalteten.

Der Goldschatz sorgte für Aufsehen. Diverse Kirchengemeinden reklamierten die Schätze für sich. Verstaubte Inventarlisten wurden aus den Gewölben ans Tageslicht gezerrt. Da, dieser Kelch war eindeutig im Besitz von St. Josef gewesen, und jene Monstranz wurde St. Maria gestohlen. Das Land ließ erst einmal alles in einen Museumskeller verschwinden, um in

Ruhe die Besitzverhältnisse zu prüfen. Es bot sich auf jeden Fall Stoff für jahrelanges Gerangel. Der Fund war in jeder Hinsicht nachhaltig: für Presse, Hörfunk und Fernsehen, für Museen, Kirchen, Kunsthistoriker, Gerichte …

… und für Karl! Karl hatte Publicity gewollt und bekommen. Mit diesem Ausmaß hatte er allerdings nicht gerechnet. Nachdem der Bericht am Abend in den Lokalnachrichten gesendet wurde und sogar als Kurznachricht in die internationale Presse Einzug hielt, ging das Spektakel erst richtig los. Boris und Claudio traten nicht in Erscheinung, sie und ihre immer noch schmollenden Freunde beobachteten, was Karl aus der Situation machte.

Er holte das Beste raus, das musste man sagen! Er wusste, dass er mit dem Schatz nicht konkurrieren konnte, und konzentrierte sich von Anfang an auf den Toten und dessen Beziehung zu Carlo.

Und natürlich war es falsch, in der Ruine herumzugraben! Karl gab sich zerknirscht, aber das Tagebuch seines Ururgroßvaters habe ihn doch so neugierig gemacht. Hier ließ er sich gerne über das Leben und Streben seines Ahnherren aus, insbesondere die große Liebe zu seiner Greta, die bewundere er. Für sie hatte er fast einen Mord begangen an diesem brutalen Vorarbeiter, der Kirchenschätze hortete und wahrscheinlich auch gestohlen hatte, zusammen mit einer Bande verrohter Wegelagerer, die Priester und Nonnen auf dem Gewissen hatten. Amen.

Karl würde wohl irgendeine Strafe bezahlen müssen, die nicht der Rede wert war, dafür waren es die Kunden, die sein Weingut überfielen. Jeder wollte den Mann sehen, der das Skelett (und den Schatz) gefunden und diesen romantischen, italienischen Ururgroßvater hatte. Karl war wie elektrisiert, er erfasste die Lage und reagierte auf der Stelle. Er dekorierte den Hof mit blühenden Oleandersträuchern – sie kamen natürlich aus Carlos Heimat – und hängte vergilbte Fotografien der glücklichen Familie Boffa im Verkaufsraum auf: Carlo und Greta grinsend über das ganze Gesicht, Großtante Sofia hielt den berühmten Likör hoch, wie einen Siegerpokal, Karl und seine Schwester Helene als Kinder im Wingert. Damit demonstrierte er eindrücklich die nahtlose und gepflegte Familientradition der Boffas.

Aber der Clou war das neue Etikett für den »Roten«. Er nannte den Wein *Carlos Sehnsucht*, darunter ein Bild von Greta, die laut Rückenetikett roten Riesling geliebt hatte. Auf die Frage, ob den denn schon Carlo angebaut habe, sagte er, natürlich, Carlos Pflanzung sei aber im Laufe der Jahre untergegangen, wohin auch immer. Er, Karl, habe sie wieder neu angepflanzt, in memoriam, sozusagen. Ach, auch das war so romantisch. Ja, ja, die Mosel.

Die Urlaubsgesellschaft in Boris' Haus amüsierte sich köstlich. Yves trauerte der Nachtaktion noch nach, ließ sich aber durch den eingewickelten Meißel besänftigen. Claudio war an der Leiche interessiert. Sie war immerhin fast hundertfünfzig Jahre alt, verdiente den Begriff Leiche aber kaum noch. Er hatte sich den Kollegen vorgestellt, die ihn gerne einen Blick auf das Skelett werfen ließen, bevor es in die Gerichtsmedizin nach Mainz verschwand.

Der Schädelknochen war deutlich zertrümmert, das passte auf den ersten Blick zu den Aufzeichnungen Carlos. Näheres nach gründlicher Untersuchung, das war in Mainz nicht anders als in Turin oder Tonnerre.

Karl strahlte und scheffelte Geld, sein Verräterbanker hatte ihm selbstverständlich den Kredit verlängert, keine Rede mehr von drei Wochen, im Gegenteil. Sogar Marina, Karls Frau, ließ sich ab und zu blicken, wenn ihre Termine es zuließen. Karl war im Rausch des Erfolges, die Tagebuchstory hatte eingeschlagen, und Carlo Boffa war auf dem besten Weg, eine Kultfigur zu werden, während dem Bösewicht Alois mit dem gerechten Zorn der Ehrbaren der Tod gegönnt wurde.

Der größte Rummel hielt etwa zehn Tage an. Die Felsräume der Brauerei wurden gründlich untersucht, die Ziegelmauer repariert und der Zaun erneuert. Immer noch kamen Touristen und fotografierten die Ruine, Karl ließ Postkarten drucken, die er seinen Kunden mitgab.

Plötzlich war Mesenich fast so bekannt wie Beilstein – und nicht nur Karl profitierte von der Leich'. Ein besonders pfiffiger Cafébesitzer bot die *Aloistorte* an: ein Stück Schokoladentorte mit einem Marzipanskelett darauf. Das Knochengestell hatte den Arm um eine vergoldete Mokkabohne gelegt.

10. Kapitel

1877

Alois tot! Durch seine Schuld!

Carlo Boffa war verzweifelt. Er ließ die Hacke sinken, nestelte einen Streifen Kautabak aus der Tasche und schob ihn in den Mund. Ihm wurde augenblicklich übel. Er verzog sich hinter eine Ecke und übergab sich. Er zitterte am ganzen Körper und musste gar nicht erst erklären, dass es ihm schlecht ging. Seine Kameraden ließen ihn in Ruhe. Luigi, ein drahtiger Fünfzigjähriger aus dem Aostatal, mit dem er sich gut verstand, schob ihn zu einer Stelle am Fels, die leichter zu bearbeiten war.

Er zwang sich durch den Tag, obwohl er nichts lieber wollte als abhauen, alles stehen und liegen lassen und nur laufen, laufen, laufen.

Als der Vorarbeiter beim morgendlichen Aufbruch nicht erschienen war, hatten sie ihn halbherzig gesucht. Einer meinte, dass er nach Cochem gefahren sei, um der obersten Bauleitung Bericht zu erstatten, die erste

Postkutsche ging im Morgengrauen und hielt bei Bedarf direkt vor der Brauerei. Die Erklärung war so gut wie jede andere und wurde gleichgültig akzeptiert. Einen aloislosen Tag hinterfragte keiner.

Am Abend zuckelten die Männer mit dem Karren und einem Pferd, das genauso müde war wie sie, die zehn Kilometer am Fluss entlang ins Lager zurück, nichts anderes im Sinn als Essen und Schlafen. Ein paar suchten Holz und machten ein Feuer, über das sie einen Topf hängten. Sie hatten noch Kartoffeln und Kohl, ein Stück Speck und Zwiebeln.

Der kleine Luigi schlug sich ins Gebüsch an der Seite des Hauses. Sie hörten ihn plötzlich schreien und liefen zu ihm. Er stand da, die Hose auf Halbmast und deutete nach unten.

Alois hockte auf den Knien und versuchte aufzustehen. »Helft mir, los!« Er klang angeschlagen, aber sein Ton war noch schroffer als gewöhnlich. Die Haare an seinem Hinterkopf waren starr von geronnenem Blut, seine Augen dunkel umrandet. Er sah aus, wie gerade der Hölle entkommen. »Was glotzt ihr? Ein Stein ist runtergekommen, hätte bei draufgehen können.« Ein paar Männer halfen ihm auf und brachten ihn zum Feuer.

Carlo kam gerade mit den Kartoffeln aus dem Haus. Als er Alois sah, wurde er bleich.

In Alois' Blick lag Mordlust. Er trank gierig Wasser, warf die Kelle zurück und verzog sich schwankend auf sein Lager im Haus. Noch ging es ihm zu schlecht, um neue Bosheiten zu ersinnen, aber Carlo machte sich keine Illusionen. Wenn Alois wieder zu Kräften kam, war er seines Lebens nicht mehr sicher.

Auch in dieser Nacht machte er kein Auge zu. Verzweifelt suchte er nach einem Ausweg, doch es fiel ihm keiner ein.

Am Morgen war er so weit, Alois zu bitten. Er würde ihm alles zurückgeben und ihn bitten, ihn in Frieden zu lassen. Die Chance, damit Erfolg zu haben, war etwa so groß wie Eisschollen im Juni, aber was konnte er sonst tun?

Alois, ein zäher Hund, war am nächsten Tag wieder auf den Beinen. Seine Laune war um einiges schlechter als gewöhnlich. Er schikanierte die Männer, wo er nur konnte. Sie waren bei den Feinarbeiten für die Tunneleinfahrt. Im Mai war der Durchstoß gewesen. Die Tunnelgänge von Cochem und von Eller hatten sich im Berg getroffen. Ein Probezug war durchgefahren, die Strecke jedoch noch nicht freigegeben. Alois und seine Arbeiter schlugen an der Tunneleinfahrt in Eller noch Stein ab, damit die Ummauerung passen würde.

Der kleine Luigi und Carlo arbeiteten nebeneinander etwa fünf Meter im Berg. Carlo hielt sich möglichst weit von seinem Vorarbeiter entfernt. Der war mit den Männern außen beschäftigt, der »Innendienst« war nicht beliebt, wenn man die Wahl hatte. Kurz vor Arbeitsschluss schlenderte Alois herein, um sich die Arbeit der beiden anzusehen. Er hatte ein Ende Seil in der Hand, mit dem er immer wieder an seine Stiefel schlug.

Wie abzusehen, war nichts in Ordnung, vor allem hatten sie viel zu wenig geschafft. Alois raunzte Carlo an, schneller zu schlagen, Carlo gab wortlos einen Takt zu, den das Seil mit enervierender Regelmäßigkeit begleitete.

Jetzt mischte sich Luigi ein. Carlo sei gestern krank gewesen, er könne nicht schneller und gleich sei doch sowieso Schluss. Alois schnauzte zurück, dann könne Luigi ja gerne drei Stunden länger machen und Carlo sich schonen. Der meinte, es sei schon gut und arbeitete weiter.

Aber Alois, mit der untrüglichen Sensibilität des Sadisten ausgestattet, ließ sich die Gelegenheit, Carlo zu quälen, nicht entgehen. Er solle sich hinsetzten und dem kleinen Luigi die nächsten drei Stunden bei der Arbeit zusehen. Und damit ihm nicht langweilig würde, bliebe Alois dabei, um ihm Gesellschaft zu leisten. Dieses Vergnügen war ihm sogar den Feierabend wert. Carlo wollte widersprechen, aber Luigi winkte ab und begann wieder auf das Gestein einzuschlagen, während Carlo Alois von seinem Vorhaben abzubringen versuchte. Der Wortwechsel wurde heftiger. Der Vorarbeiter schäumte vor Wut und trieb Luigi immer mehr an, der wie ein Besessener die Hacke schwang. Alois nahm das Seil und schlug ihm auf die Beine. Carlo fiel ihm in den Arm und stieß ihn weg. Alois rastete völlig aus und warf das Seil um Carlos Hals. In dem Moment ließ Luigi die Hacke fallen, griff nach einem Stein und warf ihn Alois an den Kopf.

Er brach auf der Stelle zusammen.

Luigi und Carlo standen keuchend da. Für eine Minute waren sie bewegungsunfähig, dann stürzte sich Luigi auf den leblosen Körper und legte ihm sein Ohr auf die Brust. Er sah auf zu Carlo und schüttelte den Kopf: »Das Schwein ist tot!«

Carlo, jetzt merkwürdig ruhig, wollte nicht den gleichen Fehler zweimal machen und horchte ebenfalls, fühlte den Puls und hielt die Hand vor Alois' Nase.

Er richtete sich auf: »Luigi, du hast mir das Leben gerettet!« Er ging auf seinen Freund zu und legte ihm die Hand auf die Schulter.

»Und du wolltest meins retten!« Luigi setzte sich, seine Knie zitterten. »Was machen wir jetzt?«

In dem Moment wurde Carlo klar, dass er sein Geheimnis mit Luigi teilen musste. Er erzählte ihm von den versteckten Schätzen, von seinem Wunsch, Greta zu heiraten, und der unglückseligen Nacht, als Alois ihn erwischt hatte und danach schon einmal »tot« gewesen war. Auch, dass er ihn in der Höhle vergraben wollte.

Carlo ging zum Ausgang und sah sich um, die anderen Männer waren bereits fort. Zum wohlverdienten Feierabend, während Luigi und er hier weiter schuften sollten. Er spuckte aus und ging zurück. Luigi hatte sich aufgerappelt und lauschte erneut auf Alois Atem, aber der blieb so tot wie zuvor.

»Luigi, die anderen sind weg. Wir können ihnen sagen, was passiert ist oder wir vergraben ihn in der Brauerei.«

»Von denen glaubt uns keiner einen Unfall. Die wissen doch, wie Alois sich aufgeführt hat. Und dass sie dicht halten, da tät ich nicht meine Hand für ins Feuer legen.«

»Also, Brauerei! Aber irgendwas müssen wir sagen. Pass auf, wir mussten hier noch Fels schlagen und Alois ist weggegangen, wollte nach genau drei Stunden zurück sein, dann mussten wir bis da vorn sein«, Carlo zeigte auf eine markierte Stelle am Fels, »da soll eine Nische rein, die soll morgen in Angriff genommen werden. Wir haben dann gewartet, sind es leid geworden, als er nicht kam, und gegangen.«

»Los, dann lass uns den Rest hauen!«

Die beiden schlugen mit Tempo den Stein bis zur Markierung. Völlig erschöpft ließen sie ihre Hacken fallen und tranken Wasser aus der Tonne draußen. Es wurde dunkel, sie warteten noch etwas, dann banden sie Alois auf einem Brett fest und machten sich auf den Rückweg. Als sie ans Ufer kamen, hatte Luigi eine Idee. »Wir lassen Alois' Hemd und Hose hier liegen. Dann sieht das so aus, als hätte er gebadet, das hat er ja oft gemacht.«

»Und ist in der Strömung ertrunken«, ergänzte Carlo.

»Oder, warum werfen wir ihn nicht direkt ins Wasser?«

»Die Strömung bringt ihn Richtung Mesenich, stell dir vor, da treibt er ans Ufer oder sonst wo in der Nähe. Mit der Kopfwunde? Und wir zwei waren allein mit Alois. Das wird untersucht.«

»Gut, du hast recht. Wir wären dran, man darf ihn nicht finden.«

Sie ließen die Bahre herunter, banden die Seile los und zogen Schuhe, Hose und Hemd aus.

»Wir müssen die Taschenuhr dabei lassen. Leg sie in die Schuhe.« Bedauernd schob Luigi sie hinein.

Dann banden sie Alois wieder fest und gingen weiter. Der Weg wurde ihnen schwer. Nicht nur, dass sie bis zur Erschöpfung müde waren, auch die schauerliche Last machte ihnen zu schaffen. Ein Arm fiel immer wieder nach unten, Carlo hatte ihn schon dreimal festgebunden, Luigi bekreuzigte sich jedes Mal und hielt es für ein schlechtes Omen.

»Er will auf uns zeigen«, flüsterte er.

»Unfug, die Hand zeigt nach unten«, Carlo redete forscher, als ihm zumute war.

Es war ruhig als sie das Lager endlich erreichten. Die Männer schliefen und wurden auch nicht schnell wach nach einem Tag harter Arbeit. Trotzdem bewegten sich Carlo und Luigi so leise wie möglich mit ihrer unhandlichen Bürde. Sie schlichen in das Gebäude, der vordere Raum wurde zum Glück nicht als Schlafsaal benutzt, die Männer schliefen oben oder draußen, wenn es zu warm war. Jeder Schritt klang ohrenbetäubend in der Mucksmäuschenstille der Nacht. Ein Käuzchen schrie, Luigi ließ vor Schreck das Brett los und fing es im letzten Moment mit dem Bein auf, an dem es herunterrutschte und mit einem Plopp auf dem Boden landete. Sie verharrten eine Minute reglos, dann nahm Luigi das Brett wieder auf, und sie gingen weiter in die Felsenräume der Brauerei. Carlo hielt an und ließ die Bahre langsam herunter. Er holte eine Kerze und zündete sie an. Luigi hatte sein Ende ebenfalls abgesetzt und folgte Carlo durch den früher eingestürzten Gang in die letzte Kammer. Die Seiten waren hier teilweise durch Bruchsteinwände gesichert. Hinter den Dynamitkisten untersuchten sie den Boden. Er war zwar aus Erdreich, aber mit Steinen durchsetzt.

»Da müssen wir hacken«, flüsterte Luigi. »Das hört man.«

»Da links ist eine Stelle, da können wir graben.« Carlo deutete auf den Boden. »Ich fang' an, du passt auf!«

Sie holten die Leiche nach hinten, dann stellte sich Luigi in den vorderen Raum, während Carlo begann, eine Grube auszuheben – nach einem mörderischen Arbeitstag und dem kilometerlangen Fußmarsch eine Tortur. Sie wechselten sich ab, immer die Zeit im Nacken. Es wurde früh hell, bis dahin musste Alois verschwunden sein.

Sie schafften es, ihn so tief einzubuddeln, dass seine Füße knapp mit Erde bedeckt waren, mehr war nicht möglich, direkt unter dem Körper fing der Fels an. Vom Einsturz des Gangs lagen noch Steinhaufen an den Wänden. Sie bedeckten das Grab und die Umgebung mit Steinen, und verschlossen die Kammer mit einer Bruchsteinwand. Hier war der Keller sehr niedrig, sonst hätten sie es nicht in einer Nacht geschafft – geschwächt, wie sie waren. Der Leichnam war jetzt hinter der Seitenwand der letzten Höhle eingemauert. Das goldene Kirchengerät legten sie mit in die Grabkammer. Alois Gier wurde auf makabere Weise gestillt.

Die restlichen Münzen hatten sie aus den Kisten geholt und in einer kleinen, separaten Grube im Gebüsch hinter dem Haus versteckt. Carlo hatte mit Luigi geteilt, der zuerst nichts annehmen wollte. Aber Carlo hatte gesagt, such' dir auch eine Frau. Sein Freund gestand ihm, dass er im Nachbardorf schon seit geraumer Zeit eine Liebschaft unterhielt.

»Na, siehst du«, erwiderte Carlo.

In den Waffenkisten lagerte jetzt nur noch Sprengstoff.

Carlo und Luigi sahen sich ein letztes Mal um. Die Kisten standen etwas nach vorne gerückt. Mit Kerzenbeleuchtung war der Hintergrund kaum zu erkennen. Wenn man nicht danach suchte, würde das Grab nicht gefunden werden. Carlo hoffte, dass der Geruch ihnen keinen Strich durch die Rechnung machte.

11. Kapitel

2012

Die Eröffnung des *Chez I.* war ein voller Erfolg. Die geladenen Gäste sangen ein Loblied auf die gelungene Ausstattung und die unvergleichlich gute Küche Irinas. Karl Petit hatte sich Marlene, Claudio und Boris angeschlossen und die Gelegenheit genutzt, sich und seinen neuen Wein zu präsentieren. *Carlos Sehnsucht* war, neben einem Crémant aus dem Burgund, der Wein des Abends.

Natürlich drehte sich das Gespräch auch immer wieder um die Geschichte Carlos. Sie war wirklich das Beste, was Karl hatte passieren können, das Weingut würde noch Jahre davon zehren. Karl sprudelte über vor Ideen, er war so energiegeladen, dass er glatt einen zweiten Betrieb hätte eröffnen könnte, um sie alle umzusetzen.

Als er, auf einer Euphoriewelle schwimmend, von der Eröffnung zurückkam, erwartete ihn seine Frau in der Küche.

Marina hatte ihn anfangs noch unterstützt. Der Leichenfund und das Kirchengold hatten wie eine Vitaminspritze auf den Betrieb gewirkt. Endlich ging es wieder voran, aber Karl wollte mehr und gab keine Ruhe. Das ganze Getue um den alten Boffa wurde ihr immer peinlicher. Wenn sie ehrlich war, hatte sie die Nase voll von Carlo – und auch von Karl.

»Willst du einen Kaffee?« Sie fuhr sich mit der Hand durch die kurzen, braunen Haare.

»Nein«, sagte er. »Pass auf! Was hältst du davon, wenn wir immer zum Jahrestag der ersten Flasche des ›Roten‹ eine Sonderabfüllung machen? Limitiert, mit einem gezeichneten Etikett, jedes Jahr ein anderes, das …«

»Wie Mouton-Rothschild!«, unterbrach sie ihn. »Du spinnst ja völlig! Du machst dich lächerlich!«

»Wieso denn, schließlich hab ich den Laden wieder ans Laufen gekriegt, so falsch kann ich ja nicht liegen. Du hättest es wohl besser gemacht?«

»Ich hätte erst gar nicht die blöden roten Rieslinge angebaut, dann wär das ganze Theater nämlich nicht nötig gewesen.«

»Jetzt hör aber mal auf. Wenn man nie was Neues wagt, kommt man auch nicht weiter. Es geht schon mal was daneben, klar, aber das ist doch normal.« Er sah sie an, bemüht, den frostigen Ton herauszunehmen.

»Schon mal was daneben! Unsere ganze Existenz wäre bald daneben gegangen. Ja, du hast es wieder geschafft, und zum Glück hast du wieder ein neues Spielzeug. *Carlos Sehnsucht*«, stieß sie abfällig hervor. »Dass ich nicht lache. Aber das reicht nicht, nein, jetzt muss auch noch ein Ahnenkult her, würde mich nicht wundern, wenn du demnächst eine Statue vom alten Boffa in den Innenhof setzt.« Sie hatte eine Wut, dass ihre blauen Augen blitzten. »Oh, nein, ich seh's dir an, ich glaub's ja nicht. Das hast du wirklich vor!«

Karl griff nach ihrer Hand und hielt sie fest. »Marina, was soll das? Wir können das lassen, wenn's dir nicht gefällt.«

»Mir gefällt so einiges nicht, und wir werden es lassen. Ich gehe, Karl, ich hab die Nase voll. Ich fahre erst mal für einen Monat zu meinem Bruder ins Allgäu, dann sehen wir weiter.« Sie riss sich zusammen und nahm den scharfen Ton zurück. »Ich bin einfach genervt. Bis ich zurückkomme, wird der Rummel hoffentlich vorbei sein, und wir können wieder als Familie leben. Nicht so auf dem Präsentierteller wie jetzt.« Sie hielt mit aller Gewalt an sich, am liebsten hätte sie ihm sonst was an den Kopf geworfen, ihr Bündel gepackt und wäre gegangen, für immer. Aber sie musste an die Zukunft denken, und wenn es noch so schwer fiel. Sie ließ sich erschöpft auf einen Stuhl fallen und fuhr wieder nervös mit der Hand durch die Haare.

Karl räusperte sich. »Willst du dich scheiden lassen?«

»Um Gottes willen, nein. Wie gesagt, ich bin nur genervt und brauche Urlaub.«

»Wer braucht den nicht!« Karls gute Laune war dahin, das ärgerte ihn am meisten. Die blöde Kuh.

»Ach, Karl ...«

Dieser resignierte Tonfall – er hätte ihr eine klatschen können, stand aber nur auf und verließ türschlagend das Büro.

* * *

Claire und Yves wurden bei ihrer Abreise nach Tonnerre mit großem Adieu verabschiedet. Der Rest würde bis Sonntag bleiben, danach wäre Boris allein. Sie sahen ihnen nach, bis sie kurz vor Senheim um die Ecke verschwanden. Die Sonne schien, es würde wieder ein herrlicher Tag werden. Boris und Claudio machten sich bereit, Brennholz zu holen, der Vorrat war bald erschöpft. Sie durften sich von Karls Stapel bedienen, der auf halbem Weg zwischen Mesenich und Briedern in einem Unterstand im Wald lagerte. Er hatte ihnen ein Bollerwägelchen geliehen, das, jetzt gefüllt mit Wasser, Wein und Butterbroten, von Claudio gezogen wurde.

»Wie lange soll der Ausflug dauern?«, fragte Marlene, als sie die Ladung sah.

»Waldarbeit macht hungrig«, meinte Boris und legte noch eine Tafel Schokolade hinzu. »Willst du nicht mitkommen?«

»Ich leg mich in den Garten und lese, geht ihr nur. Danach will ich zu einem Winzer.« Marlene war froh um ein paar Stunden Ruhe. Mal kein Trubel zur Abwechslung. Sie wusch sich die Haare und machte es sich mit einem Buch unter dem Sonnenschirm bequem.

Später zog sie Jeans und eine dünne Bluse über und schminkte die Lippen. Sie griff nach ihrer Tasche, dem Autoschlüssel und einer Leinenjacke, deren Zimtton gut zu ihren braunen Locken passte.

Eine Stunde später saß sie bei einem Winzer in Bernkastel-Kues im Probierraum und hatte eine Auswahl des aktuellen Jahrgangs vor sich. Sie verkaufte dessen Weine seit über zwanzig Jahren und schätzte ihre gleichbleibend gute Qualität. Er ließ sich nicht auf Schnick-Schnack ein, blieb seiner Linie treu, die vor Jahrzehnten richtungsweisend gewesen war und inzwischen von vielen Winzern verfolgt wurde. Es war, wie immer wenn Güte eine Rolle spielt, ganz einfach: Sorgfalt, Handarbeit, Geduld und so wenig Zusatzstoffe wie möglich. Dazu der feste Glaube, dass sich Qualität durchsetzt, auch wenn man schwere Zeiten durchlaufen muss.

Der Winzer hatte natürlich von den Ereignissen in Mesenich gehört. Er verfolgte die Entwicklung des roten Rieslings interessiert und überlegte ebenfalls, einen Wingert anzulegen.

»Der Wein ist wirklich gut, und Karl mit seiner Carlo-Masche hat ihn in kurzer Zeit gepuscht. Ich glaube nicht, dass da noch viel schiefgehen kann. Die Kunden werden ihn haben wollen.« Marlene hatte ihm die Hintergründe und Details erzählt, die er sich schmunzelnd und kopfschüttelnd angehört hatte.

»Da ist er ein ziemliches Risiko eingegangen. Aber Karl war immer schon ein Spieler, und seit Helene zu ihrem Mann nach Hamburg gezogen ist, fehlt ihr mäßigender Einfluss.«

»Seine Schwester kümmert sich gar nicht mehr um das Weingut?«, fragte Marlene.

»Nein, die ist ja mit einem der alteingesessenen Hamburger Großhändler verheiratet. Das kommt Karl natürlich zugute, da hat er auch nie einen Hehl draus gemacht. Aber die zwei verstehen sich nicht mehr so gut wie früher. Helene ist der Hanseatenadel zu Kopf gestiegen.« Er lachte. »Als wenn man durch Heirat was Besseres wird. Marina kommt gar nicht mit ihr klar. Die sagt immer: ›Wenn Helene da ist, muss ich die Türen verbreitern, die hat einen neben sich gehen.‹«

Marlene lachte mit und nutzte die Gelegenheit: »Da fällt mir ein, was ist eigentlich mit Karls Frau? Ich gebe zu, ich bin einfach neugierig, wir sind ja gerade Nachbarn, Karl ist bei uns Dauergast, aber sie lässt sich nie blicken, und mit dem Weingut bringt man sie gar nicht in Verbindung.«

»Marina arbeitet schon immer bei einer Versicherung in Koblenz. Da kommt sie ja auch her. Ist halt ein Stadtkind. Ich glaube nicht, dass sie viel mit dem Weinbaubetrieb am Hut hat. Aber Karl hat sie geheiratet, als sie mit ihren kleinen Jungs alleine da stand. Ihr Mann war bei einem Unfall ums Leben gekommen, sie war noch sehr jung«, erklärte er, als Marlene ihn fragend ansah. »Ich will nichts Falsches erzählen. Ist nur mein Eindruck.« Er goss eine Probe ein, schien zu überlegen und gab sich dann einen Ruck. »Die Jungs studieren irgendwo im Ausland, seitdem ist sie oft bei ihrem Bruder im Allgäu. Man munkelt, sie habe da jemanden. Sie verstehen?«

»Einen Freund?«

»Ja, in der Art. Aber, wie gesagt, alles nur Vermutungen.«

Marlene nickte, lobte den Wein, eine Riesling Auslese, und sagte: »Ist ja auch egal und deren Sache.«

Der Winzer nickte: »Und außerdem ist Karl ein Spitzenwinzer, Spieler hin oder her.« Als stünde das in einem Zusammenhang mit den alpinen Affären seiner Frau.

* * *

Am Abend machte Marlene mit den Männern und Nerolina einen langen Spaziergang. Sie gingen zur Kirche hinauf, über den Friedhof, auf den durch den Weinberg verlaufenden Steinreichskäppweg. Er bot einen schönen Blick auf die Mosel und war von Bildnissen bekannter Einwohner, Sprüchen und Stationen mit verschiedenen Aufgaben gesäumt. Karl hatte ihnen den Namen erklärt, der von den »Steinrechen«, einem alten Wort für Steinhaufen, stammte. Die Weinberge zwischen Mesenich und Senheim waren voller Steine gewesen, die die Winzer sammelten und zusammenscharrten und dann am Wegesrand lagerten. Reste davon waren noch zu sehen, oder sie wurden zu Kunst verarbeitet. Es gab einen riesigen Kopf, der über die Mosel blickte, ein festes Metallgestell, das mit Steinen gefüllt war. Die Augen bestanden aus polierten Steinscheiben, die im Sonnenlicht unheimlich blitzten. Auch ein Glücksrad stand hier, wenn man es drehte, verriet es eine Lebensweisheit – die man annahm, oder auch nicht. Marlene drehte die Nummer 6: *Ersticke deinen Ärger, solange er klein ist.* Sie drehte sich zu Claudio um, der sie angrinste.

Nerolina lief voraus, als Beutestück einen alten Rebstock im Maul. Sie kletterten oberhalb von Senheim auf die Höhe und gingen durch den Wald, Mesenich lag auf dem Rückweg unter ihnen. Sie kamen von der anderen Seite wieder in den Ort, vorbei am Bootsanleger und dem Campingplatz, der fest in niederländischer Hand war. Die Wanderung in der Sommerhitze hatte sie müde und hungrig gemacht.

Aus dem Weingut Carlo Boffa hörten sie schon von Weitem Musik und Stimmen.

»Was ist denn los bei Karl?«, wollte Marlene wissen.

»Er hat heute ein Hoffest zum 162. Geburtstag von Carlo«, klärte Boris sie auf.

Marlene schnalzte mit der Zunge.

Durch die kleinen Straßen näherten sie sich Karls Bruchsteinhaus. Viele der anliegenden Häuser waren aus dem moseltypischen Stein gebaut. Der warme Braunton wurde von gepflegten Fachwerkhäusern unterbrochen. Fast jedes hatte einen Rosenstock neben der Tür stehen, eine Besonderheit des Dorfes, die auf seine Besucher so einladend wirkte.

Sie hatten das Hoftor erreicht und sahen hinein. Neben Ständen mit Wein gab es die berühmten Liköre, Marmeladen, den *Aloiskuchen*, Kaffee und einen Akkordeonspieler unter einem Sonnenschirm.

Die Touristen drängten sich in dem stickigen Innenhof, die Atmosphäre glich einem mittelalterlichen Jahrmarkt. Was nicht zuletzt an den in lange Leinenkleider gehüllten Mädchen lag, die bedienten und hinter den Verkaufstischen standen. Karl wuselte durch das ganze Getümmel, angetan mit einer schmalen, schwarzen Hose und einem weißen, weiten Hemd, das entfernt an einen Landjunker erinnerte.

Claudio sah sich das Treiben an. »Der will's aber wissen.«

»Kann man so sagen. Aber den Leuten gefällt es.« Boris sah zu Karl hinüber, der sie eifrig zu sich winkte.

»Na, was sagt ihr? Kommt, setzt euch.« Er komplimentierte sie an einen kleinen Tisch, der gerade frei geworden war, und goss Wein in Gläser. »Holt euch zu essen, da vorne gibt es sauren Stambes mit Mausohr und Tresterfleisch, wie meine Mutter ihn gemacht hat, ein Rest Rilles-Ralles ist auch noch da.«

Rilles-Ralles war ein typisches Kartoffelgericht von der Hunsrücker Seite der Mosel, gehaltvoll und gut gewürzt. Mit frischem, kaltem Riesling ein köstliches Mittagsmahl.

»Von Marina keine Spur!«, konstatierte Marlene. Sie hatte einen Teller der Spezialität vor sich, bei einem solchen Namen konnte sie nicht widerstehen. »Hm, köstlich. Probiert«, sie schob den Teller und ein paar Gabeln in die Mitte des Tisches.

Der Geschmack erinnerte Claudio an ein Gericht seiner Heimat. Seine Familie stammte aus dem Aostatal, dort wurde eher deftig gegessen. Zumindest war das früher so gewesen. Heute bevorzugte man häufig eine fettärmere Version der Rezepte, aber seine Tanten hatten noch »ordentlich« gekocht und sich nicht vor einem Stück Speck bange gemacht. »Wenn ich an die Küche meiner Kindheit denke, dann war alles voller Sahne, Speck und Butter.«

Boris hatte ähnliche Erinnerungen. Er war auf einem Bauernhof im Münsterland aufgewachsen. Der Hof war noch immer in Familienbesitz, aber Boris war nach dem Tod seiner Eltern nicht mehr dort gewesen. Das war jetzt auch schon über zehn Jahre her. Er seufzte. »Was wohl Carlo in seiner Kindheit gegessen hat?«, sinnierte Boris.

»Na, vielleicht hat Carlo mit einem Martini, der ja bei uns erfunden wurde, vor der Haustür gesessen und darauf gewartet, dass sein Vater vom Wildern zurückkam, während seine Mutter in der Küche Nudeln walzte«, schlug Claudio vor.

»Ihr spinnt.« Karl hatte hinter ihnen gestanden und zugehört. »Mein Ururgroßvater kam aus einer Weinbaufamilie. Was denkt ihr, warum der unseren Betrieb so hochgebracht hat?«

»Weil er die Erbin geheiratet hat?« Marlene lächelte Karl an.

12. Kapitel

Karls Schwester Helene war am Abend des Hoffestes angekommen. Sie hatte den Zug genommen und war von Cochem aus mit dem Taxi zu ihrem Bruder gefahren. Das Fest war noch in vollem Gange, als sie eintraf, aber sie zog sich nach einem Imbiss zurück. Sie war müde von der Reise und Karls Aufgedrehtheit ging ihr auf die Nerven.

Sie bewohnte ihr altes Zimmer unterm Dach. An der Einrichtung hatte sich nichts geändert, seit sie nach Hamburg gezogen war. Immer noch hingen die gepunkteten Vorhänge vor den Fenstern und der abgenutzte Webteppich auf dem Boden hatte längst seine Farben verloren.

Sie zog ihre Designer-Jeans und die gestreifte Bluse aus, bürstete die halblangen, brünetten Haare und prüfte im Spiegel, ob sie geschnitten werden mussten. Sie war nicht besonders eitel, aber ein gewisser Standard sollte gehalten werden. Sie repräsentierte den Weingroßhandel ihres Mannes auf Messen und in der Werbung, ihr Gatte war für die Organisation zuständig. Der Einkauf lag ebenfalls in ihren Händen, zumindest das Aussuchen, die Abwicklung überließ sie anderen. Das war ihr viel zu langweilig ... und sie hatte Wichtigeres zu tun.

Karl war ihr dazwischengekommen – eben noch ein kleiner Schlenker auf dem Weg nach oben. Sie hoffte, dass dieser Journalist vernünftig war.

Karl mit seinen verrückten Ideen! Den Ururgroßvater als mordenden Romantiker hinzustellen, sie durfte gar nicht darüber nachdenken. Aber das war typisch Karl, erst handeln, dann denken. Für ihn hatte sich dieser billige Rummel ja ausgezahlt, aber Thomas, ihr Mann, stammte aus einer alten Hanseatenfamilie und war nicht amüsiert, oh nein. Er liebäugelte mit einem Senatssitz und konnte keine Skandale gebrauchen. Karl hatte nur an sich gedacht, wie immer, kein Wunder, dass ihre Schwägerin demnächst nach Bayern entschwinden wollte, weit weg von den unerfreulichen Enthüllungen.

Jetzt war sie bei einer Freundin in Koblenz. Helene registrierte das auf der Soll-Seite, wenigstens zur Begrüßung hätte sie da sein müssen. Aber Marina war viel zu weich, immer schon ging sie den Weg des geringsten Widerstandes, dabei hätte sie ihn stoppen müssen, schließlich war sie seine Ehefrau. Sie war ihm so dankbar, dass er sie damals geheiratet hatte, eine Witwe mit zwei kleinen Kindern. Wer nahm die schon? Na, Karl hatte es getan und gut für sie gesorgt, das musste man ihm lassen. Jetzt waren sie erwachsen und lernten die Weinherstellung in Kalifornien. Helene rechnete nach, knappe vier Jahre waren sie jetzt weg, die Jungs. Bald würden sie wieder nach Hause kommen. Vielleicht konnten sie ihrem Vater Einhalt gebieten. Den Gedanken würde sie in der Hinterhand behalten.

Und dann diese kleine, blonde Schnepfe, die an Karl gehangen hatte heute Abend, wie eine Klette!

Helene schnaubte verächtlich und zog die Bürste kräftiger durchs Haar. Das sollte mal ein Mann mit ihr machen – sie praktisch vor ihren Augen betrügen! Wie die gekichert und Karl schöne Augen gemacht hatte. Und der hatte doch tatsächlich die Stirn, diese Yvonne neben sich an den Tisch zu setzen. Sonnenklar, dass da was zwischen ihnen lief.

So wie sie das Früchtchen einschätzte, musste sie auch hier handeln, bevor es zu spät war. Sie ließ sich nicht von süßer Unschuld täuschen, so wie Karl. Quatsch, dachte Helene, so wie alle Männer. Das hätte noch gefehlt, erst der Mörder-Opa und obendrauf noch ein dreißig Jahre jüngeres, blondes Gift, das den Betrieb endgültig in Verruf brachte. Sie durfte gar nicht an Thomas' Reaktion auf diesen neuerlichen Fauxpas denken. Peinlich, wenn die Klatschpresse die Verwandtschaft durch den Wolf drehte. Peinlich und politisch tödlich, schließlich lebten sie nicht in Italien.

Helene warf die Bürste aufs Bett. Karl machte sich lächerlich, und sie war wieder da, um es zu richten, wie üblich.

Gott sei Dank hatte sie eine Idee. Sie sah im Spiegel ein durchtriebenes Grinsen, das sie sich ein paar Sekunden gönnte und dann in ihre offizielle, freundliche Miene umwandelte.

Sie würde den Journalisten auf ihre Seite ziehen, sie hatte es sich genau überlegt. Bei ihren Beziehungen konnte sie ihm einiges bieten. Exklusiv, nur er als Berichterstatter, wenn sie die renommierten Weingüter Australiens besuchte, oder sonst was, was ihm Spaß machte, vielleicht Südafrika oder Chile, egal. Ihrer Erfahrung nach war jeder käuflich, auf die eine oder andere Weise.

Jedenfalls sollte es möglich sein, die Story zu korrigieren. Unfall, falsch verstandene Tagebücher, was wusste sie. Aber das war Sache des Schreibers, der hatte es schließlich gelernt, dem würde schon etwas einfallen.

Nachdem sie geduscht hatte, legte sie sich ins Bett und schloss die Augen. Sie hatte einen Plan, damit war schon die Hälfte gewonnen, und diese Praktikantin Yvonne würde sie dahin befördern, wo sie hingehörte. Wenn Karl in Zukunft nicht diskreter wäre, würde sie auch seine Konditionen an die Realität anpassen müssen. Der Hamburger Weingroßhandel lebte schließlich nicht von Luft und Liebe. Wie ihm das wohl gefiel? Fast hoffte sie, es würde so weit kommen. Dann könnte sie ihm endlich mal die Daumenschrauben anlegen. Ein angenehmer Schauer durchlief sie, sie schmunzelte.

Die Musik aus dem Innenhof drang in ihr Bewusstsein, sie trank einen Schluck Wasser und merkte, dass sie nicht einschlafen würde. Ihr Buch und Obst für die Reise lagen noch unten in der Diele. Sie lief die Treppe hinunter. Als sie an der Bürotür vorbeikam, hatte sie eine andere Idee. Sie holte die Tagebücher aus dem alten Schrank und nahm sie mit nach oben. Dann setzte sie sich bequem ins Bett und begann zu lesen.

Nach zwei Stunden hatte sie die gesamte Übersetzung gelesen und legte den Kopf zurück. Sie fuhr sich mit den Händen über die Augen. Unglaublich! Aber leider wahr, da gab es nichts zu deuteln. Karl hatte ihr zwar alles erzählt, aber es selbst zu lesen, war noch einmal etwas anderes. Sie nahm erneut das zweite der von Boris übersetzten Hefte zur Hand. Komisch, dass es so abrupt endete. Einer Anmerkung entnahm sie, dass Karls Freund vermutete, dass es eine Fortsetzung gab. Das glaubte sie auch, und wie sie ihre Familie kannte, lag die in irgendeiner Schublade. Hier wurde nie etwas weggeworfen, sie hatten nach dem Tod ihrer Eltern sogar noch Kassenbons über zehn Eier und ein Paket Spinat gefunden. Zwölf Jahre alt, wohlgemerkt.

Sie begab sich wieder ins Büro und durchsuchte den Schrank gründlich. Ihr wäre wohler, wenn sie die Fortsetzung finden würde, wer konnte wissen, welche Überraschungen noch zutage traten und neuen Stoff für die Hirngespinste ihres Bruders liefern würden. Aber die Ausbeute bestand nur aus toten Spinnen und porösen Gummibändern in den hintersten Ecken.

Sie wurde müde, gähnend schloss sie den Schrank und verschob ihre Nachforschungen auf den morgigen Tag. Die Musik verebbte langsam, die letzten Zecher verließen den Hof, ein paar Stunden Schlaf sollten noch drin sein.

* * *

Um sieben Uhr früh am nächsten Morgen hatte Helene das blonde Gift in den Weinberg geschickt und Karl die

Leviten gelesen. Der hatte seinen Kopf gehalten und vor sich hingebrummt.

»Hast du denn überall nach fehlenden Seiten gesucht?«, fragte sie ihn später, als er wieder ansprechbar war.

»Klar, das ganze Büro hab ich auf den Kopf gestellt. Im Küchenschrank, da wo Mutter immer das Haushaltsbuch hatte, im Wohnzimmer beim Trester, wirklich überall. Ich konnte nichts finden. Vielleicht hat es einer mitgenommen oder weggeworfen.«

»Warum sollte das jemand machen? Das ist bestimmt noch irgendwo.«

Karl war mit einer neuen Werbeidee beschäftigt und hatte keinen Sinn für Suchaktionen.

»Lass uns mal in der Scheune nachsehen. Weißt du noch, da gab es doch das Versteck mit dem Brett davor.«

»Das ist längst zugebaut. Als ich die Wand erneuert habe vor vier Jahren. War nix drin.«

»Und im Keller?«

Karl sah seine Schwester irritiert an. »Helene, da ist nichts mehr. Wir haben doch auch so schon genug erfahren. Ich hab zu tun.«

»Na, gut. Ich geh spazieren. Wann ist das Interview?«

»Wir melden uns bei ihm, du bleibst ja eine Woche.« Er wandte sich wieder seinen Papieren zu.

»Wo wohnt denn dieser de Beers?«

Karl sah durch sie hindurch. »Eh, was? Ach so, in dem Haus vom alten Jupp.«

Helene drehte sich an der Tür zu ihm um, aber er war so vertieft, dass er es nicht bemerkte. Sie ging die Stufen hinunter in den Hof und machte sich auf den Weg. Als sie an der Scheune vorbeikam, ging sie hinein. Die Wand mit dem Versteck war glatt und weiß wie gebleichtes Leinen. Dann im Keller. Helene war nicht bereit, so schnell aufzugeben. Sie nahm die Seitentür und stieg in den Gewölbekeller. In den ersten Räumen standen die alten Geräte zur Weinherstellung, eine kleine Presse, diverse Kiepen und Fässer. Das sollte demnächst in einen neuen Proberaum, hatte Karl erzählt, er plante, eine der Scheunen umzubauen.

Helene ging weiter, rechts standen zwei Kühltruhen und ein Weinkühlschrank, der nicht mehr funktionierte. Auf den Regalbrettern lagerten Dutzende Einweckgläser, die meisten an die zwanzig Jahre alt. Mirabellen, Pflaumen, Kirschen, Gurken, Bohnen. Alle noch von ihrer Mutter. Warum hatte die nur keiner gegessen? Sie durchsuchte systematisch die Räume, ohne Erfolg.

In den letzten Gewölben befand sie sich schon im Berg. Über ihr war ein Wingert mit rotem Riesling. Hier lagerten die abgefüllten Weine. Sie machte kehrt und ging zurück. Bei den Kühltruhen blieb sie stehen. Sie öffnete die erste und fand Eis und Pizza bis zur oberen Kante. In der zweiten lag Wildbret. Unter einer Rehkeule sah sie die Ecke eines Pizzakartons. Sie zog ihn heraus, der musste in die andere Truhe. Spinat und Artischocken, ihre Lieblingspizza. Sie bekam Hunger und nahm sie mit nach oben.

In der Küche stellte sie den Backofen an. Sie fand einen Rest Rotwein und goss ihn in zwei Gläser.

»Karl«, rief sie in den Flur. »Komm in die Küche, mach mal Pause, ich schieb uns eine Pizza in den Ofen.«

Karl hörte sie in der Küche hantieren. Pizza? Ihm wurde heiß. Er stand abrupt auf und lief in die Küche. »Wo hast du die her?

»He, gönnst du mir keine Pizza?«

»Doch, natürlich, aber die sind schon so alt, lass mal sehen, ob die noch gut ist.« Er wollte nach dem Karton greifen, doch sie war schneller. »Ach was, die ist in … ach, verdammt!« Die Seite der Verpackung war offen und die Pizza rutschte heraus, hinterher segelten ein paar beschriebene Blätter.

»Was ist denn das?« Helene sammelte die Blätter auf, bevor Karl reagierte. »Italienisch, das sind die fehlenden Blätter von Carlo! He, und hier ist die Übersetzung«, sie wurde ganz aufgeregt. »Du, das ist ja spannend. Sag mal, wie kommen die denn in die Truhe?«

Karl zuckte mit den Schultern. »Keine Ahnung.«

Helene sah ihn durchdringend an. »Kannst doch nur du oder Marina gewesen sein.«

Karl wand sich. »Gib mal her. Die sind vielleicht versehentlich, ach, was soll's. Ich hab sie da versteckt.«

»Du hast was? Warum denn?«

»Lies sie, dann weißt du es. Nachdem Boris meinte, dass da was fehlt, habe ich noch mal gesucht. Und tatsächlich, hinter eine Schublade waren sie gerutscht. Zum Glück war hier wieder die Übersetzung von Carlos Tochter dabei. Als ich sie gelesen hatte, hab ich sie sofort versteckt.«

Helene begann zu lesen, dann legte sie das Papier auf den Tisch und lachte. »Warum hast du die denn versteckt? Carlo hat diesen Alois gar nicht umgebracht, das war sein Freund Luigi. Gott sei Dank, mir war sowieso nicht wohl mit einem Mörder in der Familie.«

»Notwehr«, warf Karl matt ein. »Du hörst dich schon an wie Marina.«

»Für die meisten ist egal, ob Mord oder nicht. Tatsache ist, oder vielmehr war, dass Alois durch unseren Ururgroßvater gestorben ist.«

»Das interessiert bei euch da oben doch keinen.«

»Hast du eine Ahnung! Wenn du im öffentlichen Leben stehst, stürzt sich die Presse auf den Leckerbissen. Thomas will in den Senat, wir müssen Eiertänze machen, um eine Chance zu haben.«

»Wir? Was will der denn im Senat? Ach, ich weiß schon, Thomas will Hoflieferant werden. Und du bist hinter dem Prestige her. Schwesterchen will hoch hinaus, wie immer, dabei ist der Kerl doch schon aus ›guter‹ Familie.« Karl lachte gehässig. »Deinem edlen Gatten nimmt doch keiner soziales Engagement oder so was ab, womit man in die Politik kommt. Mein Gott, Helene, du bist auch vor nix mehr fies.«

»Du spinnst, Thomas ist so engagiert.« Sie ließ sich lang und breit über seine vielfältigen sozialen Tätigkeiten aus. Der Vortrag litt ein bisschen, weil sie währenddessen ihre Haare im Küchenspiegel überprüfte.

»Du glaubst das selber, was?«

»Karl, du hast doch, was du wolltest. Das Weingut läuft, da kann ruhig die Wahrheit ans Licht, dann haben wir alle was davon. Du auch, schließlich verkaufen wir auch deinen Wein.«

»Helene, wenn das rauskommt, kann ich die ganze Werbung vergessen. Die Leute lachen sich kaputt über uns. Die ganze Carlo-Geschichte ist dann im Eimer. Ein Freund hat Alois auf dem Gewissen und dann auch noch, um Carlo zu retten. Wo bleibt denn da der romantische Held, der für seine Liebe bis aufs Blut kämpft? Futsch! Futschikato!«

»Ich glaube, du kannst es dir nicht leisten, unsere Vertriebswege zu verlieren.«

»Ah, jetzt wird sie vornehm! Erpressung ja, aber bitte in gestochenem Deutsch«, teilte Karl der Küchenlampe mit.

Helene wurde ärgerlich. »Verdammt, Karl, denk doch einmal weiter als bis zur Kellertür.«

»Das tu ich doch! Du bist die, die nicht weiterdenkt. Du und dein Herr Gemahl. Senat – Mensch, Helene, was hast du davon? Vielleicht ein Schwiegersohn mit Ambitionen? Zum Bürgermeister oder Bundeskanzler? Wird meine arme Nichte auch gefragt?«

»Jetzt drehst du völlig durch, Karl, du verlierst langsam den Realitätsbezug, merkst du das überhaupt?«

»Ach, leck' mich!« Karl drehte sich um und rauschte aus der Küche.

13. Kapitel

1877

Die Männer wunderten sich, wo Alois schon wieder blieb.

Der kleine Luigi ging freiwillig in die Felsenräume, um nachzusehen. »Nicht, dass ihm wieder was auf den Kopf gefallen ist«, meinte er zu den anderen.

Carlo bewunderte seine Kaltblütigkeit. Er selbst wäre dazu nicht in der Lage gewesen.

»Keiner da!«, rief Luigi, als er nach ein paar Minuten zurückkam. »Der hat uns gestern doch noch lange arbeiten lassen, bis zu der Nische sollten wir kommen. Dann ist er weggegangen, wollte später wiederkommen. Wir haben gewartet und dann gedacht, der ist schon hierhin. Am besten fahren wir zum Tunnel, vielleicht ist er da.«

Das konnte sich zwar keiner erklären, aber so machten sie es.

Der Wagen rappelte über den Moselweg Richtung Süden. An der Stelle, wo der Weg zur Tunneleinfahrt abbog, ließ Giuseppe, der auf dem Kutschbock saß, den Wagen langsamer werden. Plötzlich hielt er an und zeigte auf einen Haufen Kleider am Ufer. »Guckt mal!«

Ein paar Männer stiegen ab. »Das sind Alois' Sachen. He, hier ist seine Uhr. Der ist baden gegangen.«

»Was redest du, doch nicht morgens.«

»Ich seh' ihn nicht.«

Keiner sah ihn, sie blieben eine ganze Weile am Ufer, gingen hin und her, riefen. Von Alois keine Spur.

»Du, der ist ertrunken.« Einer sprach es aus. Ein paar bekreuzigten sich.

Carlo lief es kalt den Rücken herunter.

»Vielleicht ist er auch rübergeschwommen und holt da erst mal Luft.« Das glaubte aber niemand.

»Wenn der nicht kommt, müssen wir das melden.«

Sie nahmen die Uhr, damit sie keinem Dieb in die Hände fiel, und diskutierten, was sie tun sollten. Es gab einiges Hin und Her, wer nach Cochem fahren sollte und wann. Man einigte sich schließlich, bis Mittag zu warten, wenn Alois dann noch nicht aufgetaucht war, sollte Carlo gehen. Carlo wollte nicht, sprach aber am besten deutsch. Wenn er sich geweigert hätte, wäre das merkwürdig gewesen, besonders, da er schon des Öfteren im Hauptbüro gewesen war, wenn die Männer einen Sprecher brauchten.

Punkt zwölf machte er sich beklommen auf den Weg. Er brauchte bis zum frühen Abend für die Strecke. Zu Fuß war er zur Poststation in Eller gegangen, hatte ewig warten müssen, weil eines der Pferde zusammengebrochen war. Der Gendarm war gekommen, um es zu erschießen. Carlo hatte sich abgewandt und am Ufer gewartet. Sein Bedarf an Leichen jeder Art war gedeckt.

Alois Sachen waren inzwischen verschwunden. Bis auf ein löcheriges Schnupftuch hatten sie neue Besitzer gefunden.

Als das Ersatzpferd endlich eintraf und die Kutsche losfuhr, war es bereits Nachmittag. Er hatte kein Geld und Glück, dass er überhaupt mitgenommen wurde. Ein Hinweis auf das Planungsbüro, das die Fahrt bezahlen würde, verhalf ihm zu einem Platz vorne neben dem Kutscher, dessen Geschwätz er sich stundenlang anhören musste.

Endlich in Cochem angekommen, war das Büro schon geschlossen. Er kramte ein Stück Brot aus der Tasche und suchte sich einen Platz an der Mosel unter einer Weide.

Am nächsten Morgen kam er auf dem Weg zum Büro an der Poststation vorbei. Sie war an einem der Stadttore untergebracht und beherbergte eine Gaststube und ein paar Zimmer. Der Koch war schon am Werke, aus der Küchentür drang der Geruch von gebratenem Speck und kräftiger Hühnersuppe. Carlo blieb stehen und überlegte, ob er um einen Teller Reste betteln sollte.

Da streckte der Koch den Kopf nach draußen und fuhr ihn an: »Was willst du hier? Verschwinde!«

Carlo trollte sich und begnügte sich mit dem Kanten harten Brots, das er sich vom Vorabend übrig gelassen hatte.

Der Bürovorsteher hörte sich Carlos Anliegen an und meinte: »Ah, der Alois Zimmer, der ist bestimmt ersoffen. Und vorher hat er zu viel gesoffen!« Er gab ein asthmatisches Schnauben von sich. Er sah Carlo an, der lachte, wie es von ihm erwartet wurde.»Das muss untersucht werden. Ich schick' jemand rüber. Geh' jetzt zurück, du hast zu arbeiten.«

Carlo wollte schon aus der Tür verschwinden, da rief ihn der Vorsteher noch mal. »Der Alois, der war nicht sehr beliebt, hab ich gehört.« Er zog die Augenbrauen hoch.

Carlo wusste nicht, wie er darauf reagieren sollte. Er zuckte mit den Schultern und ging. Er bemühte sich, nicht zu rennen, denn danach war ihm – nichts wie weg, so schnell wie möglich.

Für den Rückweg fand er Platz auf dem Karren eines Händlers, der mit allerlei Besen und Korbwaren über die Dörfer zog. Er stieg am Nachmittag an der Brauerei aus, seine Kameraden waren noch nicht zurück. Er nutzte die Zeit, um ungestört in die Felsenräume zu gehen. Er verbreiterte die Trockenmauer, sodass sie jetzt gut eine Elle stark war. Dahinter war das Grab von Alois gut verborgen, hoffte er.

Als später seine Kameraden kamen, sagte er, er wäre gerade erst angekommen.

Ein paar Leute vom Hauptbüro waren an der Baustelle Eller gewesen, sie hatten eine Draisine genommen, mit der sie in kürzester Zeit durch den neuen Tunnel gefahren waren. Sie hatten sich alles angesehen, angehört, aufgeschrieben, die Uhr an sich genommen und waren durch den Berg wieder verschwunden. Sie vermuteten ebenfalls, dass Alois ertrunken war, die Mosel war für ihre unberechenbaren Unterströmungen bekannt. Wieder war der tragische Tod der drei Kinder ein Thema. Was den anwesenden Gendarm überzeugte, war die Uhr.

Wenn Alois abgehauen wäre, hätte er die mitgenommen. Und wenn er überfallen worden wäre ... also ertrunken. Raffinesse und Überlegung traute er den Arbeitern nicht zu. Bewusst eine falsche Spur zu legen, dazu brauchte man Verstand, die Männer sprachen ja nicht mal ordentlich deutsch.

Luigi und Carlo arbeiteten ganz normal weiter. Ein neuer Vorarbeiter wurde aus Cochem geschickt. Ein langweiliger Typ, der seine Ruhe haben wollte und sich um nichts kümmerte.

Carlo verschob den Besuch bei Gretes Eltern um eine Woche, er hatte einfach nicht die Nerven.

14. Kapitel

2012

Boris ging über den Zebrastreifen und bog in die Altstadt Cochems ein. Von der Seite wehte der Duft einer kräftigen Suppe herüber. Sein Magen antwortete mit entzücktem Knurren. Rechter Hand war früher die alte Poststation gewesen, hier wurden seit Jahrhunderten die Reisenden versorgt. Es war Mittagszeit, aber die Altstadt quoll über vor Touristen, er sah kein freies Plätzchen und kaufte sich an einem Imbiss ein Käsebrot auf die Hand. Er war am Morgen von Karl, der Wein nach Koblenz ins *Chez I.* liefern musste, nach Cochem mitgenommen worden.

Boris fühlte sich wohl hier an der Mosel, seine Interviews kamen gut voran. Er hatte mit dem Besitzer des Hauses gesprochen und um drei Wochen verlängert, so konnte er auch die ganzen Ausarbeitungen hier machen. Und ob er nun seine Artikel von Frankfurt oder Mesenich verschickte, blieb sich gleich. Die Berichte über Karl und den roten Riesling waren fast abgeschlossen. Das fehlende Interview der Geschwister hatte er für den nächsten Tag geplant, nach der Überarbeitung würde er es per Knopfdruck in die Redaktion befördern.

Zu seiner Freude blieben auch Marlene und Claudio länger als geplant. Sie hatten eine Woche angehängt, sodass sie auf der Rückfahrt nur kurz an Marlenes Weinlager am Bodensee Station machen würden. Heute waren sie mit dem Rad nach Cochem gefahren.

Sie hatten die Reichsburg besucht, die hoch über dem Städtchen thronte. Die Ruine war Mitte des 19. Jahrhunderts von Louis Ravené, einem Berliner Stahl- und Eisenfabrikanten, gekauft worden. Er hatte die brauchbaren Mauerreste in einen neugotischen Bau integriert. 75 Jahre war sie in Familienbesitz und diente als komfortabler Sommersitz. Ravené baute sie innen bewusst als Wohnhaus – mit angenehmen Proportionen, heizbaren Raumhöhen und wunderschön bemalten Decken. Sie wurde zu einem Realität gewordenen Abbild aus einem Märchenbuch. Claudio schwärmte noch davon, als sie Boris in einem Café trafen.

Später nahmen sie gemeinsam das Nachmittagsschiff nach Mesenich. Der Dampfer war voll besetzt, die Räder von Marlene und Claudio waren mit an Bord. Sie stellten sich an die Reling und genossen die eineinhalb Stunden dauernde Fahrt an den kleinen Dörfern vorbei. Beilstein lag da wie in der Landschaft einer Modelleisenbahn. Claudio erinnerte die hohe Lage der Klosterkirche und der Ruine an die Hügel des Piemont. Da war auch auf jeder Bergkuppe ein Schloss oder Turm zu finden.

Er zündete sich eine Zigarette an und dachte an seinen Chef *commissario* Szapella, der ihm begeistert von seinen Deutschlandurlauben erzählt hatte. Szapella, ein sonst sehr nüchterner, aber humorvoller Mann, hatte eine Vorliebe für Bayern, die Mosel und den Rhein. Er war der typische Deutschlandtourist, gnadenlos bis zur Lederhose. Aber es war auch wirklich schön hier. Claudio sah einen Falken über die Wingerte kreisen, die Sonne ließ das Wasser leuchten. Die Menschen lachten und lärmten im Hintergrund, doch es störte ihn nicht. Er war geduldig hier in dieser Landschaft, was ansonsten nicht zu seinen herausragenden Eigenschaften zählte.

Sie waren die Einzigen, die in Mesenich ausstiegen. Boris hatte die Hände in den Hosentaschen und schlenderte neben Claudio her. Sein weißes Hemd war zerknittert und seine Haare vom Wind zerzaust. Claudios T-Shirt hatte Ölflecken und Marlene sah aus, als würde sie gleich zerfließen.

Sie waren durch den Ort gegangen, um bei Karl noch ein paar Flaschen Wein mitzunehmen, und schleppten sich in den Innenhof. Karl war noch nicht aus Koblenz zurück. Ein junger Mann im Overall half ihnen weiter.

»Ist denn Marina nicht zu Hause?«, fragte Marlene.

»Die ist heute Nachmittag ins Allgäu gefahren.«

»Ach, dann sehen wir sie bestimmt nicht mehr, bevor wir fahren.« Marlene hoffte auf ein bisschen Indiskretion.

»Sie bleibt vier Wochen, hat sie gesagt.« Das war die einzige Auskunft.

»Na, dann.«

»Ganz schön stoffelig, dass sie sich nicht mal von dir verabschiedet hat! Immerhin bringst du ein paar tolle Artikel über den Hof in die Zeitschriften«, meinte sie zu Boris, als sie weitergingen.

Boris zuckte mit den Schultern. »Ist mir egal.«

Am *Brauweiler Hof*, einem imposanten Gebäude aus dem 18. Jahrhundert, bogen sie ab und erreichten bald das große Haus am Fluss.

Claudio lief eine Hunderunde mit Nerolina, dann war auch für ihn Feierabend.

Sie hatten es sich gerade im Garten bequem gemacht, da scheuchte ein Schrei die beschauliche Runde auf.

»Da hat sich aber jemand erschreckt«, lachte Boris.

Claudio war aufgesprungen. »Ich glaube, das war nichts zum Lachen.« Er lief auf die Straße, als schon laute Hilferufe erschallten. Aus der Kirchstraße kam ihm eine Frau entgegengerannt. Sie hatte einen hochroten Kopf, weit aufgerissene Augen und ruderte mit den Armen.

Claudio stellte sich ihr in den Weg und fing sie auf. Er hielt sie fest und schüttelte sie leicht.

Sie wurde still und wimmerte: »Auf dem Friedhof liegt eine Frau, tot, mit Blut.«

»Ist gut, ist gut. Zeigen Sie mir, was passiert ist.«

Ein Zittern durchlief sie, und sie wendete sich ab.

»Gut, dann warten Sie hier.« Claudio übergab sie Marlene und Boris, die inzwischen hinter ihm standen.

Ein paar Leute hatten sich eingefunden, jetzt rückte auch noch eine ganze Gesellschaft aus einem Restaurant um die Ecke an. Claudio beeilte sich, auf den Friedhof zu kommen. Er überholte ein paar Touristen, die strammen Schrittes Richtung Kirche marschierten.

Die Smartphones gezückt, allzeit bereit, das wahre Leben zu dokumentieren.

Zwischen den Gräbern, fast am oberen Ende, standen vier Leute und ein Hund. Sie standen hinter einem Grabstein und sahen alle nach unten auf etwas in ihrer Mitte. Der Hund zerrte an der Leine.

Claudio erreichte sie keuchend. »Ich bin von der Polizei, Inspektor Manera, treten Sie mal zur Seite.« Er hatte keinerlei Befugnis, dachte sich aber, dass seine deutschen Kollegen froh sein würden, wenn er den Unfallort sicherte.

Die Leute, zwei Frauen und zwei Männer, alle im mittleren Alter, bekleidet mit farbenfrohen Sportjacken, öffneten ihren Kreis und gaben den Blick auf eine junge Frau frei. Sie lag mit verdrehten Gliedmaßen auf einem schmalen Weg, der an der Rückseite der Grabsteine entlanglief. Eine Stufe begrenzte die Seite zum Weinberg.

Lange, blonde Haare waren wirr um ihren Kopf verteilt. An einer Seite klebten sie steif von Blut am Gesicht und verdeckten ein Auge. Das andere, grau wie der Grabstein dahinter, starrte in den Himmel. Um sie herum summte es vor Fliegen – etwas, das Claudio besonders hasste.

Er untersuchte sie, obwohl es klar war, dass sie tot war. Er war keine Experte, was den Todeszeitpunkt anging, aber seiner Erfahrung nach war sie erst ein paar Stunden tot. Die Leichenstarre war noch nicht voll ausgebildet, die Hitze beschleunigte sie allerdings. Genau konnte das nur die Gerichtsmedizin feststellen.

»Wie lange sind Sie schon hier?«

Die Männer schüttelten den Kopf und meinten: »Gerade eben.«

Eine der Frauen hielt ihre Hand vor den Mund und die andere sagte mit holländischem Akzent: »Sie muss man gestolpt sein.« Sie zeigte auf den Stein, der am Rand Blutflecken aufwies. »Wir sind von den Weg da oben gekommen. Eine schöne Wanderung. Und dann über den Kerkhof zurück. Da lag sie da.«

Der kleinere der beiden Männer sagte: »Und auf dem Hinweg sind wir nicht hier gewesen.«

Sie wohnten im Ort, Claudio ließ sich ihre Namen und Adressen geben. Er bedankte sich, tätschelte den struppigen Hund, dann ließ er sie gehen.

Die Gruppe mit den Smartphones war im Anmarsch. Dahinter Boris, der sie überholte und sich neben Claudio stellte. Der Grabstein verdeckte zum Teil die Sicht. Claudio zückte seinen Dienstausweis, den keiner sehen wollte, und scheuchte die Schaulustigen zurück. Sie murrten und fotografierten die Grabsteine und Claudio.

Boris telefonierte mit der Polizei in Cochem. »Sie sind in einer Viertelstunde da«, verkündete er danach.

»Wo ist die Frau?«, fragte Claudio.

»Marlene hat sie mit zu uns genommen. Sie scheint hier irgendwo zu wohnen. Aber sie war so von der Rolle …«

Claudio sah sich genau um. Die Tote trug ein Sommerkleid und Sandalen mit hohen Absätzen. Einer fehlte. Claudio stocherte mit einem Zweig im Gras herum und fand ihn schließlich hinter der Stufe. Die war mit einem Rundholz befestigt, an dem sie wahrscheinlich hängen geblieben war. Dann war sie nach vorne mit dem Kopf auf den Grabstein gefallen. So konnte es gewesen sein. Claudio streckte die Hand nach Boris' Handy aus und machte ein paar Fotos von allen Seiten.

Die Schaulustigen warteten ungeduldig, dass das Drama weiterging. Zum Glück saßen die meisten Einwohner und Touristen beim Grillen oder vor dem Fernseher, sonst hätte Claudio nicht gewusst, wie er die Menge bändigen sollte. Boris bat einen Nachbarn um einen kleinen Sonnenschirm, den er schräg auf den Boden stellte, um den Körper der Frau zu verbergen.

Ein Auto fuhr über das Kopfsteinpflaster, Türen knallten, Schritte eilten die Friedhofstreppe herauf. Zwei uniformierte Beamte näherten sich dem Unfallort. Sie stellten sich vor als Sabine Strauß, Polizeioberkommissarin, und Heiko Meier, Polizeikommissar.

Boris schilderte ihnen kurz die Lage und führte sie zu der Toten. Frau Strauß sah misstrauisch auf Claudio, der sich bisher im Hintergrund gehalten hatte. »Wer ist denn der?«, fragte sie Boris.

Dass Claudio Polizist war, hatte er ihnen bis jetzt verschwiegen.

»Claudio Manera, mein Freund und von der italienischen Polizei.« Als er ihren Blick sah, sprach er schnell weiter. »Er ist hier im Urlaub. Er hat dafür gesorgt, dass hier nicht alle rumtrampeln und fotografieren.« Er sah Claudio an, der jetzt ein Stück vortrat.

»Sie sprechen deutsch?«, fragte die Polizistin.

»*Si*, ja, so, so«, er wedelte mit der Hand.

»Na, dann erzählen Sie mal.« Frau Strauß zog die Augenbrauen hoch. Ihr Kollege stand etwas abseits und verständigte den Arzt.

Claudio berichtete kurz und präzise, was er mitbekommen hatte. Er gab die Adresse der vier holländischen Touristen weiter und sagte, dass noch eine Frau aus dem Dorf bei ihnen im Haus warte.

»Und Sie kennen diese Frau«, sie machte eine Kopfbewegung zu der Toten, »auch nicht?«

»Nein«, erwiderte Claudio. »Bisher hat keiner sie erkannt.«

»Das wird sich ändern, schätze ich. Sind ja nur ein paar Leute hier.« Sie sah ihn an. »Dank Ihnen«, fügte sie hinzu. Etwas vorwurfsvoll, als hätte er die Identifizierung verhindert. »Gut«, sagte die Polizeioberkommissarin. »Wir sperren das hier jetzt mal ab und warten auf den Arzt. Was sagt er, Heiko?«

»Der Krankenwagen ist unterwegs, vielleicht zehn Minuten.« Er sah auf die Uhr.

Sie beugte sich über die Tote und besah sich genau ihre Lage und den Grabstein. Heiko Meier hatte den Sonnenschirm zugeklappt und machte Fotos.

»Sie können nach Hause gehen, wir kommen gleich zu Ihnen«, meinte sie.

»Ach, wenn es Sie nicht stört, bleiben wir, bis der Arzt kommt. Berufskrankheit.« Claudio lächelte sie an.

»Wie Sie wollen.«

Wenig später kam der Arzt, ein schmächtiges Kerlchen, das Schwierigkeiten hatte, in die Knie zu gehen. »Meniskus«, meinte er, als er sich beim Aufstehen bei Heiko Meier abstützte.

»Tja, scheint gestolpert zu sein. Ist auf den Grabstein gefallen, Pech! So eine junge Frau.« Er schüttelte bedauernd den Kopf. »Diese Schuhe sollte man verbieten.«

Der Arzt tippte mit seinem Fuß an einen ihrer Füße. »Tüten Sie den mal ein«, sagte er zu Heiko Meier mit einer Geste zu dem Absatz im Gras. »Wahrscheinlich ist sie umgeknickt und konnte sich nicht mehr halten. Sie kommt in die Gerichtsmedizin, Routine.«

Eine halbe Stunde später nahmen die Polizisten die Personalien der Frau auf, die bei Marlene saß. Sie hatte sich etwas beruhigt und wiederholte immer wieder, dass sie es nicht glauben könne. Die Tote komme ihr bekannt vor, meinte sie. Die habe bei Karl Petits Hoffest in der Küche ausgeholfen. Die Polizei verabschiedete sich und machte sich auf den Weg zu Karl.

Boris brachte die Frau nach Hause.

»Karl hat ja in letzter Zeit genug Aufregung«, meinte er, als er kurze Zeit später wiederkam. »In seinem Innenhof steht ein Streifenwagen mit Blaulicht und die ganzen Touris hängen am Tor rum.«

»Das wird er hoffentlich nicht auch noch vermarkten.« Marlene sprach aus, was alle dachten.

Boris lachte: »Ich trau's ihm zu.«

»Dann wird er Ärger mit dem zuständigen *commissario* kriegen«, bemerkte Claudio. »Zumindest bis die Leiche freigegeben ist, muss er sich zurückhalten. Wenn es aber Mord sein sollte, tja.«

»Wieso, Claudio? Ich denke, sie ist gestolpert.« Marlene runzelte die Stirn.

»Guck mal«, er nahm Boris' Handy vom Tisch und holte die Fotos der Leiche auf das Display. »Hier siehst du, wo der Absatz liegt.« Er hielt das Bild so, dass alle es sehen konnten. »Wenn sie gestolpert ist, hatte sie natürlich Schwung, klar, sonst wäre sie nicht auf dem

Stein gelandet, *d'accordo*? Aber der Absatz ist völlig abgerissen, seht mal hier, da ist sogar von dem Unterleder ein Stück weg, so als hätte er noch richtig fest drangesessen. Ich hab außerdem ein komisches Gefühl. Ich wette mit euch, sie ist nicht selber gestolpert.«

»Dann hätte jemand hinterher den Absatz abgerissen?«

»Vermute ich, ja. Aber, wie gesagt, nur Vermutung und ein komisches Gefühl. Mal sehen, was die Gerichtsmedizin sagt.«

Sie unterhielten sich noch eine Weile über die Tote, dann gingen sie schlafen. Boris war verwundert, dass Karl nicht aufgetaucht war.

* * *

Dafür beehrte er sie dann zum Frühstück. Marlene stöhnte, sie war im Morgenmantel mit einem Handtuch auf dem Kopf und noch nicht in Stimmung für Besuch. Als sie die Treppe herunterkam, hörte sie schon Karls Stimme.

»Yvonne Blasius aus Geisenheim. Da hat sie studiert und wollte in den Semesterferien bei mir arbeiten. Mein Vorarbeiter hat sie mitgeholt am Freitag vor dem Hoffest. Der hat Familie da am Rhein.« Karl saß am Tisch, eine Tasse Kaffee vor sich.

»Wann hast du sie denn zuletzt gesehen?«

»Immer der Inspektor, was, Claudio?« Karl grinste, dann wurde er ernst. »Entschuldigung, gestern, bevor ich nach Koblenz bin. Wann hab ich dich geholt?«

Boris sagte: »So gegen elf, die Glocke hatte gerade erst geläutet.«

»Und du weißt nicht, was sie vorhatte?«

»Keine Ahnung. Aber wieso auch. Ist ganz unglücklich gefallen, wirklich tragisch. War ein nettes Mädchen. Sie hat sich sehr für den roten Riesling interessiert, weil sie eine Arbeit über autochthone Reben schreiben musste. Heute kommen die Eltern, ihre Sachen abholen. Schrecklich.« Karl schwieg, dann hielt er fragend seine Tasse hoch.

Boris goss ihm nach.

»Übrigens soll ich euch von Irina grüßen. Der Laden läuft prächtig und sie verkauft meinen Wein wie nix. Ich überlege schon, ob ich nicht noch ein, zwei Wingerte dazunehme für den Roten. Das ist der Renner geworden.« Karl sah sehr zufrieden aus, Yvonne war auf ein unglückliches Intermezzo reduziert worden. Nicht, dass er gleichgültig war, nur stand sie ihm nicht so nahe, dass das Unglück seinen Alltag beeinflusste – und der musste schließlich weitergehen. »Deine Artikel waren klasse, Boris. Du glaubst nicht, wie viele Anfragen ich kriege. Den Rest besorgt Ururopa Boffa.«

Karl redete und redete, er hatte etwas Manisches an sich, das Marlene auf die Nerven ging. Es war ihr zuvor nicht so bewusst geworden, aber jetzt wurde es ihr zu viel. »Ich föhne mir die Haare«, sagte sie und ging nach oben. Sie nahm eine Tasse Kaffee mit, die wollte sie wenigstens in Ruhe trinken. In ihrem Zimmer setzte sie sich auf die Fensterbank. Noch drei Tage, dann war der Urlaub zum größten Teil vorbei.

Sie sah auf die Mosel, die heute still wie eine Glasscheibe dalag. Das gegenüberliegende Ufer spiegelte sich so, dass kaum der Unterschied von Realität und Abbild zu erkennen war.

15. Kapitel

1877

Grete wartete jeden Tag auf Carlo, sie wurde ungeduldig, konnte nicht begreifen, dass er sich nicht blicken ließ. Sie hatte verstanden, dass er ein, zwei Tage nach ihrem letzten Treffen mit ihrem Vater reden wollte. Und jetzt war schon eine Woche vergangen. Die nächste Verkaufsfahrt an das Brauereiufer war für den kommenden Morgen angesetzt, erst dann konnte sie erfahren, was los war. Grete würde mit dem Boot Lebensmittel zu den Tunnelarbeitern bringen und konnte endlich, endlich Carlo sehen. Sie glaubte, keinen Tag länger auszuhalten. Nichts hatte sie von ihm gehört, seit er sie gefragt hatte, ob sie seine Frau werden wolle, dabei war sie so sicher gewesen, dass er so schnell wie möglich ihren Vater aufsuchen würde. Bestimmt war etwas dazwischengekommen, beruhigte sie sich. Er liebte sie.

Sie stand in ihrem Zimmer, band ihre Schürze neu und sah an ihrem einfachen grauen Leinenrock hinunter. Wenn sie ihr Sonntagskleid mit einer Spitze besetzen und ein paar Bänder um den Saum nähen würde, gab das ein passables Hochzeitskleid. Sie glaubte nicht, dass ihr Vater für die Hochzeit viel ausgeben würde. Nicht, wenn es Carlo war. Beim Franker Josef, ja, da sähe das anders aus. Ihre Tante aus Cochem, eine Schneiderin, würde ihr Kleid nähen und sie dürfte bestimmt die Kette ihrer Großmutter tragen. Beim ersten Kind bekäme sie sie geschenkt. Aber so?

Sie nahm ein Kissen vom Bett und stopfte es am Po unter den Rock. Das war Mode in der Gesellschaft, eine Tournüre, sie sah sie bei den Damen aus der Stadt, wenn sie mit den Eltern die Verwandten in Cochem besuchte. Dort ging es anders zu als in den Moseldörfern, besonders seit die Reichsburg wieder aufgebaut worden war, kamen Touristen und Freunde Ravenés in den Ort und sorgten für eine gewisse Weltläufigkeit.

An der Wand hing ein kleiner Spiegel, den sie abnahm und so hoch und runter bewegte, dass sie sich, wenn auch nur stückweise, ganz sehen konnte. Der »Entenhintern« kam ihr komisch vor, aber ganz hübsch. Sie wackelte ein bisschen mit dem Po und kicherte. Sie könnte hinten eine dicke Schleife draufnähen. Und als Schleier kam ein Stück Seide infrage, das sie in einer Truhe liegen hatte.

Sie drehte sich noch einmal hin und her, da hörte sie die Haustüre schlagen. Wer kam denn noch so spät? Es war bald Schlafenszeit, ihre Mutter hatte schon ihre Nachthaube aufgezogen, als Grete in ihr Zimmer gegangen war.

Stimmen klangen durch das Treppenhaus. Der Vater, leicht benebelt vom Wein, und eine jüngere Männerstimme – der Franker Josef. Sie verschwanden in die Stube. Grete wartete ein paar Minuten, dann öffnete sie leise die Tür und schlich auf nackten Füßen hinunter. Die knarrende Stelle auf dem fünften Tritt vergaß sie, das Ächzen durchdrang das ganze Haus. Sie blieb erschreckt stehen, aber nichts rührte sich. Vorsichtig tappte sie weiter. Unten hielt sie das Ohr an die Tür und lauschte mit klopfendem Herzen.

Der Vater schien wieder Wein einzugießen, es klirrte leise. Dann sagte der Franker Josef: »Auf das Bürgermeisteramt, Wilhelm.« Es klirrte wieder, als die schweren Gläser aneinanderstießen.

»So soll es sein, Josef. Wenn ich erst Einfluss habe, bereust du den Schritt nicht. Auf eine gemeinsame Zukunft! Prosit!« Sie stießen erneut an.

Grete lief es kalt den Rücken herunter.

»Die drei Wingerte sind ein gutes Geschäft für dich. Beste Lage, von Steinen gesäubert. Das soll sich schon lohnen für mich, denk dran.«

»Die Grete allein lohnt es schon, sie kann rechnen und hat Verstand. Aber mach dir keine Sorgen, als Bürgermeister kann ich dir ein paar Käufer zuschanzen, die an deinen Schweinen interessiert sind. Und zwar regelmäßig. Und das Haus in der Kirchstraße gibt's als Zugabe.«

Grete wurde heiß und kalt. Sie hatte genug gehört und lief in ihr Zimmer. Tränen flossen über ihr Gesicht, Tränen der Wut und Angst. Sie schüttelte den Kopf, damit die schrecklichen Gedanken verschwanden. So musste sie also doch noch ihren Plan durchführen. Schnell musste es gehen. Aber zuerst würde sie mit Carlo sprechen, Gott sei Dank war morgen Verkaufstag.

16. Kapitel

2012

Kriminaloberkommissar Bernd Maijer vom K 11, dem Kommissariat für Kapitaldelikte in Koblenz, war auf dem Weg nach Geisenheim. Mainz hatte mitgeteilt, dass die Tote vom Friedhof in Mesenich nicht durch den Sturz gestorben war. Sie war erstickt worden. Zusätzlich. Dr. Hermann vom gerichtsmedizinischen Institut hatte festgestellt, dass Yvonne Blasius nach dem Sturz noch gelebt hatte, anschließend hatte ihr der Mörder einen Pullover oder eine Jacke auf das Gesicht gedrückt. Sie war wohl schon ohnmächtig gewesen, da sich keinerlei Abwehrspuren fanden. Nur ein paar Fasern blaue Wolle hatten sich in einem Ohrring verfangen. Ein winziges Füsselchen klebte an ihrem Lipgloss.

Das war dann Mord, und damit kam Bernd Maijer ins Spiel.

In Mesenich lag kein Motiv auf der Straße, also würde er ihr heimisches Umfeld genauer unter die Lupe nehmen.

Maijer war vierzig Jahre alt, leicht übergewichtig, litt an Migräne und war von seinem Beruf ernüchtert. Er hatte es aufgegeben, irgendjemandem irgendetwas zu glauben, seine Ehefrau eingeschlossen. Seine Stimmungslage schwankte zwischen Mitleid für die Opfer und Resignation gegenüber den Gegebenheiten, was nicht hieß, dass er die Täter nicht finden wollte, nur dass seine Laune trüber war als die Mosel bei Dauerregen. Er arbeitete am liebsten allein, allerdings riss sich auch niemand um seine Gesellschaft.

Die Eltern des toten Mädchens aufzusuchen, hob seine Gemütslage nicht. Er hatte sich telefonisch angemeldet, und als er in die Einfahrt des Einfamilienhauses einbog, öffnete sich die Haustür.

Eine Frau in einem ausgeleierten Trainingsanzug mit einem vom Weinen verquollenen Gesicht bat ihn ins Wohnzimmer. Der Raum versprühte den Charme eines Möbelprospekts vom Billiganbieter. Schwarze Hängeelemente, zwei Quadratmeter Fernsehen, türkisschwarz gestreifter Teppich auf einem Ahornlaminat. An den Fenstern violette Satinvorhänge. Er ließ sich in einen sandfarbenen Ledersessel mit hoher Rückenlehne fallen, weil er nicht wusste, wo er sich hinstellen sollte. Eine passende Couch schmiegte sich wie eine fette Raupe an zwei Wänden entlang. Die Kissen waren türkis, schwarz und violett, ebenso ein paar Vasen und die Bilderrahmen der Schwarz-Weiß-Poster von New Yorker Wolkenkratzern. Alles in einen vier mal vier Meter großen Raum gestopft.

Auf dem niedrigen Glastisch vor ihm standen eine Thermoskanne, Tassen, eine Schale mit Zuckertütchen aus aller Herren Länder und ein Schraubglas mit Milchpulver. Nur die Kanne bewahrte Haltung mit ihrer lila Plastikhülle, das Geschirr mit dem altmodischen Blümchenmuster und dem Goldrand fiel aus dem Rahmen. Dass ihr das egal war, zeigte ihm mehr als alle Worte, wie sehr sie litt.

Frau Blasius goss ungefragt Kaffee in die Tassen.

»Mein Mann ist nicht da«, schniefte sie und zog ein Taschentuch aus dem Ärmel. »Der ist angeln, wir sind ...«, sie schluchzte, bemühte sich aber, wieder ruhig zu werden, was ihr kaum gelang.

Bernd Maijer tat sie so leid, dass er ihr das Wohnzimmer verzieh. »Frau Blasius, Ihre Tochter wurde ermordet.« Er hielt nichts von langen Vorreden und hätte auch keinen schonenderen Weg gewusst.

Die Frau war auf der Stelle still. Sie sah ihn an, dann schüttelte sie ungläubig den Kopf. »Unsinn. Sie ist doch gestürzt.«

»Ja, aber sie wurde erstickt, als sie ohnmächtig dalag. Es tut mir sehr leid. Ich muss Sie das jetzt fragen, hatte Ihre Tochter Streit mit einem Freund oder Bekannten?«

»Yvonne? Nein, jeder mochte sie, sie war so ein Sonnenschein.« Frau Blasius hielt das Taschentuch vor die Augen.

»Können Sie mir ihre Freunde nennen?«

Sie sah ihn an, dann sagte sie: »Ja, die Sylvia, Marga, dann die Mädchen vom Chor.«

»Schreiben Sie das doch bitte auf, Frau Blasius. Ich rufe Sie morgen an, dann geben Sie mir die Adressen durch, die Sie wissen. Können Sie das?«

»Ja, ja, sicher.«

»Darf ich mir ihr Zimmer ansehen?«

»Ihr Zimmer? Sie wohnt nicht hier. Sie hat eine Wohnung in der Nähe der Uni.«

Maijer ließ sich die Adresse und den Zweitschlüssel geben.

»Und Ihr Mann, könnte der etwas wissen?«

»Walter? Glaub ich nicht.«

»Wo steht er denn, Frau Blasius?«

Sie hatte das Taschentuch in Fetzen gerissen und holte ein neues hervor, das sie im Schoß hielt und anstarrte.

»Frau Blasius?«

»Ja, ja.«

»Wo angelt Ihr Mann?«

»Walter? Da am Bootshaus, da steht er immer.« Sie versank wieder.

Bernd Maijer erhob sich, sagte: »Auf Wiedersehen«, und ging. Sie sah nicht einmal auf. Bei jedem Schritt pochte seine rechte Schläfe.

Er schloss die Autotür auf, als er ihre Stimme hörte.

»Herr Kommissar«, sie stand an der Haustür, das Taschentuch in der Hand, als wollte sie zum Abschied winken. Maijer ging zurück.

»Hat sie … ist sie …?«

»Nein, Frau Blasius. Ihre Tochter hat bestimmt nichts mitbekommen, und sie wurde auch nicht vergewaltigt.«

Maijer fuhr auf der Uferstraße Richtung Bootshaus. Er glaubte dem Gerichtsmediziner nicht. Er glaubte, dass sie sehr wohl gemerkt hatte, dass sie erstickt wurde.

Der Vater hatte ihm auch nicht weiterhelfen können. Er war so fassungslos wie seine Frau, nur dass er sich betätigen musste, um nicht zusammenzubrechen. Er erzählte, dass sie gerne gewandert sei und im Chor gesungen habe. Und ehrgeizig sei sie gewesen, viel mehr als er, hier lachte er traurig und sagte: »Ich hab immer bei der Post gearbeitet, das war mir genug. Aber Yvonne wollte Wein machen, kam bestimmt von ihrem Freund. Mit dem war sie schon in der Schule ganz dick. Die Familie hat ein Weingut, ziemlich teuer, was die machen, haben aber schon Preise gekriegt. Gold- und Silbermedaillen.«

»Wie heißt der Freund, Herr Blasius?«

»Peter Sauer, direkt am Rhein, Richtung Oestrich-Winkel, können Sie nicht verfehlen. Peter studiert auch in Geisenheim, vielleicht weiß der was.« Herr Blasius bückte sich, um in seiner Angeltasche zu kramen. »Ich muss die dringend aufräumen.« Er legte Dosen, Rollen und allerlei merkwürdige Sachen auf den Boden.

Maijer wusste nicht, wozu das alles nötig war. Er räusperte sich. »Herr Blasius, ich fahr dann mal zu Sauer. Wenn Ihnen noch was einfällt, rufen Sie mich an.« Er steckte ihm eine Visitenkarte zu.

»Das sagen die im Fernsehen auch immer. Hätte nicht gedacht ...« Er wandte sich ab und Maijer verließ ihn mit einem kurzen Armdrücken.

Im Weingut Sauer war man entsetzt, Yvonne ging seit ihrer Kindheit hier ein und aus und war die beste Freundin ihres Sohnes Peter. Der hatte sie am Tag ihrer Abfahrt an die Mosel noch gesehen. Sie war wie immer gewesen, hatte sich auf den Job gefreut, besonders auf den roten Riesling, den Karl Petit anbaute, war sie neugierig gewesen. Ihre Hausarbeit musste nach den

Semesterferien fertig sein, und sie erhoffte sich Hilfe und Informationen von Karl.

Das alles war ja schön und gut, half Maijer aber nicht weiter. Wenn er auf eine Liebesgeschichte gehofft hatte, wurde er enttäuscht, Peter wollte im Oktober heiraten, die Tochter vom Nachbargut, mit der er schon fünf Jahre zusammen war.

Er fuhr weiter zu ihrer Wohnung. Im Treppenhaus traf er eine Nachbarin, auf deren Hund sie aufgepasst hatte. Die alte Dame war voll des Lobes, sie habe die Treppe geputzt und nachts keine wilden Partys gefeiert. Immer sei sie freundlich und hilfsbereit gewesen.

Maijer hatte sich gefragt, warum sie nicht mehr zu Hause gewohnt habe, aber als er das Appartement betrat, wusste er warum. Yvonne verfügte über einen exquisiten Geschmack. Wie sie an den gekommen war, erschien Maijer ebenso rätselhaft wie der Mord an ihr. Ihr Vater hatte gesagt, dass sie Ruhe brauche zum Arbeiten. Das Einfamilienhaus, ein Bau aus den Siebzigern, war hellhörig, die Fernsehshows, obwohl leise gestellt, waren bis in ihr Zimmer zu hören gewesen und störten sie beim Lernen. Als die kleine Wohnung frei wurde, hatte sie zugegriffen. Ihre Eltern waren ein bisschen traurig gewesen, hatten sie aber unterstützt. Sie war immer zur Selbstständigkeit erzogen worden, dann dürfe man sich nicht beschweren, hatte Herr Blasius gemeint. Maijer staunte über die vernünftige Einstellung der Eltern, fragte sich aber, ob sie echt sei.

Als er jetzt in ihrer Wohnung stand, dachte er, dass er bald nicht mehr könne. Er war dankbar, dass seine Frau und er kinderlos waren, Kinder wurden doch nur ermordet, missbraucht, verraten, und wenn nicht, nahmen sie Drogen oder kamen sonst wie unter die Räder.

Er sah schlichte, weiße Bücherregale und ein paar elegante, alte Möbelstücke aus dunklem Holz. Auf dem Parkettboden lag ein Feuerwerk an Farben aus weicher Wolle. Maijer war sicher, dass er auf ein paar Hundert Euro stand. Auf dem Schreibtisch lag eine Mappe. Er öffnete sie, es war die Einleitung zu einer Hausarbeit über autochthone Rebsorten in Mitteldeutschland. In den Schubladen fand sich nichts von Interesse. Dahinter an der Wand hing ein Stundenplan. Die Semesterferien gingen noch bis Ende August. Ihre Kommilitonen waren ausnahmslos zu ihren Familien oder in Urlaub gefahren, darum kümmerte sich ein Kollege, der die Telefonliste abarbeitete. Vielleicht musste man den ein oder anderen besuchen, wenn das Semester wieder begann.

Die Küche war klein und funktionell. Im Kühlschrank lagen einige Flaschen Weißwein und Champagner. In einem Regal Rotwein aus Frankreich und Italien. Neben Kochbüchern, Weinführern und einem Messerblock stand eine Kaffeemaschine. Eines dieser überteuerten, chromblitzenden Dinger, die alles Mögliche konnten und die Maijer in einem Privathaushalt übertrieben fand.

Das Schlafzimmer überraschte mit einem antiken Himmelbett, sonst war es fast klösterlich mit seinen weißen Vorhängen und dem passenden Bettüberwurf. Ein schlichter, ebenfalls weißer Schrank enthielt einige Kleidungsstücke und Schuhe. Maijer griff nach den

Stoffen, sie fühlten sich nach Qualität an. Auch der Schnitt und die Farben waren zurückhaltend, für eine so junge Frau eher ungewöhnlich, aber konsequent, wenn er den Stil der Wohnung bedachte. Extravagant war nur das Buch auf dem Nachttisch: *Europas Giftpflanzen*. Was sollte er jetzt davon halten?

Die ganze Wohnung bot, außer ihrer Eleganz, keine Überraschungen. Wie sie die Einrichtung finanziert hatte, musste er noch herausfinden, aber er vermutete, dass sie brav in den Semesterferien, und wahrscheinlich darüber hinaus, gearbeitet hatte – wie auch in diesen. Nur war die Belohnung diesmal kein Designersessel, sondern der Tod.

17. Kapitel

Sie saßen wie an jedem dieser schönen Sommerabende auf der Terrasse und sahen auf die Mosel.

Es war also doch Mord gewesen, sie hatten es am Nachmittag von einem Kriminalkommissar Maijer erfahren. Maijer war recht gesprächig gewesen, wenn auch ein Pessimist, wie er im Buche stand. Er war bei Karl gewesen, hatte die anderen Aushilfen und Angestellten befragt, aber das Motiv lag völlig im Dunkeln.

Claudio konnte sein berufliches Interesse nicht verbergen, war aber froh, nicht zuständig zu sein. Er war noch drei Tage hier, dann war sein Urlaub so gut wie vorbei, er wollte den Rest genießen und die Leiche seinen deutschen Kollegen überlassen.

»Wie gnädig«, war Marlenes Kommentar.

Der Tag war wieder ausgesprochen heiß gewesen und Nerolina mehrmals in die Mosel gesprungen. Auch jetzt drehte sie wieder eine Runde.

Boris beobachtete, wie sie ein Stöckchen, an dem Gräser- hingen, von der Oberfläche fischte und an Land paddelte. »Brav, meine Süße. Das ist eine tolle Beute!«

Nerolina kam erfreut auf ihn zugelaufen, lies das Stöckchen fallen und schüttelte sich.

»Mensch, Nero, lass das, weg hier, geh da hin!« Er bückte sich nach dem Stöckchen, um es in Richtung Claudio zu werfen. »Ach, du Scheiße!«, er ließ das Stöckchen fallen und schüttelte den Arm aus. »Das ist ein Finger!«

»Quatsch!«, sagte Marlene. »Ich fall nicht drauf rein.«

»Claudio, das ist ein Finger.«

Claudio stand auf, sah auf den Boden und sagte: »*Maledetto!*«

Marlene wollte gerade die passende Antwort geben, da bemerkte sie den Tonfall, anders als sonst, wenn er sie veräppelte. Sie sah sich den Finger an: »Das ist ein Finger.«

»Sag ich doch.« Boris sah sich etwas konfus um.

Claudio lief in die Küche, holte einen Gefrierbeutel und die Würstchenzange und tütete den Finger ein. Vorher hatte er ihn fotografiert.

»Warum machst du das?«

»Ich schicke das Bild Yves, das interessiert ihn bestimmt.«

Er war echt, keine Plastikscherz, wie er gehofft hatte – ein Ringfinger mit hellrosa Nagellack und einem Silberring, der ins Fleisch schnitt.

»*Cara*, ruf diesen Kommissar an!« Claudio hatte seine Karte von innen mitgebracht. »Ich bringe das hier in den Kühlschrank.«

Marlene redete eine Weile, dann sagte sie: »Okay«, und drückte auf Rot. »Er kommt morgen früh direkt her. Wir sollen alles Mögliche nicht tun, also ich habe noch mal gesagt, dass ihr Kollegen seid und er sich keine Sorgen machen soll. Darauf meinte er, gut, aber wir sollen überprüfen, dass der Kühlschrank läuft.«

»Der Finger sieht irgendwie komisch aus«, überlegte Claudio.

»Also nicht abgeschnitten, mehr abgerissen.«

»Mein Gott«, murmelte Boris. »Ich glaub, mir wird schlecht.«

»Vielleicht ist auf einem der Schiffe ein Unglück passiert.« Marlene sah nachdenklich auf einen Schubverband, der im Dunkeln vorbeibrummte. »Der Finger könnte von Gott weiß woher stammen, ich mein, wenn das Schiff zum Beispiel aus Frankreich oder aus der Schweiz kommt, dann ist das sozusagen ein Schweizer Finger in der deutschen Mosel. Wie will man da die passende Frau finden?«

»Na, *cara*, komplizierter geht's wohl nicht?«

»Ja, aber stell dir doch mal vor, dein Finger fällt in den Fluss.« Marlene schauderte. »Aber wahrscheinlich hast du in dem Moment andere Sorgen, als hinterherzuspringen.«

»Was ja auch nicht ohne Weiteres geht. Bei fahrendem Schiff nicht, abgesehen davon, dass du das Stückchen nie finden würdest. Und wahrscheinlich wäre er sowieso untergegangen, wenn er sich nicht in den Gräsern verfangen hätte. Oder schwimmen Finger oben?« Boris sah Claudio an, der mit den Schultern zuckte. »Also, wozu das melden, das Ding ist doch sowieso *perdu*.« Er stellte sich das Szenario vor. »Die Frau muss zu einem Arzt. Spätestens am nächsten Ankerplatz.

Der Arzt hat den Verlust natürlich in seinen Unterlagen stehen, aber das sind Patientenakten, die unter die Schweigepflicht fallen.«

»Stimmt, so könnte es sein. Nur der Frau hilft das jetzt auch nicht mehr«, meinte Claudio. »Der Finger könnte natürlich auch von einer Leiche stammen.«

»Von einer Leiche? Und mir wirfst du lebhafte Phantasie vor! Aber noch eine? Meinst du nicht, dass es langsam genug ist?«, entgegnete Marlene. »Deine friedliche Mosel hat es in sich, Boris.«

* * *

Bernd Maijer erschien am nächsten Morgen, diesmal von einer Kollegin begleitet, die im Gegensatz zu ihm die personifizierte gute Laune war.

»Was haben wir denn da? Der schöne Ring! Da wird sich die Dame aber ärgern.« Sie lachte schrill.

Marlene wandte sich angewidert ab und bot Kommissar Maijer einen Kaffee an. »Ist leider der letzte.« Claudio drehte sich um und grinste.

Maijer verstaute den Finger in einer mitgebrachten Box. »Tja, Sie finden hier ja so allerhand.«

Die Polizistin kicherte.

Maijer sah sie ungnädig an und fuhr fort: »Erzählen Sie mal.«

Als er sich die Geschichte inklusive aller Vermutungen angehört hatte, meinte er: »Mal sehen, was wir herausfinden.«

»*Commissario!*« Claudio hielt ihn zurück, seine Kollegin war schon zum Auto gegangen. »Es besteht wohl nicht die Möglichkeit, dass Sie mich wissen lassen, was es mit dem Finger auf sich hat?«

Maijer sah ihn sorgenvoll an: »Haben Sie denn in Italien nicht genug Verbrecher? Na gut, rufen Sie mich an.«

»*Grazie mille,* hier, ich gebe Ihnen auch meine Karte, man weiß nie.«

18. Kapitel

1877

Grete saß ungeduldig im Boot und trieb ihren Bruder an. So wie der Faulpelz ruderte, kämen sie nächstes Ostern an. Sie knirschte mit den Zähnen, er machte das extra, um sie zu ärgern, dieser Nichtsnutz.

Gemächlich näherte sich der Kahn dem Steg am Ufer der Brauerei. Da stand Carlo und winkte. Sie hob leicht die Hand, jetzt bloß nicht auffallen.

Carlo fing das Seil auf und half ihr an Land. Er lud mit ein paar Männern die Waren aus. Wilhelm baute den Verkaufsstand aus Brettern über zwei Böcken auf.

Eine Stunde verkaufte sie, schwatzte mit den Arbeitern und wartete ungeduldig darauf, dass der Tisch sich leerte. Wilhelm spielte wieder Karten. Wenn das nicht wäre, müsste sie wahrscheinlich selber rudern, ihr Bruder schien immer mehr zum Taugenichts zu werden. Oft fanden sie ihn in der Scheune, wo er seinen Rausch ausschlief, oder er war gar nicht erst nach Hause gekommen und übernachtete irgendwo. Grete wollte das lieber nicht so genau wissen. Ihr Vater wurde immer gereizter im Umgang mit ihm. Wahrscheinlich auch ein Grund, weshalb er dem Franker Josef so entgegenkam. Der Hof würde den Bach runtergehen, wenn der Vater nicht mehr arbeiten konnte und Wilhelm das Sagen hatte.

Sie hatte nur noch ein paar Pfund Bohnen und einen Sack Kartoffeln übrig, als der Ansturm endlich nachließ. Die meisten kauften ein bisschen, aber genauso wichtig waren ihnen die Neuigkeiten, das Zuhören und Scherzen. Grete hatte immer ein offenes Ohr für die Arbeiter. Auch wenn sie nicht gut deutsch sprachen, so versuchte sie doch, sie zu verstehen und ihnen zu helfen, wenn nötig. Sie suchten ihren Rat bei diversen Wehwehchen und Verletzungen. Sie hatte sich angewöhnt, Verbandszeug und Heilkräuter mitzuführen, und behandelte sie so gut sie konnte.

Es gab auch die, die versuchten, ihr näherzukommen, aber die probierten es nur einmal, dann setzte es eine Ohrfeige von Grete und später einen Fausthieb von Carlo. Aber solche Typen waren selten, zum Glück. Wilhelm war in der Beziehung für nichts zu gebrauchen, er hätte es nicht einmal gemerkt, wenn seine Schwester in Schwierigkeiten geraten wäre.

»Greta, heute am Nachmittag komme ich zu euch und rede mit deinem Vater.«

»Ich hatte solche Angst. Ich dachte schon, du hast mich vergessen.« Grete hatte alle Zurückhaltung aufgegeben, die Zeit drängte. »Der Vater hat mich dem Franker Josef versprochen. Das nächste Fest ist Petrus und Paulus, da will er die Verlobung bekannt geben.«

»Mein Lämmchen, ich habe genug Thaler, das wird deinen Vater überzeugen. Ich habe in den letzten Jahren gespart.«

»Aber Carlo, so viel kannst du gar nicht gespart haben. Euer Lohn hier ist gering, das meiste braucht ihr für Essen und Trinken.«

»Vertrau mir, *cara*. Ich habe Silberthaler gefunden, in einem Versteck, bei den Bauarbeiten im Tunnel.«

»Das glaubt dir keiner, jeder wird denken, du hast sie gestohlen.«

»Und du, glaubst du mir?«

»Ich glaube dir, aber ich habe Angst. Hör mir zu.« Grete erzählte Carlo von ihrem Plan.

»Bitte, Greta, das geht nicht. Wenn er dich fortjagt?«

»Dann geh ich mit dir. Das ist der einzige Weg, Carlo.«

»*Madonna mia,* hilf uns.«

Am Nachmittag, Grete war in der Küche und putzte Bohnen, klopfte es an der Tür. Ihr Herz pochte bis zum Hals, sie dachte, es würde schier zerspringen.

Ihre Mutter öffnete, sie fragte: »Was willst du?«

»Ich möchte den Herrn sprechen, bitte.«

»Warum? Na, warte hier.«

Grete hörte ihre Mutter in den Schuppen gehen, wo ihr Vater Holz holte. Sie kamen beide zurück, der Vater mit einem Korb Brennholz, wie sie durch das Schlüsselloch sehen konnte. Er fuhr den Besucher schroff an: »Was willst du?« Etwas anderes schien ihren Eltern bei Fremden nicht einzufallen. Grete schämte sich.

Kann ich Euch sprechen?«

»Tust du schon. Was ist?«

»Herr Schoor, bitte hört mich an. Ich habe gespart, bin fleißig und gesund und weiß etwas über den Weinbau. Ich bitte Euch um die Hand Eurer Tochter Grete.«

Stille. Dann polterten die Holzscheite zu Boden und der Vater keuchte. Er begann dröhnend zu lachen. Er kriegte sich nicht mehr ein.

Ihre Mutter hielt sich die Hand vor die Brust und brachte kein Wort hervor.

»Du kannst von Glück sagen, wenn ich die Gendarmen nicht hole. Verschwinde.« Er wies mit der Hand auf die Tür.

»Ich liebe Eure Tochter, *signore*. Gebt mir ihre Hand. Ich werde Euch ein guter Schwiegersohn sein.«

»Du widersprichst!«, der Vater war rot angelaufen und bückte sich nach einem Scheit. Die Mutter begann zu schimpfen wie eine Krähe. Grete war der Panik nahe.

Carlo versuchte den Vater festzuhalten, aber der war umso entschlossener, ihn das Scheit spüren zu lassen.

Grete stürzte aus der Küche und schrie: »Hört auf!«

Die Eltern erstarrten vor Schreck, dass ihre Tochter es wagte sich einzumischen. Die paar Sekunden nutzte sie, um hervorzusprudeln: »Ich liebe Carlo und bin guter Hoffnung.«

Die Stille war gespenstig. Der Vater drehte sich wie in Zeitlupe zu ihr um, die Mutter sah sie an, wie eine Erscheinung.

Carlo sprang neben sie und legte schützend den Arm um ihre Schulter.

Der Vater begann zu brüllen, die Mutter schluchzte hysterisch, der Vater schwang das Holz und warf es mit voller Wucht nach den beiden. Carlo zog Grete blitzschnell zur Seite, sonst hätte es sie am Kopf getroffen. Sie flohen in die Küche, Grete schob den Riegel vor. Im Flur tobte der Vater immer weiter, sie hörten die Scheite an die Wände und Türen krachen, die Mutter kreischte nur noch, dann klatschte es laut, sie schrie noch einmal, dann war Ruhe.

Der Knecht und seine Frau standen in der Tür und hatten die Münder offen stehen. Der Vater raunzte sie an zu verschwinden. Eilig raffte die Frau ihre Röcke, der Mann lief hinterher.

Der Vater trat die Tür zur Stube auf und verschwand darin. Um Trester zu trinken, dachte Grete. Die Mutter lehnte wie ein Sack Kartoffeln an der Wand.

»Was machen wir jetzt?«, fragte Carlo.

»Abwarten«, sagte Grete.

Als es eine Weile ruhig geblieben war, öffnete Grete die Tür. Ihre Mutter war nicht mehr da, sie hatte sich vor dem Vater im Schlafzimmer eingeschlossen, das kannte Grete schon. Grete selber war immer der Liebling ihres Vaters gewesen, machte sich aber über seinen Charakter keine Illusionen, den man bestenfalls leicht erregbar nennen konnte.

Sie horchte an der Stubentür. Grummeln, das Glas knallte auf den Tisch, Trester plätscherte hinein, immer wieder. Sie hielt Carlo davon ab, ins Zimmer zu gehen.

»Lass. Wir warten noch.«

Schließlich öffnete sie die Tür. Der Vater saß am Tisch, die Augen auf das Glas gerichtet. Jetzt hob er den schweren Blick und sah sie reglos an. Er hatte den jämmerlichen Zustand erreicht, in dem die ganze Welt gegen ihn war.

»Du, du«, seine Wut flammte wieder auf, doch seine Beine machten nicht mit, er fiel wieder in den Stuhl.

»Vater, der Carlo macht mich zu seiner Frau. Wenn wir schnell heiraten, merkt keiner etwas. Und außerdem hat er einiges an Silberthalern gespart. Er will sie dir für den Weinbau geben. Er kommt von einem großen Weingut in Italien. Er wollte hier an der Mosel Erfahrungen sammeln, bei einem guten Winzer wie dir. Aber dann wollte keiner ihn anstellen, auch du nicht. Weißt du noch? Damals, als die Leute hier um Arbeit gefragt haben. Na ja, so musste er im Tunnel arbeiten.« Grete redete sich um Kopf und Kragen, Carlo konnte nur noch staunen. Grete hoffte, dass ihr Vater sich nicht erinnerte, aber bei den vielen Wanderarbeitern, die an der Mosel entlangzogen, kam es auf einen Carlo mehr oder weniger nicht an.

»Los, zeig mir die Thaler!«, lallte er.

»Das ist ein Teil«, sagte Carlo, zog ein pralles Ledersäckchen aus der Tasche und legte es vor ihn auf die Tischplatte. Der Vater zerrte an der Schnur, bis sie zerriss und die ganzen Münzen über den Tisch rollten. Ein erkleckliches Sümmchen, das sah er auch mit besoffenem Kopf. Für einen dicken Bauch gab es doch keine bessere Schlankheitskur als Silberthaler.

»Wie grossis euer Weingut?«

Carlo zögerte, Grete sagte: »Acht Wingerte, wie Euer größter.«

»Kanner nich reden, der Italiener?«

»Er ist erhitzt, da fallen ihm nicht alle Worte ein.«

Der Vater brummte und nahm einen Schluck Trester, diesmal direkt aus der Flasche. Die Thaler schob er zusammen und ließ sie in den Lederbeutel fallen. »Hm, hm, vierunfünfzich, du Saukerl.« Er trank wieder und warf die leere Flasche nach Carlo, der sie mit der Hand auffing. Der Vater lachte unangenehm: »Du Saukerl. Den behalt ich.« Der Beutel verschwand in seiner Jacke. Dann fiel er vornüber und begann zu schnarchen.

Grete merkte erst jetzt, dass sie die Luft angehalten hatte. Sie zog Carlo mit sich in die Küche. »Carlo, fahr du zurück, ich warte, bis der Vater aufwacht, vorher sprech ich mit der Mutter.«

»*Cara mia*, du bist hier nicht sicher. Ich bleibe.«

»Nein, Carlo, lass mich das machen. Mir passiert schon nichts. Bitte, geh.«

Carlo verließ sie schweren Herzens. Er versprach am Abend noch einmal zu kommen, sie wollten sich unten am Bootssteg treffen, dahinter stand ein Schuppen mit ein paar Kähnen, geschützt von einem dichten Gebüsch. Dort würde man sie nicht sehen.

»Du bringst Schande über uns!« Immer wieder dieselbe Leier, ihre Mutter schien keinen anderen Satz mehr zustande zu bringen.

»Mutter, verzeih mir, aber es muss keine Schande geben. Wenn wir an Petrus und Paulus heiraten, sieht man noch nichts. Wir besuchen dann Carlos Eltern in Italien und wenn wir zurückkommen, haben wir ein Kind. Keiner wird etwas merken, wenn wir es geschickt anstellen.«

»Du bringst Schande über uns.« Die Mutter wrang ihre Schürze, bis sie nur noch aus Knittern bestand. Dann strich sie sie wieder glatt, und das Spiel ging von vorne los.

Grete war nahe daran, die Nerven zu verlieren. Sie holte tief Luft und wiederholte ihren Plan zum hundertsten Mal.

»Du bringst Schande über uns. Jesus vergib uns.«

Grete seufzte, jetzt kam Jesus ins Spiel. Das ließ auf Buße hoffen, und Buße ließ auf eine Lösung hoffen.

»Mutter, der Carlo kommt von einem großen Weingut in Italien. Er wird von seinem Erbe Geld mitbringen und unserer Kirche eine Glocke stiften. Du weißt doch, wie nötig das ist. Wir haben nur die kleine und dann hätten wir zwei, die besser klingen, als die in Senheim. Und den Herrn lauter preisen können«, fügte sie noch hinzu.

Zum ersten Mal hielt die Mutter in ihrem Händeringen inne. Sie bekreuzigte sich und lauschte auf den Klang der kleinen Glocke, der durch das offene Fenster drang. Dünn war er, als müsste er sparsam sein mit der Lobpreisung des Herrn. Grete schickte ein Dankgebet zum Himmel, dass er es gerade jetzt sechs Uhr sein ließ.

»Wenn wir nur den Vater überzeugen«, setzte Grete nach.

Ihre Mutter sah sie ängstlich an. Sie hatte sich noch nie wehren können und brachte damit den Jähzorn ihres Mannes nur noch mehr in Fahrt.

Grete nahm ihre Hand. »Mutter, ich rede mit ihm, wenn du nur nicht gegen uns sprichst.«

Die Mutter schwieg.

»Ich bitte dich. Erspar dem Vater und dir die Schande und schenke dem Herrgott eine schöne Glocke.«

Unter fortwährendem »Jesus, vergib uns« stimmte die Mutter schließlich zu.

Grete schlich nach unten und lauschte an der Stubentür, noch immer drang das Schnarchen durch das Holz. Der Vater war heute schneller zusammengeklappt als üblich. Auch das ein Glück, wer konnte wissen, was sonst passiert wäre. Am Morgen war der Weinhändler vom Niederrhein da gewesen, da hatten sie schon ordentlich gebechert. Der Schnaps hatte ihm dann schnell den Rest gegeben.

Wenn er aufwachte, würde er einen Brummschädel haben. Grete wärmte in der Küche Fleischbrühe auf und gab noch extra Salz und von der geräucherten Wurst dazu. Das würde ihm auf die Beine helfen.

19. Kapitel

2012

Für Marlene und Claudio war es Zeit, nach Italien zurückzukehren. Claudio wurde in der Questura erwartet, und Marlene musste sich um ihre Geschäfte kümmern. Sie hatte an der Mosel einige Weine eingekauft, die entweder direkt von dort an die Endabnehmer geliefert wurden oder in ihr Zwischenlager am Bodensee kamen.

Boris ließ sie ungern ziehen und versprach, sie im Herbst in ihrem Haus in Serralunga zu besuchen. Die Renovierung war fast abgeschlossen und er war sehr gespannt, was sie aus dem alten Dorfhaus gemacht hatten, das er nur von Bildern kannte.

Und jetzt wollte er endlich das Interview mit den Geschwistern Petit hinter sich bringen. Es sollte in der nächsten Ausgabe erscheinen, dann hatte er in drei Folgen über die Boffas/Petits berichtet, das sollte reichen. Aber er konnte Karl einfach nicht erreichen. Der ging nicht an sein Handy, und im Haus war er auch nicht anzutreffen. Die Schwester glänzte ebenfalls durch Abwesenheit. Wo steckten die nur? Soweit er wusste, wollte Helene Petit eine Woche bleiben, davon war schon mehr als die Hälfte um. Es war später Nachmittag, er würde es am Abend noch einmal probieren.

Boris stand vom Schreibtisch auf und merkte, dass er hungrig war. Er stellte die Reste aus dem Kühlschrank auf den Tisch. Eine halbe Flasche Weißburgunder fand sich auch noch. Gerade als er drei Eier in die Pfanne schlug, klingelte sein Handy.

»*Bello*, du glaubst es nicht.« Claudio klang wie ein Tratschweib.

»Hallo, Claudio, nein tu ich nicht. Warte einem Moment.« Boris nahm die Eier vom Herd, das konnte länger dauern.

»Ich hatte heute ein Gespräch mit dem traurigen *commissario*«, sagte Claudio, als Boris den Hörer wieder aufnahm.

»Mit Maijer?«

»*Si*, Maijer. Es gibt Neuigkeiten zu dem Finger.«

»Aha.«

»Willst du wissen, welche?«

»Nein, was macht euer Haus?«

»Eh, Boris, rate mal, ich sag dann heiß oder kalt.«

Dieses Spiel war Claudios Spezialität, er rückte keine Information einfach so heraus. Boris goss sein Glas voll.

»Trinkst du?«

»Wie soll ich dich sonst ertragen?«

»Du glaubst es nicht.«

»Sagtest du schon, Claudio. Also gut. Der Finger ist von einem Alien.«

»Heiß.«
»Wie, heiß?«
»Das ist andersrum.«
»Claudio, bitte, das versteh ich nicht.«
»Denk nach.«
»Der Finger ist von einer Leiche.« Boris trank einen Schluck.
»Kalt.«
»Und jetzt?«
»Was kommt nach kalt?«
»Eiskalt? Was soll das ... heißt das etwa ?«
»Eiskalt!! Zehn Punkte. Genau! Die Rechtsmedizin Mainz stellte fest, dass der Finger eingefroren war.«
»Gibt es eine Erklärung?«
»Nicht die geringste. Nur, dass kein normaler Toter eingefroren wird. Du kannst also zu 90 Prozent von einem Verbrechen ausgehen. Leiche gefroren und beim Entsorgen ist ein Finger abgebrochen.«
»Wollte da jemand die Leiche in der Mosel verschwinden lassen?«
»Wahrscheinlich. Die Kollegen von der Wasserschutzpolizei werden die Augen offenhalten. Aber, wer weiß, wenn ein Gewicht dranhängt, kann sie lange unter Wasser bleiben. Auf jeden Fall war er noch nicht lange im Wasser, als Nerolina ihn rausgefischt hat, sagt der *commissario*.«
»Dann ist die Leiche vielleicht hier im Umkreis ins Wasser geworfen worden«, spekulierte Boris. »Deine Kollegen können das bestimmt ausrechnen, Strömung, Wind und so.«
»Das werden sie sicher machen.«

»Und der Ring?«

Claudio schnalzte mit der Zunge. »Das ist interessant. Der scheint ein Einzelstück zu sein, gute Goldschmiedearbeit, keine Massenware aus dem Kaufhaus. Wenn du an einem Juwelier vorbeikommst, dann mach dich mal schlau, ich schicke dir ein Foto von dem Ring.«

»Mach ich, aber es wäre ein großer Zufall, das richtige Geschäft zu finden.«

»Tu es trotzdem. Bis bald.«

»*Ciao, ciao*.«

Boris stellte die Pfanne wieder aufs Gas. Er dachte an den Ring. Claudio schien im Moment nicht viel zu tun zu haben, wenn er sich so mit dem Finger beschäftigen konnte. Andererseits, so war er eben, immer neugierig und unzufrieden, wenn ein Rätsel nicht gelöst war, egal ob er damit etwas zu tun hatte oder nicht.

Boris ließ die Eier auf zwei Scheiben gebuttertes Brot mit Käse gleiten. Er bezweifelte, dass man die ominöse, fingerlose Leiche anders als durch Zufall finden würde. Der Finger konnte immer noch von einem Schiff gefallen sein. Und wenn eine Leiche in der Nähe versenkt worden war, war sie dann auch im Umkreis ermordet worden? Er schnitt sich noch ein paar Scheibchen Schinken ab und goss Wein nach. Vermisst wurde seines Wissens keiner, die Polizei hatte herumgefragt. Aber komisch war die Sache schon, erst die tote Yvonne, dann der Finger. Er stand auf und stellte den Teller in die Spülmaschine. Jetzt noch ein Espresso, den würde er mit nach draußen nehmen. Danach wollte er noch einmal Karl anrufen, damit dieses leidige Interview endlich über die Bühne ging. Boris nahm die

Tasse und ein Stück Schokolade, ging nach draußen und ließ sich in den Liegestuhl fallen. Nach den letzten Schlucken stellte er sie neben sich ins Gras. Eine Minute später war er eingeschlafen.

Er erwachte, weil er eisige Füße hatte. Inzwischen war es stockfinster und sehr still. Er war verkrampft und hievte sich aus dem Liegestuhl wie ein alter Mann. Er lief ins Haus, zwei Uhr! Schlotternd zog er sich aus, ließ die Klamotten auf den Boden fallen und verkroch sich unter der Bettdecke. Hatte er die Gartentür zugemacht? Die Antwort verschlief er.

* * *

Karl nahm endlich ab.

»Wir müssen heute das Interview machen. Mein Redakteur will es spätestens morgen früh haben.«

»Ach, Boris, tut mir leid. Aber Helene ist schon zurück nach Hamburg. Musst du doch mit mir alleine Vorlieb nehmen. Ich komme gleich.« Karl hatte aufgelegt, bevor Boris antworten konnte.

Er erschien kurz darauf gut gelaunt und entschuldigte sich zerknirscht für seine Schwester. Boris war sauer, dass er so hingehalten wurde, und zog das Interview in kurzer Zeit durch.

Karl lud ihn zum Abendessen ein: »Komm, ich mach uns ein Wildschweinfilet. Als Wiedergutmachung, nun komm schon.«

Karl hatte nicht zu viel versprochen, das Filet war ein Gedicht. Als Boris sich später am Abend verabschiedete, hatte er seinen Unmut längst vergessen.

Das Haus war sehr leer und groß ohne seine Freunde, er hatte keine Lust, alleine draußen zu sitzen, und ging auf sein Zimmer. Am Schreibtisch las er noch einmal die Kopien von Carlos Tagebuch. Heute hatten sie wieder darüber diskutiert, ob ein paar Seiten fehlten oder nicht. Auch jetzt war Boris überzeugt, dass das Heft unvollständig war. Er fragte sich, warum Karl sich so vehement gegen diese Vorstellung wehrte. Was sollte denn da noch enthüllt werden? Carlo hatte wohl kaum einen zweiten Toten auf dem Gewissen.

Bevor Boris seinen Laptop schloss, sah er noch einmal die Mails durch. Claudio hatte das Fingerfoto geschickt. Der Ring war ungewöhnlich, ungewöhnlich scheußlich, fand er. Er erinnerte ihn an diese kränklichen, konturlosen Formen, die in esoterischen Kreisen so beliebt waren. Aber auch der Nagellack war schrecklich. Blässlich rosa-orange wie ungesunder Lachs.

20. Kapitel

»Und wenn ich dir sage, *chéri*, dass ich diesen Ring kenne!«

Von vornherein war ihr das Schmuckstück bekannt vorgekommen, sie wusste nur nicht, wo sie es zuordnen sollte. Als Yves ihr das Foto gezeigt hatte, hatte sie ihn gebeten es auszudrucken. Claire hatte es über ihren Schreibtisch gehängt und immer wieder betrachtet. Jetzt war endlich der Groschen gefallen. In Auxerre gab es einen Goldschmied, der in diesem Stil arbeitete. In einer der kleinen Gassen hinter der Kathedrale hatte er seinen Laden. Er war recht beliebt bei den Touristen und zeigte immer eine Auswahl dieser Ringe im Schaufenster.

»Yves, ich fahre nach der Arbeit hin und sehe mir den Laden an. Keine Sorge, ich kann mich doch wohl für seinen Schmuck interessieren?« Sie legte auf, bevor Yves antworten konnte.

Claire stand vor dem Schaufenster des Goldschmieds und besah sich die Auslage. Verschiedene Ringe und Ketten, Anhänger und Armreifen. Der Stil entsprach durchgehend dem des gefundenen Rings. Die Formen amorph, die Oberflächen uneben und oft mit klobigen Edelsteinen besetzt.

Monsieur Bas wurde von einem hellen Klingeln aus dem Hinterzimmer gelockt, als sie eintrat. Der Goldschmied war ein langer, dünner Mann mit schmalen Händen, dem sie eher fein ziselierte Geschmeide als die grobschlächtigen Schmuckstücke in den Vitrinen zugetraut hätte. Er begrüßte sie überaus höflich und fragte nach ihren Wünschen.

Claire stellte sich als Assistentin von Inspecteur Yves Romain vor, was er mit einem erstaunten Hochziehen der Augenbrauen kommentierte. Dann zog sie das Foto hervor. Sie hatte Anfang und Ende des Fingers auf dem Bild abgeschnitten, sodass nur der Ring zu sehen war.

»Ja, der ist von mir«, sagte Monsieur Bas nach einem kurzen Blick auf das Foto.

»Sind Sie sicher?«

»Aber ja. Sehen Sie hier«, er zeigte auf das Foto. »Die Fassung des Amethysts. Diese Ausführung ist eine Idee von mir und wird von keinem anderen Goldschmied gemacht. Soviel ich weiß«, fügte er hinzu. »Es gibt immer mal welche, die kopieren, aber der ist bestimmt von mir.«

»Können Sie sich erinnern, wann Sie ihn verkauft haben? Und an wen?«

»Normalerweise gebe ich Informationen nicht weiter. Sie sind vertraulich, wie beim Arzt.«

»Das verstehe ich«, sagte sie, ohne eine Ahnung zu haben, wovon er redete. »Seien Sie versichert, dass wir Sie nicht fragen würden, wenn wir eine andere Möglichkeit hätten. Wollen Sie meinen Chef anrufen?«, fragte sie unschuldig lächelnd, während sie hinter dem Rücken zwei Finger kreuzte.

Monsieur Bas ließ sich nicht so leicht ködern. Er dachte nach, Claire zügelte ihre Ungeduld.

Schließlich nickte Monsieur Bas. »Warten Sie einen Moment, Madame.«

Während er durch einen Perlenvorhang verschwand, machte Claire eine Runde im Laden. Eine ganze Wand wurde von Halbedelsteinen in kleinen, nummerierten Holzkästen eingenommen. Daneben hing eine Liste, die darüber informierte, welcher Stein für welches Sternzeichen der beste sei. Oder welche Krankheit geheilt oder abgewehrt werden könne. Demzufolge brauchte man sich nur mit den richtigen Steinen zu behängen, schon war man gefeit gegen die Unbilden des Lebens. Claire sah nach. Sternzeichen Zwilling, da war der Goldtopas der Stein der Wahl.

Monsieur Bas kam mit einer Mappe in der Hand zurück. Er schlug sie auf und blätterte. »Ich mache Bilder von meinen Schmuckstücken, jedes ist ein Unikat. Wenn ich es verkaufe, kommt das Bild in dieses Heft mit den Informationen über die Kundin. Wenn sie später wiederkommt, weiß ich, was ich ihr anbieten kann. Sehen Sie, ich verkaufe nicht einfach ein Schmuckstück. Die Leute kommen zu mir und lassen sich beraten. Sie wollen natürlich einen schönen Ring, der ihnen gefällt. Aber er soll zusätzlich ihr Wohlbefinden stärken oder einen bestimmten Zweck erfüllen. Das kann in diesem Jahr die Gesundheit sein, im nächsten Jahr ein psychisches Problem – oder beides.« Er war bei den Ringen angekommen. »Ich kann nach dem Namen suchen oder, wie hier, nach dem Ring. Jetzt kommen die Amethystringe, so, da ist er.« Er strich die Seite glatt und sah auf. »Ein Amethystring, verkauft im Sommer des vorigen Jahres, genau am 20. Juli. Die Dame, Sternzeichen Jungfrau, hatte Kummer, Albträume, Verspannungen, Hautekzeme am linken Unterarm. Wenn sie jetzt wieder käme und der Stein ihr geholfen hat, würde ich ihr einen Chaorit mitgeben, um ihre Gelassenheit zu stabilisieren.«

Claire glaubte zwar nicht an diesen Hokuspokus, aber er sprach sehr überzeugend, das musste sie einräumen.

Er blätterte um und nannte ihr Namen und Adresse seiner Kundin.

Claire konnte gerade noch einen Pfiff zurückhalten. Sie steckte das Foto wieder ein und bedankte sich bei Monsieur Bas. Er zögerte, dann fragte er nach ihrem Sternzeichen.

»Zwilling.«

Er holte einen Stein aus dem Kästchen Nummer sieben und reichte ihn ihr.

Er sah sie prüfend an: »Lieber würde ich ein Goldnugget für Sie wählen, aber der Goldtopas unterstützt Ihr Sternzeichen ebenso. Bitte, nehmen Sie ihn, er wird Ihren Blick schärfen – in jeder Beziehung«, fügte er mit einem Zwinkern hinzu.

Claire nahm etwas verwirrt den Goldtopas in die Hand, bedankte sich erneut und verließ das Reich der Steine.

21. Kapitel

Für *ispettor* Claudio Manera hatte der Alltag wieder begonnen. Während seines Urlaubs war wenig passiert, aber kaum, dass er den Fuß in die *questura* gesetzt hatte, zückten die Idioten ihre Messer und stachen sie anderen Idioten in die Weichteile.

Claudio würde es nie begreifen. Zwei junge Kerle stritten sich um ein Tütchen Rauschgift, irgendeine neue Designerdroge, die nicht nur high, sondern auch aggressiv machte. Die erste Ladung hatten sie schon intus, die zweite war der Zankapfel. Wahrscheinlich war der Typ, dem das Messer in den Oberschenkel gestochen wurde, besser dran, als wenn er das Gift genommen hätte. Konnte er ihm aber nicht klarmachen. Diese Memme jammerte und winselte und der Täter zeigte keine Reue. Als sie ihn aufgriffen, saß er auf einer Parkbank in Sichtweite des Angestochenen und reinigte sich die Fingernägel mit der Messerspitze.

Claudio klappte den Aktendeckel auf. Der Typ war bekannt dafür, dass er seine Konflikte mit dem Messer löste. Er würde ein paar Monate Strafe absitzen, und danach ging das Ganze von vorne los. Jetzt saß er völlig entspannt im Verhörraum und wartete das ewig gleiche Prozedere ab. Claudio klatschte die Akte angewidert zu und ging in die Bar gegenüber, um einen Espresso zu trinken.

Sein Handy klingelte. Yves Romain.

»Claire hat mich gerade angerufen. Hör zu.« Yves schilderte, was sie in Auxerre herausgefunden hatte.

»Hast du schon mit Boris gesprochen?«, fragte Claudio.

»Ich kann ihn nicht erreichen. Als ich gehört habe, dass der Ring Marina Petit gehört, hab ich es sofort versucht. Das ist jetzt eine Viertelstunde her. Ich probiere es weiter. Rufst du den deutschen *commissario* an?«

»Ja, mach ich sofort, Yves, *ciao*.« Claudio wählte Boris' Nummer, aber die Leitung war tot. Er ging zurück in sein Büro. Sein Chef, *commissario* Szapella, fragte ihn, was mit dem Typen im Verhörraum sei. Claudio erzählte ihm von Yves' Anruf.

»Dann rufen Sie diesen Maijer an, Claudio. Der Typ kann warten. Sähe Ihrem Freund Boris ähnlich, sich in Schwierigkeiten zu bringen.«

Claudio rief Maijer an, der aber auch nicht zu erreichen war. Er sprach auf dessen Mailbox. Er ließ es erneut bei Boris klingeln. Dann rief er Karl an – erfolglos. In der nächsten Stunde wurde er immer nervöser. Er hatte im Büro Maijers eine Nachricht hinterlassen. Er rief Marlene an, die auf der Flasche Riesling, die sie gestern getrunken hatten, die Telefonnummer des Winzers nachsehen sollte. Der wohnte nicht weit entfernt von Boris' Haus, und Claudio bat dessen Tochter, die er am Telefon hatte, bei Boris nachzusehen. Aber auch sie fand nur eine verschlossene Tür. Er wartete zehn Minuten, in denen er den Typen im Verhörraum anschnauzte. Dann versuchte er es wieder.

»Hallo?«

»Madonna, wo warst du denn bloß? Kannst du nicht an dein verdammtes *telefonino* gehen?«

»Claudio? Alles klar bei dir?« Boris klang etwas überrumpelt.

»Ja, ja. Pass auf.«

Als Claudio geendet hatte, war es eine Weile still.

»Aber, was heißt das?«, sagte Boris. »Laut Karl ist Marina im Allgäu. Entweder sie ist nicht gefahren und ihr ist etwas zugestoßen oder ...«

»Nicht entweder, Boris. Sie ist nicht gefahren und es ist ihr etwas zugestoßen. Höchstwahrscheinlich durch Karl. Wir haben uns Sorgen gemacht, dass du bei Karl bist.«

»Karl? Das kann doch nicht sein.«

»Ich weiß, Boris. Und wir haben keinerlei Anhaltspunkte. Nur, es ist der Ehemann, der behauptet, sie sei im Allgäu. Es ist der Ehemann, der zwei riesige Truhen im Keller hat. Du weißt doch, er hat uns an dem einen Abend seine Wildvorräte gezeigt. Weißt du noch?«

»Ja, ja.«

»Und es ist meistens der Ehemann, der die Ehefrau umbringt. *Ecco!* Was hättest du gedacht, wenn du 900 Kilometer entfernt wärst und dein Freund nicht aufzufinden ist?«

»Ist ja gut. Also, ich war bei Karl, mir fehlte noch was zu dem dämlichen Interview. Karl musste mir dann noch stundenlang seine neuesten Werbeideen erzählen.

Der Kerl wird immer verrückter, jetzt hat er sich eine Seilbahn überlegt, von der Ruine nach Mesenich. Kriegt der doch nie genehmigt. Aber hör mal, du glaubst doch nicht im Ernst, dass Karl seine Frau umgebracht hat?« Boris lachte. »Niemals, Karl ist viel zu gutmütig … und warum auch?«

»Keine Ahnung. Gut verstanden haben sie sich jedenfalls nicht. Das ist aber kein Beweis, du hast schon recht. Es könnte ja auch immer noch ein anderer Finger sein. Aber das halte ich für äußerst unwahrscheinlich. Du sollst auch nur vorsichtig sein, triff dich nicht allein mit ihm. Und lass dir nicht anmerken, dass der Ring identifiziert ist. Das wird alles Maijer untersuchen. Halt du dich zurück und sag nichts zu Karl, *capito*? Und nimm dein Handy mit.«

»Hatte ich, aber es hatte keinen Sprit. Jetzt häng ich an der Strippe.«

»Madonna mia. Geh ins Bett!«

* * *

Boris legte sein Handy zur Seite und machte sich eine Tasse Kaffee, um wach bleiben zu können. Es war erst früher Abend, und er wollte den Nachtrag zum Interview noch schreiben und wegschicken.

Marinas Ring … Marinas Finger. Höchstwahrscheinlich. Karls Verwandtschaft väterlicherseits lebte im Nordburgund. Bei einem Besuch war es gut möglich, dass Marina in Auxerre Einkäufe gemacht hatte.

Boris verschob die Überlegungen auf später. Wenn er jetzt nicht arbeitete, würde es heute nichts mehr werden.

Er nahm den Kaffee mit nach oben und war die nächsten zwei Stunden beschäftigt.

Bei einem späten Imbiss dachte er an Karl, der ihn gefragt hatte, ob er heute Abend mit nach Koblenz ins *Chez I.* komme. Er war froh, dass er abgesagt hatte. Er traute sich heute keine große Schauspielkunst zu. Er biss lustlos in ein Würstchen, dass ihn an den Finger erinnerte. Er warf es in die Mosel.

Boris war unruhig. Er tigerte umher, bis er den Gedanken zuließ, der ihn den ganzen Abend umtrieb.

Er ging nach oben und zog dunkle Sachen an. Er steckte Taschenlampe, Taschenmesser und Handy ein und verließ das Haus. Es war kurz nach neun. Karl würde vor halb zwölf nicht nach Hause kommen. Zeit genug.

Als er aus dem Haus ging, kam ihm eine Idee. Er machte kehrt und nahm eine der Ansichtskarten vom Tisch, die schon geschrieben, aber noch nicht adressiert waren. Mit der Karte in der Hand klopfte er an die Tür seiner Nachbarn.

»Ach, Boris, deine Freunde haben dich schon vermisst. Hast du dich wieder rumgetrieben?« Die muntere Winzertochter lächelte ihn an.

»Hallo Ella, Karl ist nicht da. Hast du zufällig die Adresse von Marina?« Er wedelte mit der Karte.

»Musst du sie erinnern, wie die Mosel aussieht?«, sie lachte.

»Sei nicht so neugierig, schöne Weinprinzessin«, er ließ seinen Charme spielen, sie lachte noch mehr.

»Keine Ahnung, wo die steckt. Komm' doch rein und probier unseren neuen Rivaner, der ist seit einer Woche abgefüllt.«

»Danke, heute nicht mehr, ich vertrete mir nur die Beine, dann muss ich noch arbeiten. Aber morgen gern, wenn du dabei bist.«

Ella war erfreut und nickte. Sie war süß, aber zwanzig Jahre zu jung.

»Ach, ihre Nummer hast du wohl auch nicht?«, fragte er noch. Ella schüttelte den Kopf. Damit fiel Plan B, ein Anruf im Allgäu, aus. Er winkte und lief Richtung Mosel weiter.

Als er Karls Hof erreichte, war es noch hell, aber niemand, der Boris durch das Tor des Weingutes Boffa gehen sah, würde sich Gedanken machen. Da ging er schließlich seit Wochen ein und aus. Er schellte vorsichtshalber an der Eingangstür. Es blieb still. Der Kellermeister hatte längst Feierabend, die Hilfskräfte ebenfalls und Marina war im Allgäu. Hoffentlich.

Boris stellte sich vor die Seitentür und rappelte an der Klinke. Das erwies sich als unnötig, denn sie war offen. Jetzt konnte er eigentlich wieder gehen, denn welcher Mörder ließ die Tür zum Tatort offen? Er trat in den Flur und schloss die Tür hinter sich. Hier war es dunkel, nur ein schmales Fenster mit buntem Glas ließ rotgrüne Lichtstreifen in den Raum fallen. Er knipste die Taschenlampe an. Die Kellertreppe befand sich links hinten, ein halbhohes Gitter aus naturbelassenen Latten schützte vor Abstürzen. Er öffnete es und stieg hinab. Der erste Keller enthielt altes Arbeitsgerät, im zweiten standen die Kühltruhen.

Boris machte das Licht an und schätzte sie ab. Groß genug waren beide. Er holte tief Luft und öffnete den Deckel der ersten. Sie war bis oben voller Fertiggerichte, hauptsächlich Pizza. Die zweite war nur zur Hälfte gefüllt. Hier war Wild eingefroren, bestimmt auch das Stück, dass er mit Karl gegessen hatte. Er beugte sich über die Truhe, konnte aber nichts entdecken. Eine schmale Frau wie Marina hätte durchaus hineingepasst. Er hob ein paar Pakete heraus, fand aber nichts Außergewöhnliches.

Boris' Rücken schmerzte durch die gebückte Haltung, sodass er sich mit der Hand am Rand der Truhe abstützte um wieder aufzutauchen. Er sah nicht die Bewegung hinter seiner linken Schulter, das schnelle Ausholen. Er hörte nur ein Zischen und machte ein kleine Drehung, der Gegenstand verpasste knapp seinen Kopf und schlug mit Gewalt auf seinen Schulterknochen. Das Zweite, was er hörte, war das Krachen des Schlüsselbeins, dann traf ihn ein weiterer Schlag.

Boris nahm einen erdigen Geruch wahr. Er öffnete die Augen und sah Schwärze. Dann drangen Kopfschmerzen in sein Bewusstsein, so heftig, dass er sich wünschte, wieder ins Dunkel zu versinken. Er bewegte sich vorsichtig und stöhnte auf. Sein linker Arm gehorchte ihm nicht mehr, schmerzte aber mit seinem Schädel um die Wette. Er versuchte an all das zu denken, was die Krimihelden in solchen Fällen taten. Erst mal ruhig und tief atmen und nachdenken. Er wusste sofort, was geschehen war, kein freundlicher Filmriss verschaffte ihm eine Atempause vor dem Einsetzen der Angst.

Er tastete mit der rechten Hand den Boden ab. Stein. Jetzt konnte er auch ein paar diffuse Umrisse ausmachen. Die Truhen!

Eine Welle der Erleichterung erfasste ihn, er war noch in Karls Keller und nicht eingemauert in der Brauereigruft. Aber in seinem Zustand sah er schwarz hier herauszukommen.

Mit Mühe rollte er sich auf die Seite. Er legte eine Pause ein.

Jetzt ganz langsam die Beine anziehen und sich aufsetzen. Auf halbem Weg durchfuhr ihn ein Stich, der ihn wieder auf den Boden beförderte. Der nächste Versuch brachte ihn in Sitzhaltung. Sein Kopf hielt wenig von diesem Richtungswechsel, endlich wusste Boris, was mit dem Presslufthammer hinter der Stirn gemeint war. Er wartete, bis nur noch der Vorschlaghammer in Betrieb war, dann rutschte er nach hinten, bis er an der Truhe lehnte. Pause.

Aufstehen ist mit einem Arm kein Problem, wenn der andere Arm nicht die Bewegung jedes Körperteils übel nimmt. Boris verlor wieder das Bewusstsein. Als er wieder klar wurde, war er zur Seite gekippt. Dankbar für jede Kleinigkeit, registrierte er, dass es die rechte war.

Er rutschte bis zur Wand. Ein paar Versuche später stand er. Er wusste nicht, was passieren würde, wenn er zu gehen versuchte. Er blieb an die Mauer gelehnt und schob sich weiter in Richtung des ersten Kellerraums. Hier fiel durch ein winziges Fenster Licht.

Eine Unendlichkeit später hatte er die Treppe erreicht. Sie streckte sich vor ihm in die Höhe wie der Mount Everest. Der Handlauf befand sich an der linken Seite, unmöglich sich mit der verletzten Schulter daran hochzuziehen. Er dachte nach.

Dann setzte er sich auf die höchste Stufe, die er erreichen konnte. Im Schneckentempo kam er vorwärts. Füße aufsetzen, mit dem rechten Arm drücken, der linke baumelte zwischen seinen Beinen, Hintern hoch und auf die nächste Stufe. Der Ruck, mit dem er dort landete, glich einem Stromschlag. Tränen liefen über sein Gesicht. Absurde Gedanken beschäftigten ihn. Er kam nicht vorwärts, er kam rückwärts, das schien ihm irgendwie wichtig. Das musste er sich merken, wenn er einmal seine Memoiren schreiben würde. Gerne hätte er gelacht, aber das brachte ihn fast um. Auch das war zum Lachen.

Endlich oben angekommen war er nass geschwitzt und wieder einer Ohnmacht nahe. Die Sicherungslatten standen auf, die Hoftür war zum Greifen nahe. Boris holte Luft, so gut es ging, er rutschte weiter.

Die Tür öffnete sich, Karl sah auf ihn herunter, sagte: »Verdammt.«

Boris' Kehle entfuhr ein Röcheln, dann fühlte er einen Tritt und dann nichts mehr.

Als er das nächste Mal die Augen öffnete, fehlte ihm jegliche Orientierung. Er brauchte lange, um klar zu werden. Eine unbedachte Bewegung katapultierte ihn in die Realität. Fast sofort brach Panik aus, sein Herz schlug hart und laut, er war nass vor Schweiß, und eine heiße Welle breitete sich in seinem Inneren aus. Eine Welle von Entsetzen und die Gewissheit, hier zu verenden. Er schluchzte auf, dann riss er sich mit aller Kraft zusammen und versuchte, gleichmäßig zu atmen. Er wäre am liebsten wieder in Ohnmacht versunken, hätte sich seinem Schicksal ergeben, wäre gestorben, nur weg aus diesem Keller, weg von diesen Schmerzen.

Er atmete in kurzen Stößen, dachte plötzlich an Gianna und sein Versprechen, auf ihre Schweine aufzupassen. Warum sollte er das wieder? Ein zarter Duft von Heu und Schwein zog durch sein Gehirn. Er sah die Luft in der Sonne flimmern und ihre Silhouette vor dem Sommerhimmel.

22. Kapitel

Claudio hatte Kriminaloberkommissar Maijer schließlich im Büro erwischt, wo er sich den Abend mit der Beurteilung eines Praktikanten versüßte und nur zu gern das Telefon abnahm. Claudio fragte ihn vorwurfsvoll, warum er nicht zurückgerufen habe. Oh, er war davon ausgegangen, dass Claudio nur neugierig war, und hatte das Telefonat auf später verschoben. Claudio rollte mit den Augen und schluckte jeden Kommentar herunter. Maijer hatte ja recht, was hätte er auch denken sollen?

Er hörte sich mit wachsendem Erstaunen Claudios Bericht an.

»Danke, Herr Manera, richten Sie das auch bitte der Freundin Ihres französischen Kollegen aus – wo war das noch mal?«

»Tonnerre, Nordburgund.«

»Ja, richtig. Also auch ihr herzlichen Dank. Ich muss vielleicht darauf zurückkommen, aber das kennen Sie ja selbst. Nichts als Papierkram, so weit das Auge reicht.« Maijer seufzte und rieb mit der Hand über seine Stirn.

»*Commissario*, darf ich mich wieder melden?«

Maijer lachte, was selten genug vorkam. »Tun Sie das, Herr Manera, tun Sie das.« Dann legte er auf.

Er griff in die Schublade und holte seine Migränetabletten hervor, überlegte es sich dann anders und ließ den Kopf leicht kreisen. Die Ankündigung seines Leidens hatte sich zurückgezogen. Italien, Frankreich, Deutschland. Das gefiel ihm. Ohne großen Klimbim, einfach so, ging also. Später, falls sich der Verdacht bestätigen sollte, würde die Bürokratie wieder zuschlagen, da machte er sich keine Illusionen, aber diese kleine, unkomplizierte Selbstverständlichkeit im Dickicht der Polizeiarbeit hatte ihm Spaß gemacht.

Er rief die Dienststelle Cochem an, setzte seine Kollegen ins Bild und bat sie, Karl Petit aufzusuchen und nach dem Verbleib seiner Frau zu fragen. Nein, sie sollten nicht zurückrufen, sondern dort bleiben, bis er, Maijer, eintraf.

Petit war nicht zu Hause, die Beamten fragten einen Nachbarn, der wusste, dass Karl Wein nach Koblenz liefere. Nein, seine Handynummer habe er nicht. Auch sonst keiner, den sie erreichten. Sie riefen Maijer an, der gerade los wollte. In Koblenz? Wo?

Maijer kramte Claudios Visitenkarte hervor und rief ihn an.

»Herr Manera, wissen Sie, an welches Restaurant Karl Petit in Koblenz liefert?«

»*Chez I.* Aber warum haben Sie nicht Boris de Beers gefragt?«

»Der ist nicht zu erreichen. Danke.«

»*Momento, commissario.* Ich habe vor ein paar Stunden mit Boris gesprochen. Er wollte zu Hause bleiben und arbeiten. Er weiß allerdings auch Bescheid, ich hatte ihn gebeten, sich zurückzuhalten. Aber, ehrlich gesagt ...«

»Ich verstehe. Ich bin auf dem Weg nach Mesenich und halte am Restaurant an. Ich melde mich bei Ihnen.«

Petit hatte den Liefertermin abgesagt, denn sein Auto hatte eine Panne gehabt. Maijer informierte die Kollegen, die vor dem Weingut warteten.

»Kriminaloberkommissar! Da kommt er!« Dann unterbrach der Beamte mit einem knappen »Ich melde mich wieder« die Verbindung. Maijer sah verdutzt auf den Lautsprecher.

Karl Petit war aus der Seitentür des Gebäudes getreten, warf einen knappen Blick auf den Polizeiwagen vor dem Tor und strebte Richtung Haus. Die Polizisten sprangen aus dem Wagen und winkten ihm zu.

Der Winzer blieb stehen. »Besuch von der Polizei?« Er sprach schnell. »Ich hab's eilig. Was wollen Sie?«

Die Beamten brachten ihr Anliegen vor.

»Meine Frau?« Petit schnaufte. »Im Allgäu. Bei ihrem Bruder. Hier ist die Nummer.« Er scrollte auf seinem Handy die Liste herunter und tippte dann auf einen Eintrag. Er gab das Gerät weiter. Es klingelte ewig, bis sich eine verschlafene Stimme meldete. Die Beamten dankten Karl, der sich sofort abwandte und ins Haus verschwand.

Sie erreichten Kommissar Maijer, als er durch Burgen fuhr. »Seine Frau war an der Strippe. Sauer, aber lebend. Wir fahren jetzt nach Cochem zurück.«

Maijer nahm die Geschwindigkeit raus und dachte nach. Aber es fiel ihm nichts Intelligentes ein. Er entschloss sich weiterzufahren und probierte es noch einmal bei Boris, doch der blieb unauffindbar. Claudio Manera war erleichtert, als er von der lebenden Marina hörte, machte sich aber trotzdem Sorgen um seinen Freund. Er hatte ein »komisches« Gefühl.

»Ich auch«, erwiderte Maijer. Er drückte aufs Gas.

Als er in Mesenich einfuhr, war es 22.30 Uhr. Er parkte seinen Wagen vor Boris' Haus. Sein maronenbrauner Alfa stand in der Einfahrt. Der Journalist war offensichtlich nicht weggefahren, sondern zu Fuß unterwegs.

Maijer erinnerte sich, dass die Küche rechts der Eingangstür lag. Der Raum war schwach beleuchtet. Maijer klingelte, aber es blieb ruhig. Er kletterte auf eine Beetbegrenzung aus Bruchstein und sah durch die Scheibe. Das Licht der Abzugshaube brannte. Das hatte Boris wahrscheinlich angelassen, als er das Haus verließ. Der Vollständigkeit halber ging Maijer nach hinten und sah durch die Terrassentür. Auch hier, wie erwartet, keiner zu sehen.

Maijer verließ das Grundstück und lief zum Weingut Carlo Boffa. Er näherte sich dem Eingangstor zum Innenhof. Es stand offen, und er konnte auf das gegenüberliegende Wohnhaus sehen. Im Flur brannte Licht. Ein weißer Lieferwagen stand mit der Schnauze Richtung Ausfahrt. Als Maijer seine Position änderte, sah er den Schriftzug an der Seitenwand:

»Carlo's Sehnsucht«, weiß wie ein Riesling, rot wie die Liebe.

Maijer konnte mit dem Spruch nichts anfangen, er fand ihn kitschig. Überhaupt hielt er von dem ganzen Hype um diesen roten Riesling wenig. Was interessierte ihn die Traubensorte? Wein musste schmecken und sauber gemacht sein – und *basta,* wie sein italienischer Kollege sagen würde.

Er ging näher an den Wagen heran und sah in die Fahrerkabine. Der Schlüssel steckte, auf dem Beifahrersitz lagen ein Handtuch und ein aufgerolltes Seil.

»Was machen Sie da?« Karl stand auf der kurzen Treppe zur Haustür. Er schloss ab und ging auf Maijer zu. »Ihre Kollegen waren vorhin schon hier. Sie haben mit meiner Frau gesprochen. Was soll das Theater?« Karl klang ungehalten. »Ich muss jetzt weg.«

Er wollte einsteigen, aber Maijer hielt ihn zurück. »So spät?«

»Wüsste nicht, was Sie das angeht. Ich muss nach Hamburg, ausliefern«, räumte er dann ein. »Wenn ich nachts fahre, komm ich besser durch und bin morgen Abend zurück.« Er stieg ein und ließ den Motor an.

»Warten Sie«, Maijer trat an das Seitenfenster. »Haben Sie zufällig Herrn de Beers gesehen?«

»Nein, keine Ahnung, wo der steckt.« Noch während er sprach, ließ er den Lieferwagen anrollen.

Maijer hatte den Eindruck, dass ihn nur große Selbstbeherrschung von quietschenden Reifen abhielt. Als er um die Ecke gebogen war, sprintete Maijer zu seinem Wagen und raste ihm hinterher. Karl fuhr Richtung Senheim, Maijer sah gerade noch seine Rücklichter. Der Ort war völlig ausgestorben, er wagte es, ohne Licht bis zur Brücke zu fahren. Karl überquerte die Mosel und bog links ab. Nach Cochem und somit Richtung Autobahn hätte er rechts herum fahren müssen. Maijer folgte, inzwischen mit Licht, bis Karl auf dem Marktplatz von Ediger eine Pause einlegte. Maijer fuhr weiter bis zur nächsten Deckung, einem geparkten Lastwagen aus Ungarn. Er stieg aus, um den Lieferwagen zu beobachten. Im Inneren sah er eine Zigarette aufglühen. Nach ein paar Minuten wendete der Wagen und fuhr zurück. Maijer folgte zunehmend beunruhigt. Dieses Manöver war so sinnlos, dass es nur dem Zweck dienen konnte, einen Verfolger zu entdecken.

Karl blieb auf dieser Moselseite und bog in den Weg neben der Brauereiruine ein. Der Kommissar hatte schon seit ein paar Kilometern das Licht wieder abgeschaltet und rollte in sicherem Anstand auf den Seitenstreifen hinter einen abgestellten Bulldog. Er stieg aus und schlich sich im Schutz des Gebüschs heran. Er fand einen Platz hinter einem wilden Johannisbeerstrauch und wartete. Karl blieb wieder sitzen und rauchte. Maijer verlor langsam die Geduld.

Endlich stieg Karl aus und öffnete die Hintertüren des Wagens. Er nahm eine Tasche heraus und ging damit bis zum Zaun. Dort griff er hinein und begann, mit einem Gegenstand den Draht zur Seite zu biegen. Ab und zu streckte er sich, als hätte er Rückenschmerzen.

Maijer wagte sich näher heran, sodass er einen Blick in den Laderaum des Wagens werfen konnte. Ein unförmiger, dunkler Haufen war alles, was er sah. Er zog daran und hatte ein Hosenbein in der Hand, aus dem ein Fuß herausragte.

Karl schnaufte und schepperte mit dem Werkzeug. Maijer konnte im Windschatten von Karls Geräuschkulisse unbemerkt seine Kollegen benachrichtigen.

Als Karl nach einigen Minuten zum Wagen zurückkam und sich im Laderaum zu schaffen machte, war die Verstärkung noch nicht eingetroffen, aber Maijer konnte nicht länger warten. Er zog seine Taschenlampe und richtete den Strahl auf Karls Kopf.

»Ich nehme Sie fest, Herr Petit. Sie dringen unbefugt in ein gesichertes Grundstück ein. Drehen Sie sich um und legen Sie sich auf den Bauch. Ich habe eine Waffe auf Sie gerichtet.«

Maijers Waffe lag auf der Dienststelle in Koblenz. Da lag sie gut. Aber das konnte Karl nicht sehen, den das grelle Licht blendete. Er fluchte und machte einen halbherzigen Sprung zur Seite.

»Lassen Sie das, Herr Petit.« Maijer hoffte, dass er das tat. Er würde den Kürzeren ziehen, wenn Karl ihn angriff, da war er sicher. Karl fing an zu palavern. Er hatte doch nur mal nachsehen wollen, ob von dem Schatz noch etwas da sei. Schließlich habe er den auch entdeckt.

»Schnauze! Hinlegen!« Maijer riss der Geduldsfaden.

Karl begann wieder zu argumentieren, aber da leuchtete von Weitem das Blaulicht der Polizei durch die Dunkelheit. Maijer atmete erleichtert aus und befahl Karl erneut sich hinzulegen. Diesmal folgte er widerstandslos.

23. Kapitel

Marlene war von Turin nach Frankfurt geflogen, hatte da ein Auto gemietet und saß seit einer Stunde in Boris' Zimmer im Bundeswehrkrankenhaus Koblenz.

Der Notarzt des Krankenwagens hatte nach einem Blick auf Boris das Nötigste getan, während seine Kollegin den Rettungshubschrauber anforderte. Boris hatte Verletzungen wie nach einem schweren Verkehrsunfall, diverse Brüche, eine Gehirnerschütterung, Prellungen und Schürfungen. Er hatte unglaubliches Glück gehabt, dass er ohne gravierende innere Verletzungen davongekommen war. Der Arzt sagte zu Marlene, dass er genauso gut tot wie gelähmt sein könne, die Chancen hätten gut gestanden.

Marlene lief es bei diesen Worten kalt den Rücken runter. Boris war ihr ältester und bester Freund, so wichtig wie ihre Familie. Als sie Claudio während des Telefonats mit Maijer beobachtet hatte, war ihr angst und bange geworden. Claudio war immer bleicher geworden und musste sich hinsetzen. Sie hatte sich sofort um einen Flug gekümmert und konnte direkt am frühen Morgen abreisen.

Boris war noch in der Nacht operiert worden und lag jetzt, einer Witzzeichnung nicht unähnlich, bandagiert und verkabelt im Bett. Er war noch in einem dämmrigen Zustand und schlief immer wieder ein, hatte aber das Bewusstsein wiedererlangt und wusste, wer er war.

Marlene informierte Claudio, der die guten Nachrichten weitergab. Wenn nicht unvorhergesehene Komplikationen auftraten, würde er in einigen Wochen wieder auf dem Damm sein. Sein Schutzengel hatte ganze Arbeit geleistet.

Jetzt schlief Boris, und Marlene machte sich auf den Weg zu Irina, bei der sie übernachtete. Die Vorbereitungen für den abendlichen Ansturm waren in vollem Gange, als sie im Restaurant eintraf. *Chez I.* öffnete um 19 Uhr, noch waren die Pforten geschlossen, aber fast jeder Tisch schon reserviert. Irina führte sie nach hinten in das Herz des Restaurants.

Mit dem Rücken zu ihnen stand ein kleiner, kompakter Mann, der eine Arie vor sich hinsummte. Er bewegte sich wie ein Gummiball vom Herd zu den Anrichtetischen, stellte schwungvoll Schüsseln und Töpfe von hier nach da, rührte und probierte, einen Löffel in der Hand.

»Richard, das ist meine Freundin Marlene. Richard ist mein neuer Koch, seit zwei Wochen dabei. Er ist ein Schatz.« Sie zwinkerte ihm zu, dann überließen sie ihn wieder seinen Töpfen und Opern.

Im Büro holte Irina Kaffee und ein paar Kekse. »Ich kann eine kurze Pause machen. Meine Mädels haben alles im Griff. Und Richard, ich kann dir sagen, der würde den Laden auch alleine schmeißen. Er hatte ein eigenes Resto im Elsass, deshalb spricht man ihn auch französisch aus. Aber das ist bisher die einzige Marotte, die ich an ihm entdeckt habe. Er kommt nämlich 100 Prozent aus dem Ruhrpott. Auf jeden Fall hat er nach einem Herzinfarkt ein paar Jahre in einem Kloster gekocht. In seiner Nähe herrscht eine Gelassenheit, die auf die ganze Mannschaft abfärbt.«

Marlene gratulierte ihr zu ihrem Glücksgriff, Irina hatte es verdient. Bis Richard eingestellt wurde, hatte sie die Küche mit wenig Hilfe alleine gemanagt und war bald an die Grenzen ihrer Kräfte gestoßen.

Irinas Wohnung lag über dem Restaurant, sie benutzte sie praktisch nur zum Schlafen, da sie die meiste Zeit unten verbrachte. Ladenlokal und Wohnung hatten ein eigenes Treppenhaus, da sie schon immer zusammen vermietet wurden.

Marlene wachte in der Nacht durstig auf und wunderte sich nicht, als sie im Kühlschrank nur gähnende Leere vorfand. Sie zog ihre Jacke über das Nachthemd und ging die Treppe hinunter zur Küchentür des Lokals. Sie tastete nach dem Lichtschalter und blinzelte in der aufflammenden Helligkeit. Sie fand die Wasserkästen und nahm eine Flasche heraus. Die Küche erstrahlte im Glanz der Edelstahlflächen. Richard hielt auf Ordnung. Sie wandte sich wieder der Tür zu, da sah sie neben dem Waschbecken etwas blitzen. Sie trat näher. Richard hatte seinen Ring abgenommen und dann vergessen. Es war ein aparter Ehering aus mattem Gold mit einem Platinstreifen. Marlene streifte ihn über den Finger. Er schimmerte dezent im Licht, als sie die Hand hin und her drehte. Dann legte sie ihn zurück und ging wieder nach oben.

Im Bett lag sie noch eine Weile wach, bevor sie langsam in den Schlaf glitt. Das letzte, was sie mitbekam, war Richard, der den Kochlöffel schwang, sein Ring funkelte wie verrückt und blendete sie.

* * *

Karl Petit saß in Koblenz in Untersuchungshaft. Er behauptete, Boris für einen Einbrecher gehalten zu haben. Das hätte zur Not für den ersten Schlag zutreffen können, aber ihn die Treppe hinunterstoßen? Er habe Angst gehabt, dass Boris ihn anzeigen würde und dann wäre der gute Ruf des Weingutes Boffa dahin gewesen. Und die Fahrt zur Ruine? Ja, die, also da sei er auf dem Weg zum Krankenhaus nach Cochem gewesen, er habe nur mal pinkeln müssen und gedacht, da könne er doch auch noch mal eben nach dem Schatz sehen. Und vorher entgegengesetzt in Eller eine Pause machen? Ja, da mache er gerne eine Zigarettenpause, schließlich sei er aufgeregt gewesen und habe sich beruhigen müssen, damit er nicht zur Verkehrsgefährdung wurde.

Maijer hörte sich das alles an, wie weiland der persische König Scheherazades Geschichten lauschte. Karl Petit hatte Phantasie, das war durch seine Werbekampagnen ja hinreichend bewiesen. Maijer beendete die Vernehmung und schickte ihn in die Zelle.

Er besuchte Boris ein paar Tage später im Krankenhaus. Boris war wieder wach und durch Schmerzmittel in einem glücklich-gefühllosen Zustand. Wenn er sich dagegen seine Verbände ansah, konnte er sich denken, wie es hinter den Kulissen aussah.

Er berichtete dem Kommissar minutiös, was ihm widerfahren war. Maijer enthielt sich jeden Kommentars, als Boris ihm den Grund für den Einbruch (»wieso, die Tür war doch auf?«) nannte.

Was Boris immer noch nicht verstand, war die Kaltblütigkeit, mit der Karl reagiert hatte.

»Was haben Sie von einem Mörder erwartet?«, fragte Maijer, »denn dafür haben Sie ihn doch gehalten?«

Boris gestand ein, sich keine Gedanken gemacht zu haben. Maijer seufzte und massierte seinen Nacken. Ein Migräneanfall kündigte sich an. Boris bot ihm eine Dosis Schmerzmittel, Maijer lächelte säuerlich und verließ ihn.

* * *

Boris war das erste Mal bewusst allein, seit er aus der Narkose aufgewacht war. Marlene unterhielt ihn treu und brav, las ihm vor, erzählte von Gott und der Welt, brachte Schokolade mit, die das Bettzeug verschmierte, und war einfach da. Dann folgte die Phalanx von Ärzten und Polizei. Dazwischen huschten Schwestern in allen Farben umher, um ihren Lieblingspatienten zu hegen und zu pflegen. Das schafft er immer, hatte Marlene amüsiert gedacht, sich in den Mittelpunkt der weiblichen Aufmerksamkeit zu schummeln.

Die ersten ruhigen Minuten genoss er, doch dann zeigte die Angst ganz sachte ihr Gesicht. Er fühlte kalten Schweiß an den Händen. Er atmete langsam und dachte an seine Freunde, an gutes Essen, den besten Wein, den er je getrunken hatte, an das letzte Mal mit seiner Exfreundin Dolores, an das erste Mal mit Gianna (fiktiv, also ließ es keine Wünsche offen). Das lenkte ihn nun wirklich ab, wenn auch nur kurz.

Sollte er jetzt immer von dieser Furcht verfolgt sein, hinter jeder Tür einen Mörder sehen, bei jedem Geräusch zusammenzucken? Der Gedanke beunruhigte ihn.

Der Arzt hatte ihm einen Psychologen empfohlen, der auf Traumata dieser Art spezialisiert war. Boris versuchte, sich eine Sitzung vorzustellen, kam aber nicht weiter, als sich auf einer Liege und einen bärtigen Mann mit Notizheft auf einem Sessel hinter seinem Kopf zu sehen.

Er sah sich um. Auf dem Tischchen neben dem Bett befanden sich Blumen, Trauben und ein paar Zeitschriften, das klassische Arrangement. Er tastete mit der Hand nach der Schublade und fand darin tatsächlich einen Block und Kuli. Er dankte Gott, dass sein rechter Arm in Ordnung war. Er klingelte nach der Schwester und bat sie, ihn etwas höher zu betten. Sie tat es ungern, sie war der Meinung, er solle schlafen. Als sie fort war, zog er Block und Stift auf seine Knie und schrieb auf, was ihm passiert war. Das war sein Beruf, da kannte er sich aus, sein Mittel der Wahl, mit den Geschehnissen klarzukommen.

Das Schreiben ging langsam vorwärts, immer wieder rutschte der Block zur Seite. Er klingelte erneut. Jetzt wollte er das Tischchen so über sein Bett gedreht haben, dass er das Papier darauflegen konnte. Widerwillig wurde auch das erledigt.

»Sie müssen aber schlafen!«, sagte die Schwester und runzelte die Stirn.

Boris sah in ihre grünen Augen: »Aber erst nachdem ich ein Gedicht auf Ihre Meerjungfrauenaugen geschrieben habe.«

Die Schwester wurde puterrot und kicherte, dann verließ sie ihn ohne Widerrede. Boris wunderte sich, dass selbst die plumpsten Komplimente ankamen, obwohl – sie hatte tatsächlich Meerjungfrauenaugen.

Während er schrieb, vergaß er die Angst, er gab ihr eine Form, die er beherrschte. Er konnte sie beschreiben, beschimpfen, groß oder klein machen, sie stand unter seiner Regie. Da hast du es, dachte er, du kannst mich mal, ich zerdrück dich mit einer Daumendrehung. Er hörte erschöpft auf zu schreiben, sicher, einen Sieg errungen zu haben, und genauso sicher, diese Schlacht immer wieder schlagen zu müssen.

24. Kapitel

Marlene war zwei Wochen geblieben und dann nach Italien geflogen.

Nach zehn Tagen Krankenhaus hatte Boris sich selbst entlassen und war in seine Frankfurter Wohnung im obersten Stock eines Gründerzeithauses zurückgekehrt. Marlene hatte seinen Wagen und seine restlichen Sachen aus Mesenich geholt. Sie blieb noch ein paar Tage in Frankfurt und ließ ihn beruhigt in der Gesellschaft seiner Hausnachbarn zurück. Die türkische Familie unter ihm betrieb einen Lebensmittelhandel an der nächsten Ecke und würde ihn mit allem Nötigen versorgen. Der Ehemann kam gerne auf ein Schwätzchen vorbei.

Boris kümmerte sich im Gegenzug um den Papagei, wenn die Familie ihre Sippe in Istanbul besuchte. Im Erdgeschoss wohnte ein Musikprofessor, der das ganze Haus mit Jazz- und Barockmusik beschallte und einem Gute-Nacht-Trunk nicht abgeneigt war.

Boris setzte sich wieder an seine Notizen. Inzwischen hatte er begonnen, seinen ganzen Aufenthalt an der Mosel chronologisch zu ordnen und Erlebtes festzuhalten. Er hatte, jetzt wieder im Besitz seines Laptops, verschiedene Ordner angelegt, die die unterschiedlichen Stränge der Ereignisse enthielten.

Karl war kein guter Freund gewesen, und doch durchfuhr ihn immer wieder ein Stich, wenn er an ihn dachte. Boris hegte Karl gegenüber ambivalente Gefühle, eine Mischung von Wut, Angst und Bedauern. Wie hatte er nur so brutal sein können? Und warum? Maijer, mit dem sich Boris mehrmals unterhalten hatte, riet ihm, den Überfall »nicht persönlich« zu nehmen. Boris hatte laut gelacht. Ja, ja, hatte Maijer gesagt. Er sei ihm in die Quere gekommen, wenn sie wüssten wobei, wüssten sie auch den Rest. Mörder hätten ihre eigene Logik, die für sie aber völlig schlüssig sei.

Am Ende seiner Überlegungen blieben Boris drei Fragen:

1. Von wem und warum war Yvonne Blasius getötet worden?

2. Wem gehörte der Finger?

3. Warum hatte Karl Boris töten wollen?

Gerade für den letzten Punkt sah Boris keine andere Antwort, als dass Karl eine Leiche im Keller haben musste. Alles andere ließ seine Reaktion viel zu übertrieben aussehen. Karls eigene Erklärungen überzeugten nicht einmal dessen Anwalt. Marina stapfte quicklebendig durch die Alpen. Sie hatte der Polizei mitgeteilt, ihren Ring verloren zu haben. Sackgasse.

Und Yvonne Blasius, wie passte die ins Bild? Laut Maijer eine Musterstudentin und allseits beliebt.

Boris konnte nicht mehr klar denken. Sein Konzentrationsvermögen war nicht eben auf der Höhe. Außerdem juckten die Abschürfungen, und er brauchte alle Selbstbeherrschung, um die frischen Vernarbungen nicht wieder aufzukratzen. Er beschloss, eine Pause einzulegen. Er überlegte lange und griff dann zum roten Riesling. Der Wein konnte schließlich nichts dafür. Das war wirklich Karls großer Wurf gewesen. Und welch schneller Erfolg, dank der Eskapaden des Ururgroßvaters. Boris fragte sich, ob Marina das Weingut weiter betreiben würde. Bis jetzt hatte sie ja nicht allzu viel Interesse gezeigt, aber er hatte gehört, dass sie praktisch ausverkauft waren. Karls Verhaftung war das Sahnehäubchen der Werbekampagne. *Crime sells,* dachte Boris.

* * *

In Serralunga sahen Claudio und Marlene im Fernsehen einen Film über einen ausgeklügelten Juwelenraub. Claudio war nicht ganz so scharf drauf, aber Marlene liebte die gut aussehenden Ganoven, die der Polizei immer wieder ein Schnippchen schlugen. »Weißt du noch«, sagte sie. »Damals, als wir den Schmuck in Guidos Weintank gefunden haben?« Sie spielte auf eine bis heute ungeklärte Serie von Einbrüchen an, in die Freunde aus dem Piemont verwickelt gewesen waren.

»Wie könnte ich das vergessen, *gioia mia,* da haben wir uns kennengelernt.« Claudio zog sie zu sich herüber und küsste sie.

Marlene kuschelte sich in seinen Arm, dann sagte sie plötzlich: »Da war doch dieser tolle Diamantring, so ein antikes Stück, der hat mir gut gestanden.«

Claudio lachte: »Hab ich dich nicht davon abgehalten, ihn einzustecken?«

»Ja, du Spielverderber!« Marlene träumte noch ein bisschen von Gold und Geschmeide, dann fiel ihr der Ehering von Richard ein. Sie erzählte Claudio, wie sie ihn nachts in der Küche gefunden hatte. »Ein schönes Stück, bestimmt eine Anfertigung vom Goldschmied.«

»Hast du den etwa auch anprobiert?«

»Klar.« Sie sah ihn verwundert an. Claudio schüttelte den Kopf.

»Das ist doch normal. *Frauen tun so was.* Wenn eine Frau einen Ring sieht, probiert sie ihn an.«

Claudio lachte wieder: »Ich schenke dir einen zu Weihnachten.«

»Nein, nein, darum geht's gar nicht.«

Später ging Claudio mit Nerolina durch die benachbarten Weinberge, die hier sanfter anstiegen als im Moseltal. Er sah in den Sternenhimmel und freute sich über die laue Sommernacht. Es wurde schon früher dunkel, der September nahte, aber die Nächte waren noch warm und duftend. Er war so froh, dass Marlene zu ihm gezogen war. Er lächelte, wenn er an sie dachte, und konnte sich ein Leben ohne sie nicht mehr vorstellen. Sie sollte ihren Ring haben, er hatte auch schon eine Idee, wo er ihn finden würde.

Während Claudio zurückschlenderte, durchzuckte ihn ein Satz von Marlene: Frauen tun so was. Er schritt schneller aus und rief noch in der Haustür: »*Cara*, was ist eigentlich aus dieser Schwester von Karl geworden?«

»Helene?« Marlene saß auf dem Sofa und blätterte in einer Zeitschrift. »Wieso?«

»Wenn Helene diesen Ring von Marina im Haus hat liegen sehen, hat sie ihn anprobiert, oder?«

»Bestimmt!«

»Das würde erklären, wie der Ring in Mesenich geblieben ist. Marina dachte vielleicht, sie hätte ihn verloren, aber Helene hat ihn gefunden..«

»Und dann gehört ihr der Finger. Aber das hieße … Du großer Gott! Ruf sofort Maijer an, Claudio.«

Claudio hatte schon gewählt.

25. Kapitel

Dabei hatte sie das alles nicht gewollt!

Nicht dieses ganze Getue um Carlo Boffa und seine Greta, das zu einer lächerlichen Farce von Heldenverehrung aufgeblasen wurde, die nur noch peinlich war. Karl hatte jegliches Maß verloren, und als sie es gemerkt hatte, gab es kein Zurück mehr. Da war das Weingut schon fast zu einem Wallfahrtsort geworden und der rote Riesling, der vermaledeite rote Riesling wurde verkauft wie das Wasser von Lourdes. Und Karl – wie er dann immer dastand! Stolz geschwellt die Brust, als wäre er persönlich im Berg verschüttet gewesen. Ha, der hätte nur geheult und sonst nix. Geschweige denn für seine Liebe gekämpft.

Und jetzt saß er im Knast. Und sie hatte das Scheiß-Weingut am Hals. Andererseits, jetzt ließ es sich verkaufen, auch wenn sie ursprünglich anderes damit vorgehabt hatte. Aber diese Pläne hatten sich überlebt, waren mit den Toten in den Kühlkammern der Gerichtsmedizin erfroren.

Wahrscheinlich würde es ihr mit Kusshand aus der Hand gerissen. Dann konnte sie endlich weg. Hier war es mit den Reportern und dem Getuschel der Nachbarn nicht mehr auszuhalten. Sie hatte sich im Haus verschanzt und wartete ab, bis eine neue Sensation die Aasgeier von hier weglockte. Sie stand am Küchenfenster hinter der Gardine und überlegte, ob sie nach München ziehen sollte. Dann wäre sie in der Nähe ihres Bruders. München gefiel ihr, da war was los. Und sie hatte das Geld, um mitzumachen.

Marina Petit war aus dem Allgäu zurückgekehrt, die Ereignisse hatten es erfordert. Lieber wäre sie dageblieben, hätte gewartet, bis alles vorbei war. Aber das ging nicht, sie musste bei der Polizei aussagen und sich um so vieles kümmern. Es würde einen komischen Eindruck machen, wenn sie die Dinge schleifen ließ.

Die ganze Sache sollte schnell über die Bühne gehen. Karl hatte den Mord an seiner Schwester gestanden. Ein Wunder, dass der Kommissar so lange gebraucht hatte, um das herauszufinden.

Letzten Endes musste sie zugestehen, dass sich der Wein wie von selbst verkaufte, auch wenn ihr die Art und Weise nicht passte und Karl an den schrecklichen Folgen die Schuld trug, das durfte sie nicht vergessen. Ohne seinen Größenwahn wäre nichts passiert.

Jetzt galt es, zu retten, was zu retten war, es ging nicht nur um ihre eigene Zukunft.

* * *

Kriminaloberkommissar Maijer hatte ein weiteres Verhör mit Karl Petit hinter sich. Der Mann schien keinerlei Schuldbewusstsein zu besitzen. Es tat ihm leid, dass er Boris mit hineinziehen musste, und das in einem Ton, der für ein zu hart gekochtes Frühstücksei geeignet war. Für seine Schwester war selbst das zu viel, die war es selbst schuld.

Maijer stand im Flur des Präsidiums und konnte sich nicht entscheiden, ob er noch einmal in sein Büro gehen sollte oder direkt nach Hause. Er fühlte sich ausgelaugt. Aus der Damentoilette kam eine seiner Mitarbeiterinnen, eine mitleidige Seele, der seine temporäre Griesgrämigkeit nichts ausmachte. Sie litt selbst unter Migräne und konnte seine Launen nachempfinden.

Sie warf ihm einen Blick zu: »Kommen Sie, Herr Maijer. Ich habe frischen Tee, trinken Sie eine Tasse, und dann fahren Sie nach Hause.«

»Ja.« Maijer trottete hinter ihr her und ließ sich auf einen Stuhl plumpsen. Er rieb sein Gesicht mit den Händen und bewegte den Kopf vorsichtig hin und her. Dann griff er in die Tasche und holte zwei Ibuprofen hervor. Seine Kollegin gab ihm ein Glas Wasser. Danach stellte sie eine Tasse Assamtee vor ihn, warf drei Stück Zucker hinein und rührte um. »Trinken müssen Sie selbst.«

Maijer lächelte sie dankbar an und schlürfte den heißen Tee.

Die Kollegin wartete ab.

»Der Karl Petit und seine Frau«, sagte Maijer dann, »ich frage mich, ob sie ihn hätte stoppen können, wenn die beiden noch miteinander geredet hätten. Aber da wusste keiner vom anderen, was er tat. Sie hatten kein gemeinsames Leben mehr. Sie lebten völlig parallel.«

»Wenn man parallel lebt, hat man keinen Spiegel mehr«, meinte die Kollegin. Sie nahm die leere Tasse weg und legte ihm kurz die Hand auf den Arm. »Gehen Sie nach Hause.«

Maijer nahm die Treppe zum Haupteingang und warf einen Blick auf die Blumendekoration in einer Mauernische. Das Jubiläum eines Kollegen hatte im ganzen Haus Spuren hinterlassen. Es war später Abend, die Blumengeschäfte längst geschlossen. Er zupfte fünf rote Rosen und einige Lavendelzweige aus dem Bouquet, dann zog er das Geschenkband heraus und band seinen Strauß damit zusammen.

Auf dem Heimweg dachte Maijer, dass Karl Petit in seinem Wahn, den Mythos Carlo zu wahren, alles zerstört hatte, was für seinen Ururgroßvater das Wichtigste auf der Welt gewesen war. Karl hatte nichts verstanden.

* * *

»Ja«, sagte Claudio. »Er hat seine Schwester ermordet, weil sie die Tagebuchblätter veröffentlichen wollte. Maijer sagt, er sei wie besessen, jetzt noch.«

»Unfassbar. Ich meine, wir haben mit ihm zusammengesessen, Wein getrunken, gesprochen, gelacht. Gut, er war ziemlich heftig mit seinen Werbekampagnen, aber er brauchte ja auch dringend Geld.« Boris hatte das Telefon ans Ohr geklemmt. Er lag auf dem Boden und machte Gymnastik. Seine Beweglichkeit kam zurück, aber es war mit Arbeit verbunden. Er hatte drei Kilo abgenommen, die sollten wieder drauf, aber in Form von Muskeln. Er quälte sich durch das Programm seiner Physiotherapeutin und belohnte sich anschließend mit einem Glas frisch gepresstem Orangensaft. Er war stolz auf sich.

»Was machst du da, du keuchst so. Wie heißt sie?« Claudio zog ihn dauernd mit seinem Gesundheitsprogramm auf.

»Warte nur ab, wenn ich Ende September komme, dann siehst du alt aus.« Und noch mal die Beine hoch, Bauch anspannen und langsam runter, die geprellten Rippen brachten ihn fast um. »Und der Finger? Das hat er nicht gemerkt?«

»Sie haben sich gestritten, wegen der Blätter. Helenes Mann wollte für den Senat kandidieren, sie konnten kein Gerede gebrauchen. Jedenfalls ging es hin und her, und als sie mit nichts zu überzeugen war, ist er ausgerastet, hat er ihr einen Kinnhaken gegeben und sie anschließen erwürgt.«

»Wann war das denn? Solange war Helene doch gar nicht da.«

»Direkt am zweiten Tag, an dem Tag nach dem Hoffest. Es war furchtbar heiß, weißt du noch? Er hat sie sofort in die Truhe gelegt.«

»Aus der ich ein paar Tage später das Wildschweinfilet gegessen habe.«

»Stell dich nicht an, das lag in der anderen, er musste ja Platz schaffen.« Claudios Feuerzeug schnippte. Boris hörte ihn den Rauch auspusten.

»Dir tät ein gesundes Leben auch gut!«

»*Dio mio*, schütze mich vor Konvertiten! Hoffentlich wächst sich das aus. Marlene probiert gerade ein neues Rezept, Kaninchen mit Kräutern …«

»Jetzt hör auf!«

»Dazu gibt es einen wunderbaren, gut gekühlten Arneis.«

»Du Schwein!«

»Und danach einen dicken, fetten Bonèt.« Claudios Grinsen übertrug sich durch den Äther. Boris schluckte. Er stand auf und trank einen Schluck Saft.

»So, weiter jetzt!«

»Mit dem Mittagessen?« Claudio lachte – dreckig, fand Boris.

»*Ecco*, wo war ich? Also er hat sie in die Truhe gelegt, bis er eine Gelegenheit fand, sie loszuwerden. Das war übrigens auch der Grund für den Überfall auf dich. Ja, ja, die Leiche war schon raus. Aber er hat einfach die Nerven verloren, rot gesehen und nach dem ersten Schlag dachte er, er müsse es zu Ende bringen. Also dich.«

»Ich hab gar nichts entdeckt, es war völlig unnötig. Alles war sauber.«

»*Si, bello*, aber nicht sein Gewissen. Laut Maijer hat er überlegt, ob er sie in die Mosel werfen soll, dann aber beschlossen, sie in dem alten Aloisgrab zu verscharren. Das hatte ja schon mal gute Dienste getan. Das war eine Nacht, bevor Nerolina den Finger aus der Mosel fischte.«

»Und der Finger ist bei der Gelegenheit abgebrochen.«

»Genau, er hat sie in der Nacht mit dem Auto ans Ufer gefahren. Da lag sein Kahn schon seit einiger Zeit. Ziemlich ab vom Dorfgeschehen. Er hat sie ins Boot gelegt und ist auf die andere Seite gerudert. Dass der Finger abgebrochen ist, hat er nicht mal gemerkt.«

»Ich hab das übrigens mal ausprobiert. Ich hatte einen Ochsenschwanz eingefroren, den hab ich gegen den Tisch geknallt. Glatt durchgebrochen, also das dünne Ende.«

»Ja, die Gerichtsmediziner von Maijer haben das auch ausprobiert. Dass sie einen Ring getragen hat, hat Karl auch nicht gesehen.«

»Und seine Frau? Wusste die eigentlich was?«

»Karl sagt, nein. Maijer glaubt ihm.«

»Du nicht?«, fragte Boris.

»Doch, ich glaube, dass Karl das glaubt. Aber Marina ist erst zwei, drei Tage später gefahren. Ich glaub nicht, dass sie nichts gemerkt hat. Die Frauen merken immer was, das hab ich in meinem Beruf gelernt. Aber sie hat den Mund gehalten und ist ins Allgäu verschwunden.«

»Lässt sich aber nicht beweisen«, meinte Boris. »Und als Ehefrau kann sie die Aussage verweigern. Im Grunde hat auch keiner was davon, Karl hat gestanden.«

»*Si, si.* Wenn sie mitgemacht hätte, würde er den Mund aufmachen. Der *commissario* sagt, er hasst seine Frau.«

»Auf jeden Fall liebt er sie nicht.« Boris suchte unbewusst noch immer Pluspunkte für Karl. Er merkte es selbst und wunderte sich. »Weißt du, ich kann es immer noch nicht fassen. Karl ist für mich wie Dr. Jekyll und Mr. Hyde. Maijer meinte, ich solle es nicht persönlich nehmen, aber wie kann ich das, wenn er mich fast umgebracht hat?«

»Maijer hat recht, Boris. Karl ist nicht gesund, er ist *pazzo*, gerade so, dass es nicht auffällt. Er mordet, damit nicht rauskommt, dass sein Urur *keinen* Mann getötet hat. Das allein ist schon verrückt. Und sein Urur muss den Mann getötet haben, damit Karls Werbekampagne läuft. *Pazzo!*«

»Und Yvonne Blasius?«

»Nichts Neues. Maijer tappt im Dunkeln. Er konnte an der Uni keinen erreichen, weil Semesterferien sind, und alle in Urlaub. Vielleicht finden sich da noch neue Hinweise.«

»Und wenn sie gar nichts mit den anderen Ereignissen zu tun hat?«

»Kann natürlich sein, Boris, nur glaube ich das nicht.«

Nachdem sie das Gespräch beendet hatten, machte Boris seine Übungen weiter. Plötzlich war er die Plackerei leid. Er stand auf, was schon wieder ganz ordentlich klappte, und duschte. Anschließend setzte er sich an den Laptop und las die Artikel der Tagespresse über die Ausgrabungen in der alten Brauerei bei Mesenich. Nachdem Karl den Mord gestanden hatte, wurde erneut in der Ruine die Mauer zu den Felsenhöhlen geöffnet. Man sah, dass sie vor nicht langer Zeit ausgebessert worden war und fand den Leichnam Helenes exakt an der Stelle, die vorher Alois belegt hatte. Boris schauderte, um ein Haar hätte er Helene Gesellschaft geleistet.

Mesenich stand für eine Woche wieder im Mittelpunkt der Schlagzeilen. Die Reporter von Funk und Fernsehen waren mit ihren Mikrofonen und Kameras unterwegs und die Bürger ließen sich wieder bereitwillig befragen.

Das Szenario glich dem, als das Skelett und die Kirchengeräte ausgegraben wurden. Was vor Wochen wohligen Schauer hervorrief, bekam jedoch jetzt einen bitteren Beigeschmack. Stimmen wurden laut und begierig von der Boulevardpresse zitiert, die in Carlo Boffa den Ahnherrn der Gewalttaten sahen.

Von wem sonst sollte Karl Petit es geerbt haben? Wenn schon der Ururgroßvater gemordet hatte (die Notwehr fiel unter den Tisch), dann brauchte man sich nicht zu wundern.

Die Situation hatte etwas Paradoxes. Karl hatte gemordet, damit nicht ans Licht kam, dass Carlo *nicht* getötet hatte. Nur hatte Karls Tat zur Folge, dass Carlo als Mörder etabliert wurde, obwohl jetzt bekannt war, dass er keiner war. In dieser verdrehten Logik hatte Karl sein Ziel erreicht – und gleichzeitig alles verloren.

Boris ließ sich diesen Gedanken mehrmals durch den Kopf gehen. Er spürte Wut, und Bedauern mit Carlo Boffa, dem unschuldigen Opfer von Größenwahn und geifernder Skandallust. Er war ihm durch die Übersetzung der Tagebücher nahegekommen und fühlte eine gewisse Verantwortung für den Italiener, der nicht mehr für sich selbst sprechen konnte.

Er suchte die Telefonnummer Kommissar Maijers heraus und rief ihn an. Maijer war auf dem Sprung und hatte die Bürotür schon in der Hand, als er zurückgerufen wurde.

Boris fragte nach den restlichen Tagebuchblättern. Sie waren tatsächlich gefunden worden, Karl hatte sie hinter die Einmachgläser im Keller gestopft. Maijer würde für Boris Kopien machen lassen.

Boris fragte nach Yvonne Blasius.

»Ich war gerade auf dem Weg nach Geisenheim, das Semester hat wieder angefangen. Wenn ich in Mesenich nichts finde, dann da.«

»Sagen Sie, ich weiß, es ist unverschämt, aber ich kenne die Uni durch meinen Beruf. Vielleicht kann ich Ihnen helfen?«

Maijer zögerte. Ihm fiel dazu nur ein: unprofessionell. Andererseits konnte ein bisschen Hilfe nicht schaden. Die Önologie war nicht gerade seine Stärke, jemanden dabei zu haben, dem Dinge auffielen, die er nicht mal kannte, wäre nicht schlecht. Expertenrat – wenn nötig, konnte er es so seinem Chef verkaufen.

»Sie sind in Frankfurt?«

»Ja, in drei Stunden kann ich da sein.«

»Okay, treffen wir uns in der Uni. Da gibt es diesen Neubau, ich stehe draußen, da ist so eine Art Hof. Und Sie unternehmen nichts allein, hören Sie?!«

* * *

Sie trafen sich im Eingangsbereich des ZIG, des Zentralen Institutsgebäudes der Hochschule Geisenheim. Maijer wartete schon auf Boris, der hinter Frankfurt in einen Stau geraten war.

»Lassen Sie uns ins Sekretariat gehen.« Maijer sah sich um. »Wissen Sie, wo das ist?«

Boris nickte und führte Maijer zu einem alten Backsteingebäude mit verzwickter Dachform. Das Büro befand sich im ersten Stock. Maijer pfuschte sich an den wartenden Studenten vorbei und trug einer der Mitarbeiterinnen seine Wünsche vor.

Die Dame äußerte sich bedauernd über den Tod Yvonnes, die sie leider nicht persönlich gekannt hatte. Sie druckte ihnen ein Verzeichnis der von ihr belegten Kurse aus. Sie überflog die Liste und riet ihnen, sich mit Dr. Harrylane in Verbindung zu setzen, der gerade keine Veranstaltung hatte. Als Maijer nickte, griff sie zum Telefon.

»Er hat heute keine Vorlesung mehr und erwartet Sie.« Es folgte eine Wegbeschreibung zu Harrylanes Büro im ZIG.

Maijer und Boris sahen sich an, sie lachte und winkte einen Studenten heran. Der bekam den Auftrag, sie zu führen, was er ohne Widerrede tat.

Es war immer vorteilhaft, sich mit den Damen des Sekretariats gut zu stehen, dachte Boris. Daran hatte sich nichts geändert. »Hoffentlich halten wir Sie nicht auf«, meinte er zu dem jungen Mann.

»Ach, was.« Er winkte ab und öffnete den Reißverschluss seiner Weste. Darunter kam ein ziemlich schmutziges Hemd zum Vorschein. »Ich hab heute die Reben hochgebunden«, erklärte er und deutete dabei auf seine Kleidung. »Mistwetter.«

Er lief ihnen voraus in den Neubau, durch schmale Gänge mit tausend Türen, Lichthöfe, die wieder in Gängen endeten, vorbei an Labors mit allerlei Gerätschaften auf den Tischen.

»Wenn die Tapete nicht wäre, könnte man in einem Pharmabetrieb sein«, meinte Maijer mit einer Geste auf die grünen Wände, die von dunkelgrünen Weinranken bevölkert wurden.

Der Student drehte sich lachend um. »Gibt keinen schönen Teint, sagen die Mädels.«

Vor dem Büro des Dozenten, ließ er sie mit einem »Harry ist drin« stehen.

Maijer klopfte, »*come in*« schallte es von innen.

Dr. Harrylane war Engländer mit dem Gesicht eines freundlichen Pferdes. Boris fühlte sich an Mr. Ed erinnert, das sprechende Pferd aus einer Fernsehserie seiner Kindheit. Dr. Harrylane erhob sich, als sie eintraten, und bot ihnen Platz an. Sein Schreibtisch war übersät mit Papieren und unverdaulich wirkenden Büchern. Maijer entzifferte Titel, die sich mit Weinchemie und organischer Chemie befassten.

»Möchten Sie Tee?«, fragte der Doktor sie, dann lächelte er. »Ich bin zwar Weinchemiker, aber auch Engländer.«

»Gerne«, sagte Boris.

»Nein, danke«, sagte Maijer. »Oder doch, ja.«

Dr. Harrylane stellte Tassen auf den Tisch und goss aus einer Kanne ein, die auf einem Stövchen stand. Er rückte Milch und Zucker zurecht, dann lehnte er sich zurück und sah sie über seine Brillengläser hinweg an. »Es geht um Yvonne Blasius«, stellte er fest. Er nickte mit dem Kopf. »Traurig.« Er nickte wieder. »Sie war so fleißig.«

»Erzählen Sie uns von ihr«, forderte Maijer ihn auf.

»*What I said*, sie war sehr fleißig, sehr ehrgeizig. Im vierten Semester. Yvonne wusste, was sie wollte.« Er trank einen Schluck Tee. »Sie wollte weitermachen nach dem Bachelor. Der Vinifera EuroMaster sollte es sein. Und sie brauchte das Stipendium. Für den Vinifera gibt es ein EU-Stipendium. Die Anforderungen sind hoch.«

Boris hatte den Eindruck, dass er noch mehr sagen wollte. Maijer hakte nach. »Und hätte sie das Stipendium gekriegt?«

Dr. Harrylane wackelte mit dem Kopf. »Vielleicht, ich weiß nicht. Chemie war ihre Schwachstelle. Ich glaube auch, sie war zu sehr unter Druck. Weniger Stress und sie wäre besser gewesen, Sie verstehen?«

»Mochten Sie sie?«, fragte Boris.

»Sie war eine sehr gute Studentin.« Harrylane kramte auf dem Tisch herum. Maijer und Boris warteten. Er sah auf. »Das wollen Sie nicht wissen. Nein, ich mochte sie nicht.«

»Sie sind der Erste, der das sagt.« Maijer klang verwundert.

»Verraten Sie uns, warum?«

Der Doktor sog tief Luft ein und ließ sie langsam wieder ausströmen. »Ich hatte gehofft, nichts sagen zu müssen. Okay, sie hat versucht, mich zu erpressen, als sie merkte, sie schafft eine Hausarbeit nicht.«

»Erklären Sie das.«

»Im vorigen Semester musste sie eine Hausarbeit schreiben. Die Bewertung fiel nicht so gut aus, wie sie hoffte. Für ihre Verhältnisse war sie ungewöhnlich schlecht. Aber lange nicht soo schlecht, sie fiel nicht durch. Sie kam zu mir und wollte die Arbeit wiederholen. Sie sagte, sie sei krank. Ich habe sie gefragt, warum sie kein Arztattest geholt habe. Keine Zeit, es ging ihr besser, dann aber doch nicht. Ich habe mich geweigert, gesagt, dass sie noch nichts verloren habe, es gebe noch genug Möglichkeiten weiterzugehen, aufzuholen. Aber sie bettelte. Sie musste das Stipendium haben.« Harrylane verzog das Gesicht. »*Well*, es war unangenehm. Sie weinte. Ich versuchte, sie zu beruhigen, und legte ihr den Arm um die Schulter, da dreht sie sich auf einmal um und wollte mich küssen. Sie wolle mit mir ins Bett gehen, sagte sie, wenn sie neu schreiben darf.« Er holte wieder Luft. »›Oder ich sage, Sie haben mich belästigt.‹ Das kam, als ich ihr Angebot ablehnte.« Der Dozent spielte mit dem Teelöffel und warf ihn dann auf den Tisch. »Ich war wütend und habe sie vor die Tür gesetzt. Vorher habe ich ihr meinen Ehering gezeigt. Und ihr gesagt, meine Frau heiße Edward.«

Boris musste unwillkürlich lachen. Maijer sah ihn strafend an, aber Harrylane lachte mit. »Ja, irgendwie war das schon komisch.«

»Und Yvonne?«

»Ich habe nie mehr von ihr gehört. Das Semester hörte auf ein paar Tage später und dann…«

»Ja, und dann war sie bald tot.«

»Wissen Sie. Danach habe ich gedacht: Die Leute, mit denen ich zu tun habe, wissen selten, dass ich schwul bin. Ich hänge es nicht an die große Glocke, warum auch, es kann also sein, sie hat es nicht gewusst. Aber viel unangenehmer in der Erinnerung war dieser Ehrgeiz. Sie war bereit, für ihre Zwecke andere zu benutzen. Ihr habt hier einen Satz: Sie ging über Leichen.«

Dr. Harrylane begleitete sie zur Tür. Als sie schon fast draußen waren, sagte er noch: »Ansonsten, sie war wie ein Engel. Hilfsbereit und freundlich, wirklich *strange*.«

Es war Mittagszeit, als sie das Büro Dr. Harrylanes verließen. Boris zog Kommissar Maijer in Richtung Mensa. »Kommen Sie, Herr Kommissar, hier gibt es einen französischen Küchenchef, die Mensaküche ist richtig gut.«

»Schon ein eigenes Völkchen hier«, meinte Maijer, als sie in der Mensa saßen. Die Studenten machten im Ganzen einen zufriedenen und fröhlichen Eindruck. Ob das auf den Wein, der in der Mensa angeboten wurde, zurückzuführen war, oder ob der Umgang mit Wein und seine Herstellung überhaupt eher sinnlich orientierte Lernwillige anzog, war schwer zu sagen.

Maijer holte nach dem Essen Kaffee. Boris sah ihn an der Theke stehen und warten. Er schien sich in dieser Atmosphäre wohlzufühlen, sprach mit dem Studenten vor ihm und lachte. Seine gedrückte Stimmung, die ihn umhüllte wie ein Mantel, war verflogen.

»Sie sollten umsatteln«, schlug Boris ihm vor, als er mit dem Tablett zurückkam.

»Nein, nein, ich bin schon gern Polizist. Aber es ist schön, hier unter diesen jungen Leuten zu sein. Bei meinem Beruf vergisst man oft, dass die meisten Menschen ganz anständig sind.«

Sie tranken schweigend und beobachteten dabei das Treiben um sie herum. Der Student, der sie eine Stunde zuvor durch das Gebäude geführt hatte, stand ein paar Tische weiter bei einer Gruppe Japaner. Er redete mit Händen und Füßen, lachte und drehte sich um. Boris winkte ihn heran, nachdem er Maijer fragend angesehen hatte.

Boris bat ihn, sich an ihren Tisch zu setzen, und fragte, ob er Yvonne gekannt habe. Nur flüchtig, erwiderte Georg Blauch, sie hätten beide den Kurs bei Harry belegt. Und wie sie ihm gefallen habe? Sehr hübsch sei sie gewesen.

Es lag ein Aber in der Luft.

»Aber?«, fragte Boris.

»Aber sie war zickig. Half keinem, der was wissen wollte. Das machen sonst alle, sich helfen, mein ich. Aber die Yvonne behielt ihre Arbeiten immer für sich, da konnte man nicht mal nachfragen oder so. Die dachte nur an ihren Abschluss.«

»Und sonst?«

»Sonst hatte ich nicht viel mit ihr zu tun. Sie hielt sich sehr für sich, wohnte auch nicht auf dem Campus.«

»Ja«, sagte Maijer. »Das wissen wir schon. Was hat das denn mit diesem Vinifera auf sich? Können Sie mir das erklären?«

»Vinifera? Klar. Also, nach dem Bachelor in Weinbau und Önologie können wir weitermachen bis zum Master. Da gibt es verschiedene Richtungen, eine davon heißt ›Vinifera EuroMaster‹. Man studiert das erste Semester in Montpellier in Frankreich. Die Uni von Montpellier ist sozusagen die Mutteruni. Angeschlossen sind verschiedene Unis in Europa, hier unsere, dann noch eine in Bordeaux, in Spanien, Portugal und Italien. Die Studenten lernen nach dem ersten Semester an einer der angeschlossenen Unis. Praktika im Ausland gehören dazu. Heißt ja auch EuroMaster, weil es ein europäischer Studiengang ist. Voraussetzung sind supergute Englischkenntnisse, weil das größtenteils die Studiensprache ist. Ist 'ne tolle Sache, man kann danach praktisch überall in der Welt arbeiten.«

»Machen Sie das auch?«, wollte Boris wissen.

»Mal sehen. Mein Vater will, dass ich sobald wie möglich nach Hause komme. Wir haben ein Weingut im Breisgau.«

»Der Blauch?«

»Oh! Volltreffer!«, grinste Georg Blauch.

Maijer sah verständnislos von einem zum anderen.

»Die Gebrüder Blauch sammeln Punkte, Sternchen und Gläser, wie andere Rabattmarken. Ihr seid weltberühmt, Sie müssten schon verdammt schlecht sein, um keinen Job zu kriegen, ganz egal, wo auf der Welt.« Boris war ein Bewunderer der rassigen Weißweine des noblen Weinguts im sonnigen Süden Deutschlands.

»Okay«, brachte Maijer sie wieder auf Kurs. »Dr. Harrylane erwähnte ein Stipendium, das Yvonne brauchte.«

»Ja, der Vinifera wird von der EU gefördert. Yvonne brauchte das Stipendium, um weiter studieren zu können, und sie wollte den EuroMaster unbedingt, da war sie ganz besessen. Da hätte sie sonst was für getan.«

»Heißt?«, fragte Maijer nach.

Georg zuckte mit den Schultern. »Weiß auch nicht.«

»Na, kommen Sie. Das Gequatsche, das man über Tote nichts Schlechtes sagt, ist doch Unsinn. Nur weil man tot ist, wird man kein besserer Mensch.« Boris nuschelte die Sätze zwischen Kuchenbissen hervor. »Lecker!«

»Ja, also, ich weiß, dass sie im zweiten Semester mit einem Kommilitonen was angefangen hat. Dessen Eltern haben einen Betrieb in Südengland, sie wollte unbedingt einen Praktikumsplatz da. Kriegte sie auch. Als sie dann zurück war, war auch Schluss mit dem Typen. Der hat sich bald umgebracht, also nicht wirklich, jedenfalls ist der zurück nach Hause und hat das Studium abgebrochen. Ist über ein Jahr her. Die Eltern waren begeistert. Können Sie sich ja vorstellen.«

»Wissen Sie noch mehr?«

»Gerede in der Art gab es mehr. Aber das ist das Einzige, was ich genau weiß, weil ich John kenne.«

»Danke für Ihre Hilfe, Georg. Wollen Sie noch einen Kaffee?«

»Nein, danke, gleich hab ich eine Verkostung, der Kaffee betäubt die Geschmacksnerven.« Georg klopfte auf den Tisch und machte sich davon.

»Also hat unsere kleine Yvonne so einiges getan, um sich unbeliebt zu machen.«

»Kommen Sie, Herr de Beers, wir sehen uns jetzt noch mal die Wohnung an.« Maijer schien voller Tatendrang, plötzlich zeigte sich eine Perspektive.

* * *

Die Räume waren von der Sonne aufgeheizt. Staubkörnchen flimmerten in der schalen Luft. Der Kommissar öffnete ein Fenster und ließ Sauerstoff und Vogelgezwitscher herein.

Boris sah sich erstaunt um. Die Wohnung war mit Geschmack eingerichtet, das hatte ihm schon Maijer erzählt. Erlesen und teuer. Wie teuer, zeigte sich auf den zweiten Blick. Der handgeknüpfte Teppich war eher Tausende als Hunderte wert, und die eleganten Möbel nicht nur alt, sondern antik und in ausgezeichnetem Zustand. Boris hätte das ein oder andere Stück gerne selbst besessen.

Während der Kommissar erneut den Schreibtisch durchkämmte, sah sich Boris in der Küche um. Die Einrichtung und Kochgeräte ließen das Herz des Gourmets höher schlagen.

Voller Erwartung näherte er sich dem kleinen Weinkühlschrank in der Ecke. Und wurde nicht enttäuscht. Im Fach für die Rotweine lagerte eine Flasche Mouton-Rothschild 1995. Das Etikett dieser Weine, jedes Jahr von einem anderen Künstler gestaltet, stammte beim 95er von Antoni Tàpies. Boris hatte den Preis nicht im Kopf, wusste aber, dass der Jahrgang ausgezeichnet war und schätzte die Flasche auf 500 bis 600 Euro. Nicht unbedingt ein Studententrank.

Er machte Maijer darauf aufmerksam.

»Das konnte sie unmöglich mit Kellnern finanzieren.« Er bezog die ganze Wohnung durch eine Armbewegung mit ein. Sie wirkte nicht wie das Zuhause einer 25-Jährigen. Er erinnerte sich an die Sperrmülleinrichtung seiner eigenen Studentenbude, den Rotwein von der Tankstelle, aber auch an die durchgemachten Nächte, die drei, vier Freunde, mit denen er im Zimmer herumhing und die Prüfungsfragen büffelte. Ein bizarres Gefühl von Verlust und Bedauern überkam ihn in dieser perfekten Umgebung.

»Ich schätze, sie hatte ein Erpressungsgeschäft laufen oder arbeitete als Callgirl.«

»Eher Erpressung«, vermutete Maijer. »Als Callgirl braucht man Zeit und muss sich mit den Kunden Mühe geben. Ich glaube nicht, dass sie dazu Lust hatte.«

»Dann müssen Sie jetzt nur noch herausfinden, wen sie zu sehr unter Druck gesetzt hat. Dann haben Sie den Mörder.«

Kriminaloberkommissar Maijer sagte: »Hier finden wir nichts mehr, oder fällt Ihnen, außer dem Bordeaux, noch etwas auf? Na, gut, ich fahre jetzt noch einmal zu

Yvonnes Freund Peter Sauer. Sie können mit, wenn Sie wollen.«

Peter Sauer hörte sich all die Fragen über Yvonne erneut an. Im Großen und Ganzen wiederholte er seine erste Aussage. Nach einigem Bohren gestand er, dass ihm an der Hochschule Gerüchte zu Ohren gekommen seien. Yvonne sei egoistisch gewesen und unfair. Er habe das aber immer als Eifersucht ihrer Kommilitonen abgetan, weil sie so eine gute Studentin war, ja, doch, und etwas streberhaft, das war sie schon. Peter Sauer tat sich schwer, über seine Freundin etwas Negatives zu sagen, er wand sich wie ein Aal. Maijer ließ ihn von der Angel, was ihn sichtbar erleichterte.

»Der weiß nicht mehr«, kommentierte der Kommissar. »Aber bestimmt seine Mutter. Wir gehen mal nach hinten zu den Scheunen, da hab' ich sie vorhin gesehen.«

Sie fanden Frau Sauer jätend in einem kleinen Kräutergarten. Sie richtete sich auf, als sie die Männer bemerkte und strich mit der Hand eine Haarsträhne aus der Stirn.

»Herr Kommissar, diesmal mit Verstärkung?«

Maijer stellte Boris vor. Es folgte ein kurzer Austausch über den diesjährigen Wein, dann unterbrach Maijer die Fachsimpelei. Er fragte sie direkt, was sie von Yvonne gehalten habe. Sie druckste ein bisschen herum, dann strich sie wieder die Haare zurück.

»Für Rücksicht auf die Toten ist es zu spät, Frau Sauer. Wir haben inzwischen einiges über Yvonne erfahren. Wie war sie wirklich? Wie haben Sie sie gesehen?«

»Sagen wir mal so, ich bin froh, dass Peter sie nicht heiraten wollte. Als das klar wurde, ist ja schon ein paar Jahre her jetzt, war ich beruhigt und hab mich auch nicht weiter eingemischt. Yvonne wollte immer hoch hinaus, die war so ehrgeizig!« Hier schüttelte Frau Sauer den Kopf. »Für die war Peter eine Nummer zu klein, zum Glück. Und darum war sie ihm schon eine gute Freundin, doch. Aber als Schwiegertochter, oh Gott, das wär nicht gut gegangen. Sie hatte so was Hochgestochenes, Sie wissen schon.« Sie drückte mit dem Finger ihre Nasenspitze nach oben. »Sie konnte einen so ansehen, als wär man die letzte Dienstmagd. Haben die Männer natürlich nicht gemerkt.« Sie schnaubte.

26. Kapitel

Einige Tage später rief Boris den Kommissar an.

»Nein, nichts. Wir haben sämtliche Kommilitonen und Dozenten befragt, aber nichts Konkretes erfahren.« Maijer klang genervt. »Solange sie keine Konkurrenz fürchten musste, war sie offenbar eine sehr umgängliche Person. Hilfsbereit, freundlich, wie schon der Engländer sagte. Aber wehe, ihr kam jemand in die Quere, oder sie brauchte etwas. Sie hatte offenbar eine bestimmte Masche, zumindest bei den Männern. Sie versuchte es mit Schmeicheln oder Sex, wenn das nicht klappte mit Drohungen. Einer erzählte mir, dass sie seiner Freundin sagen wollte, dass er mit Yvonne was laufen hatte. Er war so in Panik, dass er ihr seine Ausarbeitung für irgendwas Mathematisches gegeben hat. Einem anderen hat sie gedroht, ihn bei der Uni anzuschwärzen. Da ging es um eine Prüfung, die er angeblich manipuliert hat. Wenn sie hatte, was sie wollte, hörte sie auf. Sie suchte sich das nächste Opfer.«

»Raffiniert«, meinte Boris. »Sie gab sich mit einmaligen Erpressungen zufrieden, dann gaben die Opfer

Ruhe und versuchten ganz schnell, die Episode zu vergessen. Aber einmal hat das nicht geklappt. – Und Geld? Das muss sie auch genommen haben, bei der Wohnung.«

»Ja, das auch. Entweder ich erzähl was über dich, oder du gibst mir, was ich brauche, manchmal eben Geld. Der Typ mit den manipulierten Prüfungsergebnissen hat 2000 Euro berappt.«

»Dann haben Sie also Verdächtige genug.«

»Wir überprüfen gerade die Alibis, bis jetzt ohne Erfolg.«

»Und wenn das Motiv doch in Mesenich zu suchen ist?«

»Wenn wir hier nichts finden, machen wir an der Mosel weiter.«

Nachdem sie sich verabschiedet hatten, blieb Boris nachdenklich an seinem Schreibtisch sitzen. Er stand vor einem Fenster, sodass er immer nach draußen sehen konnte. Er sah auf die Rückfront der gegenüberliegenden Häuser, begrünte Innenhöfe, kleine Gärten und Pavillons.

Das Fenster vis-à-vis stand auf, eine kleine, rundliche Frau wischte die Küchenmöbel ab. Er beugte sich vor und sah nach unten. Ein paar Kinder spielten. Von oben konnte er ihre Position gut erkennen. Eines hatte sich an die Wand eines Gartenhäuschens gedrückt. Zwei andere schlichen vorbei mit einer Art Kasten in den Händen. Das Teil schien schwer zu sein, es schwankte zwischen ihnen hin und her. Als sie auf der Höhe des Häuschens waren, sprang das versteckte Kind hervor. Die zwei erschreckten sich so, dass sie den

Kasten fallen ließen. Eine Seite öffnete sich und ein graues Riesenkaninchen hoppelte davon. Die Kinder mit Geschrei hinterher. Das Tier verschwand ins Gebüsch.

Das Telefon klingelte. Boris verließ unwillig seinen Beobachtungsposten. Er nahm ab und lehnte sich wieder nach vorne, aber jetzt waren auch die Kinder vom Grün verschluckt.

»Boris, bist du dran?« Marlenes Stimme aus dem fernen Italien.

»Entschuldige, im Garten werden gerade Kaninchen gefangen, aber egal, was gibt's?«

Marlene erinnerte ihn an sein Versprechen, im September zu kommen. Boris berichtete von Yvonne.

»Na, dann kann's ja praktisch jeder gewesen sein. Diese Unschuldslämmer waren mir immer schon suspekt. So, Boris, ich muss jetzt nach Alba, ich hab da eine Verabredung mit einem Winzer. Du kannst wieder Street View spielen.«

»Bis bald, grüß mir Claudio.«

Boris sah noch einmal aus dem Fenster, aber inzwischen war der Garten leer, die Frau gegenüber schloss gerade das Fenster. Als sie ihn sah, lächelte sie, Boris winkte zurück.

Er stand auf, um Kaffee zu kochen. Dann setzte er sich mit der Tasse wieder an den Schreibtisch und las durch, was er schon geschrieben hatte. Boris sammelte Material für seinen Artikel über Carlo Boffa und kam nicht so recht weiter.

Kommissar Maijer hatte ihm Kopien der fehlenden Tagebuchseiten gegeben. Von den Originalen sowie den Übersetzungen seiner Tochter Clara. Er war bis jetzt nicht dazu gekommen, sie zu lesen. Er breitete die Blätter vor sich aus und las zuerst den italienischen Text, dann verglich er ihn mit der Übersetzung. Die ersten Seiten schilderten den Totschlag Alois Zimmers und wie Carlo und Luigi ihn vergraben hatten.

Die Schilderung entsprach Karl Petits Aussage. Sein Ururgroßvater hatte niemanden in Notwehr getötet, geschweige denn war er ein Mörder. Sein Freund Luigi hatte Alois erschlagen, und damit Carlo das Leben gerettet.

Die Eintragungen gingen einige Wochen später mit der Reise in Carlos Heimat weiter.

Claras Übersetzung lief in der präzisen, spitzwinkligen Schrift des neunzehnten Jahrhunderts über die Seiten.

Seit vier Tagen reisen wir durch immer bergigere Landschaften. Die Postkutschen kommen langsam vorwärts in dieser Gegend.

Wenn wir nicht durch die schlechten Wege aufgehalten werden, dann durch den jämmerlichen Zustand der Pferde. Die Klepper sind in bedauernswerter Verfassung. Wenn ich ein Stück entbehren kann, gebe ich ihnen Brot, aber meist reicht es nur für uns. Manche Kutscher meinen, die Tiere laufen ohne gutes Futter. Wie soll das gehen, frage ich mich. Sie sind grobe Gesellen, wenn das Tier nicht mehr kann, dann bricht es zusammen und ein neues muss her. Greta weint ein über das andere Mal, wenn so ein armes Geschöpf mit spitzen Rippen vor den Wagen gespannt wird.

Die Mitreisenden, drei Burschen ohne Gefühl, schließen Wetten ab, wie lange es durchhält. Dann reist noch ein Pas-

tor mit, der mehr Angst als Gottesglaube hat. Ich versuche mein Bestes, die Kerle in ihre Schranken zu weisen. Meist gelingt es, nur wenn sie zu viel Bier oder Wein in sich hineinschütten, dann gehen Greta und ich ein Stück zu Fuß. Langsamer sind wir kaum.

Gott sei Dank, die Burschen haben uns in Strasbourg verlassen. Sie sind Berufsspieler und hoffen, in der neuen deutschen Stadt ihr Glück zu machen. Es wird gebaut und gehandelt, und es geht zu wie auf einem riesigen Jahrmarkt. Da sind sie richtig, von ihrer Sorte gibt es genug an solchen Orten.

Greta kann das Schaukeln nicht gut vertragen, ihr ist oft schlecht, und sie will nicht essen. Wenn ich es nicht besser wüsste, glaubte ich, sie wäre in guter Hoffnung. Die Mitreisenden denken es. Wir lassen sie in dem Glauben, so wird ein wenig Rücksicht genommen. Ich mache mir Sorgen um sie, obwohl ich so glücklich bin.

Gretas Vater hat der Heirat zum guten Schluss zugestimmt. Was war das für ein Aufstand! Die Mutter hat sich für uns verwendet, nicht aus ganzem Herzen, aber weil sie mehr Angst vor der Schande hat, als vor einem italienischen Schwiegersohn. Das hat auch dann den Vater umgestimmt. Und die Aussicht auf eine Erbschaft. Das Weingut meines Vaters sieht er schon im Familienbesitz. Er scheint alles zu glauben, was Greta ihm erzählt, mir wird angst und bange. Wir haben zu Hause nur zwei Weinberge und ein kleines Haus. Aber Greta sagt, das weiß doch niemand. Und du hast die Silberthaler!

Aber kann er denn so einfältig sein? Muss er denn nicht denken, dass ich sie gestohlen habe? Das scheint ihm einerlei zu sein, das Silber hat seinen Geist vernebelt, oder das, was noch von ihm übrig ist. Er scheint zu glauben, dass mein Vater mir den Erbteil auszahlt. Greta sagt, lass' ihn doch. Wenn wir ohne zurückkommen, ist es zu spät, dann kann er nichts mehr machen.

Er ist so geblendet von den Silberthalern, er glaubt alles, was seine Ansicht stärkt.

Mit dem Franker Josef, dem er Greta so gut wie versprochen hatte, gab es einen ordentlichen Krach. Sie haben um das Mädchen gestritten wie die Krähen um ein Aas. Was bin ich mehr als ein Stück Vieh, sagt Greta. Und recht hat sie, sie verschachern ihre Kinder hier wie ein Handelsgut.

Es wird bei dir zu Haus kaum anders sein, meint mein Herz, und wieder hat sie recht. Jedoch bei Fremden sieht man schärfer.

Es soll mir einerlei sein. Ich habe Greta geheiratet und jetzt sind wir beisammen, was will ich sonst erwarten?

Sie ist die Freude meines Herzens. Unsere Liebe ist so fest und standhaft. Sie ist der mutigste Mensch, der mir je begegnet ist.

Und wie viele Soldaten und Wandersleut' habe ich gesehen, die längst die Waffen gestreckt hätten.

Wir sind da, endlich sind wir in meinem geliebten Italien, in Monforte. Das ist also deine Mosel, sagte Greta, als wir über den Tannaro fuhren. Er führt große Mengen Wasser, die Regenfälle der letzten Wochen haben es braun gefärbt. Es wälzt sich durch sein Bett wie eine fette Schlange. Meine Mosel zeigt sich nicht von ihrer freundlichen Seite. Und trotzdem liebe ich den Tannaro und habe ihn vermisst.

Meine Eltern leben noch, Gott sei gedankt. Sie weinten, als ich zur Tür hereinkam. Mutter steht noch sehr gerade da, aber Vater geht gebückt, sein Rücken schmerzt. Mein Bruder hat das Haus daneben gekauft. Die Hütte der alten Giovanna hat er um zwei Zimmer vergrößert. Jetzt passt seine Familie hinein, und es bleibt noch Platz für das nächste Kind, das schon unterwegs ist.

Er scheint eine gute Hand mit dem Wein zu haben. Was bei mir Spinnerei war und nur Vaters Ärger hervorgerufen hat, hat er tun dürfen. Mein Vater sieht mich immer nur an und sagt, jetzt bist du wieder hier, als wäre ich der verlorene Sohn. Meine Mutter hat mich zur Seite genommen und nach Greta und der Familie ausgefragt.

Ich habe gedacht, ich sage die Wahrheit, aber dann war ich zu feige und habe nur gesagt, dass wir die Eltern besuchen wollten. So lernen sie ihre Schwiegertochter kennen, bevor sie zum Herrgott gehen. Dann bleibst du nicht, sagt Mutter. Du, sagt sie, nicht ihr.

Greta versucht, italienisch zu reden, ich habe ihr während der langen Reise einiges beigebracht. Die Kinder meines Bruders, es sind vier, lachen sich krumm. Aber meine Mutter ist nicht begeistert, das sehe ich ihr an.

Greta sagt, deiner Mutter bin ich nicht gut genug. Doch sie trägt es mit Fassung. Ihre Eltern können den meinen die Hand reichen. Sollen sich doch alle Eltern zusammentun und uns verfluchen, sagt sie. Sie haben so viel gemeinsam, sie könnten aus einer Familie sein. Die Fremden sind wir, ihre Kinder. Manchmal macht sie mir Angst. Aber sie hat recht, wenn die Menschheit auf ihre Eltern hören würde, wären wir ausgestorben. Als ich das zu ihr sagte, hat sie gelacht. Lass das nicht den Pastor hören, hat sie gesagt. Aber der Pastor ist mir egal, solange ich Greta habe. Sie hat mich schon angesteckt mit ihren wilden Gedanken.

Ach, mein Milchlämmchen, du bist alles, was ich brauche, und noch so viel mehr.

Wir schlafen in einer Kammer unter dem Dach. Ich darf sie nur herzen, wenn die Eltern aus dem Hause sind. Oft müssen wir uns tagelang zusammenreißen. Man hört jede Luft, die entweicht.

Mein Bruder ist ein lieber Mensch. Als ich auf Wanderschaft ging, war er im Aostatal in Lohn bei einer Bauernfamilie. Er kam mit seiner Frau zurück, da hatten sie schon ein Kind, und begann mit dem Wein zu arbeiten. Mein Vater wollte ihn halten, er merkte, dass ihm die Arbeit nur noch schwer von der Hand ging. So durfte Pietro tun, was ich so gern getan hätte. Ein bisschen traurig bin ich. Aber Pietro sagt, wenn Vater nicht alt geworden wäre, hätte er sich niemals durchsetzen können. Und er hat es geschafft. Er darf den Wein in den Palazzo liefern.

Ich habe die Mosel. Ich erzähle Pietro davon, auch dass er nicht fürchten muss, ich würde ihm die Arbeit neiden. Er sagt es nicht, aber er ist erleichtert. Er will uns besuchen, wenn er kann. Aber wie soll das gehen?

Wir sind jetzt drei Monate hier und Mutter fragt, wie lange wir bleiben wollen. Sie hat sich an Greta gewöhnt, wie man sich an ein paar Schuhe gewöhnt, die an einer Stelle drücken. Aber einmal kommt der Zeitpunkt, da muss man sie von den Füßen werfen.

Greta ist jetzt tatsächlich guter Hoffnung, sie rechnet und rechnet, damit wir nicht zu früh zurückkommen. Auch ist die Kutschfahrt für eine Frau in ihrem Zustand nicht zuträglich. Wir bleiben, bis das Kind auf die Welt gekommen ist.

Solange muss Mutter noch aushalten. Greta macht sich nützlich, wo sie nur kann, und sehnt die Zeit herbei, wenn wir endlich abreisen können. Mein Vater redet jetzt viel über den Wein mit mir. Ich gehe mit in die Rebpflanzungen, Pietro verrät mir seine Geheimnisse. Aber das Wetter in Preußen ist so anders, an der Mosel werden seine Rezepte nicht nutzen. Aber er sagt, du musst es ausprobieren, sonst lernst du nichts.

Danach schien er über eine längere Zeit nicht geschrieben zu haben. Dann folgt ein knapper Satz, dass sie mit einem Säugling namens Clara wieder in Mesenich angekommen seien.

Boris war gespannt, wie die Geschichte weiterging, aber damit endete das Tagebuch. Gerne hätte er mehr über Carlos Alltag erfahren. Wie sich die darauf folgenden Jahre entwickelt hatten und ob er es jemals bereut hatte, die Mosel als neue Heimat gewählt zu haben. Hatte er nie Heimweh? Vermisste er seine Familie nicht?

Er lehnte sich zurück und überlegte, ob er Marina bitten sollte, noch einmal nach Aufzeichnungen zu suchen. Boris hielt es für sehr wahrscheinlich, dass Carlo seine Angewohnheit, Tagebuch zu schreiben, nicht plötzlich aufgegeben hatte. Wer weiß in welch vergessenen Ecken sie sich versteckten?

Er hatte Karls Frau noch nicht wieder gesprochen, seit sie aus dem Allgäu zurückgekehrt war. Sie allerdings hatte es nicht einmal für nötig gehalten, sich nach seinem Befinden zu erkundigen. Er legte keinen besonderen Wert auf den aktuellen Zweig der Familie, und sie jetzt um Hilfe zu bitten, hatte einen seltsamen Beigeschmack. Auf Carlo hatte sie ja sowieso eher gereizt reagiert. Boris konnte sich nicht dazu durchringen, nach dem Hörer zu greifen.

Mit einer neuen Tasse Kaffee neben sich auf dem Tisch setzte er seine Notizen fort. Am Abend bat er Claudio um ein paar Recherchen über die Familie Boffa in Monforte. Wenn sich dort noch ein Faden knüpfen ließ, würde das die Geschichte sehr schön abrunden. Marlene ließ sich zu einem Anruf bei Marina überreden.

Mit dieser Arbeitsteilung war Boris sehr zufrieden. Die Story wurde umfangreicher als geplant, er überlegte, das Projekt zu erweitern, und zur Biographie eines Wanderarbeiters in der zweiten Hälfte des 19. Jahrhunderts zu machen. Das würde allerdings bedeuten, ein komplettes Buch zu schreiben. Wie er diese Arbeit, insbesondere die Nachforschungen, in seine Tagesablauf einbauen sollte, war ihm unklar.

Im Laufe der Woche arbeitete er einen präzisen Zeitplan aus, um seine Vorhaben umsetzen zu können. Nicht gerade Boris' Stärke, aber anders ging es nicht. Er erntete von Marlene und Claudio ironische Kommentare, die er großzügig überhörte. Claudio hatte Kopien von Kirchenbüchern, Geburtsurkunden und Artikeln von Heimatkundlern gemailt. Alles, in dem der Name Boffa erwähnt wurde und sei es der Hinweis auf ein Mitglied des Kirchenchors, fand seinen Weg zu Boris, der bald mit einem Wust von Informationen dasaß. Seine Befürchtung, kaum genug Fleisch für sein Buch zu finden, war jedenfalls unbegründet, die Boffas waren eine umtriebige Sippe gewesen.

So leicht es war, Stoff aus der italienischen Vergangenheit zu sammeln, so störrisch zeigte sich die Gegenwart. Marlenes unzählige Versuche, Marina zu erreichen, waren vergebens. Schließlich hatte sie beim Bürgermeister nachgefragt und erfahren, dass das Weingut zum Verkauf stand. Er nannte ihr die Maklerfirma, die sich um die Abwicklung kümmerte. Marina sei nur selten dort, sie wohne bei einer Freundin in Cochem.

Als Marlene endlich mit ihr sprach, meinte sie, Boris solle sich den Schlüssel vom Nachbarn holen und selber suchen.

»Was hältst du davon?« Marlene fand das natürlich wunderbar, aber Boris war unwohl bei dem Gedanken an das Haus, in dem er fast umgekommen wäre.

»Warum fragst du nicht den netten Kommissar, ob er mitkommt? Ihr habt euch doch gut verstanden.« Die Frau musste immer so praktisch sein. Boris liebte Marlene, aber manchmal wünschte er sie nach Madagaskar. Er beendete das Gespräch, bevor sie weiter insistieren konnte.

Seine Rippen schmerzten noch immer, und auch sein linker Arm war noch nicht voll bewegungsfähig. Die körperlichen Beschwerden ließen nach, aber die Episode hatte ihn schreckhaft werden lassen. Er mied dunkle Räume, und Keller konnten ihm gestohlen bleiben. Manchmal wachte er plötzlich nachts auf, sein Herz klopfte wie wild, das Laken war nass geschwitzt. Dann musste er aufstehen und das Radio anmachen. Nach einigen Minuten legte er sich wieder hin und schlief meist auch ein.

Was ihn beunruhigte, war, dass er diese Zustände nun häufiger hatte als kurz nach dem Angriff. Je mehr Zeit verging, desto fragiler schien seine psychische Verfassung zu werden. Er gewöhnte sich an, mit einem Nachtlicht zu schlafen. Er verriegelte seine Wohnungstür bei Tage. Wenn das so weiterging, wäre er bald ein nervliches Wrack, dachte Boris.

Als Kommissar Maijer ihn ein paar Tage später anrief, erzählte er ihm von Marlenes Vorschlag. Maijer ging sofort darauf ein, er hatte das Haus sowieso noch einmal besuchen wollen. Die Ermittlungen im Fall Yvonne waren ins Stocken geraten, der schöne Erpressungsansatz war im Sande verlaufen. Ein paar Raubüberfälle auf Tankstellen wurden vorgezogen, aber nachdem die jugendlichen Täter gefasst wurden, befasste er sich jetzt wieder mit Yvonne Blasius.

»Ich komme nicht weiter«, meinte er. »Jede Spur, die wir verfolgt haben, endete im Nirgendwo. Irgendetwas stimmt da nicht, ich kann es nur nicht fassen.«

Sie verabredeten sich für den nächsten Tag. Boris blieb gerade noch Zeit, die Koffer zu packen und seine Arbeitsunterlagen zusammenzustellen. Wenn er von der Mosel zurückkam, wollte er noch übernachten und dann direkt zu seinen Freunden nach Serralunga zu fahren. Da konnte er auch arbeiten und er brauchte Gesellschaft, so viel war klar.

27. Kapitel

Sie trafen sich am Haus der Petits in Mesenich. Boris hatte vorher den Schlüssel vom Nachbarn geholt. Die Meinung im Dorf war eindeutig. Die meisten taten Karls Höhenflug als spinnert ab oder hatten sogar Verständnis, weil jeder Winzer wusste, wie schwer das Überleben sein konnte. Was sie ihm natürlich nicht verziehen, war der Mord an Helene, was sie ihm überhaupt nicht verziehen, war der Überfall auf Boris. Boris hatte wochenlang hier gelebt, mit jedem geschwatzt und war nie so eingebildet gewesen wie die arme Schwester des Mörders. Nicht, dass sie ihr Schicksal verdient hätte, aber ein sympathisches Opfer macht das Mitgefühl doch leichter.

Als Boris auf Marina zu sprechen kam, änderte sich die Stimmung. Marina hatte sich immer eher zurückgehalten, obwohl sie in einigen Vereinen mitmischte und vielfach ehrenamtlich tätig war. Aber so war sie immer gewesen, ein Stadtmädel eben. Und die Jungs waren ganz nach ihr geschlagen. Ach ja, die Söhne, Boris hatte sie völlig vergessen und erst wieder über Marlene von ihnen gehört. Aber sie waren ja auch bei der Verwandtschaft in den USA. Schon seit vier Jahren. Die Ärmsten, Karl hatte sie praktisch aus dem Haus gejagt.

Boris war so verblüfft, dass ihm nichts mehr einfiel. Karl hatte sie zwar nie mit einem Wort erwähnt, aber das war ihm nicht weiter aufgefallen.

»Sind ja auch nicht seine«, verriet die Nachbarin. »Die hat Marina mit in die Ehe gebracht. Sie waren Kleinkinder, so drei, vier Jahre alt. Ihr Mann hatte einen Unfall. Tragisch, so jung.«

Ihr Mann nickte. »Nette Jungs, Robert und Fred, die sollten den Betrieb übernehmen.«

»Ich weiß auch nicht genau, was vorgefallen ist. Jedenfalls sind die ganz plötzlich nach Amerika. Angeblich, um da Weinbau zu studieren. Als wär Geisenheim nicht gut genug. Tja, dann. Dann fing der Karl an mit dem roten Riesling. Ich weiß noch, wie der die Wingerte gerodet hat. Mei, wir haben gedacht, jetzt ist er durchgedreht, wie ein Berserker ist er durch die Reben. Aber, siehst du, Boris, hat ja geklappt. Zuerst war's schwer, aber dann ...«, sie ließ den Satz in einer weitschweifigen Armbewegung auslaufen.

»Was ist denn jetzt mit den Jungs? Wieso hat er sie rausgeschmissen?«

»Er hat nie mehr über sie gesprochen.«

»Und man durfte nichts sagen, dann wurde er fuchsteufelswild«, fiel ihr Mann ein.

»Aber ihr habt doch bestimmt Gerüchte gehört«, Boris konnte es nicht glauben.

»Sicher, Gerüchte. Ist jetzt auch egal, nach allem. Die Jungs werden es schwer haben, wenn sie weitermachen wollen. Marina will ja verkaufen. Wird das Beste sein.«

Boris wurde ungeduldig. »Was denn für Gerüchte? Jetzt lasst euch doch nicht jeden Wurm aus der Nase ziehen.«

»Aber das kommt nicht in die Zeitung!« Die Nachbarin drohte mit dem Finger. Dann wurde sie ernst. »Sie sollen den halben Gewinn von einem Jahrgang gemopst haben. Der Karl wollte das Haus kaufen, in dem du gewohnt hast. Als der alte Jupp tot war, stand das zum Verkauf. Dein Bekannter und noch ein paar haben es geerbt. So eine Erbengemeinschaft bringt nur Ärger, kennen wir von Tante Erna. Bei denen war das auch so, deshalb wollten sie verkaufen, bar, zum Teil jedenfalls. Frag mich. Wahrscheinlich Schwarzgeld vom Karl und schwarz für die Erben. Alles war parat. Karl wollte praktisch das Geld aus der Tasche ziehen, da war es weg. Die Jungs haben es verzockt, in Bad Neuenahr.«

»Großer Gott! Und ihr habt nie mehr was gehört?«

»Vor einem Jahr, stimmt doch Rolli, oder? So ungefähr um die Zeit, da hat Marina mal zu mir gesagt, dass die beiden zurückkommen würden. Sie hätten schon ein paar Mal mit Karl telefoniert. Marina hielt sich sonst immer bedeckt, aber sie hat sich so gefreut, sie musste es einfach jemandem sagen. Hatte es nie leicht mit Karl.« Betrübt schüttelte sie den Kopf.

»Und, sind sie gekommen?«

»Bis jetzt noch nicht. Ich hab dann mal gefragt, da hat sie nur gesagt, dauert noch was, aber sie reden wieder miteinander.«

»Wussten Sie das, Kommissar Maijer?«, fragte Boris ihn später.

»Dass die Söhne in den USA leben? Ja, aber das war für die Ermittlungen unerheblich. Warum sie weg sind, wusste ich nicht.«

»Hm.«

»Außerdem ändert das ja nichts.»

»Ja, stimmt schon, es ändert nichts und geht mich auch nichts an. Ich bin nur völlig überrascht.«

»Kommen Sie, wir gehen rein. Wir sind hier zwar schon mal durch, aber man weiß nie.« Maijer machte eine vage Geste und nahm Boris den Schlüssel aus der Hand und öffnete die Tür. Es roch nach Staub und vergammeltem Blumenwasser. Auf dem Dielentischchen stand eine Vase mit den Überresten eines Straußes. Boris stellte sie nach draußen auf die Treppe und öffnete ein Fenster.

Während Maijer sich von Raum zu Raum durcharbeitete, ging Boris direkt ins Büro. Er erinnerte sich an das letzte Mal, dass er in diesem Raum gewesen war. Karl hatte am Schreibtisch gesessen und ihm begeistert seine Plakatentwürfe gezeigt. Aber hatte er ihm nicht immer irgendetwas begeistert gezeigt? Hatten sie überhaupt jemals über etwas anderes als den roten Riesling oder Carlo gesprochen?

Die Türen des großen Schrankes quietschten in den Scharnieren. Boris begann, systematisch von unten nach oben jedes Fach und jede Schublade zu durchsuchen. Er sah sogar unter die Schubladen. Als jede kleine Spinne aus ihrer Ecke verscheucht war, hebelte er den Schrank mithilfe eines Bretts von der Wand. Auch dahinter nur Staub und ein paar Korken.

Der Schreibtisch enthielt nichts Interessantes außer einer Postkarte aus dem Nappa Valley, die mit *Robert* und *Fred* unterschrieben war. *Viele Grüße zum Geburtstag, Papa.* Sie war vom vorigen Jahr. Die Nachbarin hatte also nichts Falsches erzählt. Und Karl hatte die Karte immerhin aufgehoben. Boris nahm sie mit zu Maijer, der inzwischen oben im Schlafzimmer kramte.

Marina hatte den Schrank leer geräumt, eine Tür stand auf. Von Karls Kleidung war jede Spur verschwunden. Vor ihnen lagen ein paar aussortierte Sachen unordentlich in einem Fach, den Rest hatte sie mitgenommen. Auf dem Bett waren Plastiktüten verteilt, einige Kleiderbügel und vereinsamte Stoffgürtel. Ein einzelner Knopf mit abgerissenen Fäden lag auf dem Nachttisch. Das Licht war diffus, als könnte es sich auch nicht zum Hierbleiben entschließen. Der Raum deprimierte Boris, er ging weiter in das Gästezimmer.

Nach fast zwei Stunden hatten sie das Haus komplett durchsucht. Boris' Stimmung sank zusehends, als auch der vielversprechende Dachboden eine Niete war, auch Maijer war kein Ausbund an Heiterkeit. Keiner hatte gefunden, was er erhofft hatte. Sie verließen das Gebäude und schlossen hinter sich ab. Fast gleichzeitig sogen sie tief die klare, herbstliche Luft ein.

»Wollen Sie mit in den Keller?« Maijer hielt den großen Schlüssel hoch.

Boris schluckte und nickte.

Die Treppe erwies sich als schwierigste Hürde. Als er einmal unten war, neben sich den Kommissar, fühlte er gar nichts. Die Räume waren in das gleißende Licht aller verfügbaren Lampen getaucht. Es blieb kein Platz für Schattengestalten. Die Regale mit den Einmachgläsern konnten profaner nicht sein, und selbst die Kühltruhen wirkten, als stünden sie für den Sperrmüll bereit. Marina hatte sie ausgeräumt und abgestellt. Die Deckel lehnten an der Wand, innen klebten Reste von Blut an den Wänden.

Boris dachte sofort an Wildschweinrücken und Rehkeulen. Andere Vorstellungen scheiterten an den türkisblauen Plastikwänden und den angenagten, verfärbten Gummidichtungen. Boris war so schlau, es dabei zu belassen. Mit dem Gefühl, gerade noch einmal davongekommen zu sein, verließ er den Keller.

Maijer wühlte noch ein paar Minuten herum und kam dann auch wieder an die Oberfläche. »Pleite auf ganzer Linie. Verdammt! Ich hatte so gehofft, dass ich irgendetwas finde. Irgendetwas«, wiederholte er und drehte sich langsam im Kreis. »Den Schuppen, den sehen wir uns jetzt auch noch an, dann ist Schluss.«

Das Schuppentor war nicht verschlossen. Ein Holzriegel verlief über die ganze Breite und rastete in einer Maueröffnung ein. Innen hatte Marina blaue und schwarze Säcke mit Abfall gelagert. Krimskrams, hauptsächlich Papier, Plastik, Metall. Vier Säcke von der Kleidersammlung. Maijer und Boris standen unschlüssig da.

»Ich hab keine Lust mehr«, meckerte Boris, sein Schlüsselbein schmerzte.

»Ich nehm die Papiersäcke mit. Da kann sich unser Praktikant mit Vergnügen durchwühlen. Die Kleidersäcke seh ich schnell durch.« Maijer öffnete den ersten Sack, schüttelte die Sachen auf den Boden und fand eine blaue Strickjacke.

* * *

Boris lag im Bett. Er war todmüde und gleichzeitig hellwach. Der Besuch in Mesenich hatte ihn mehr aufgewühlt, als er gedacht hatte. Er versuchte zu lesen, konnte sich aber nicht konzentrieren. Im Fernsehen kam nur Schrott, Musik wollte er nicht, Milch auch nicht. Er stand auf und trottete zum Fenster. Im Hof brannte ein Licht, er konnte das Gartenhäuschen sehen, hinter dem sich die Kinder versteckt hatten. Während er darauf starrte, fügten sich ein paar Puzzleteile aus dem Innenhof mit denen von Mesenich zusammen.

Boris hielt die Luft an, griff zum Stift und hielt ein paar Stichworte fest, um keinen Gedanken entschlüpfen zu lassen. Anschließend rief er Maijers Festnetzanschluss im Präsidium an und bat ihn, am nächsten Morgen zurückzurufen. Er löschte das Licht, legte sich hin und schlief sofort ein.

28. Kapitel

Marina Petit zupfte an den schlaffen Strähnen ihrer Haare, ihr Nagellack war abgeblättert, das T-Shirt fleckig von der Suppe, die sie im Zorn an die Wand geworfen hatte. Sie zog die fünfte Zigarette innerhalb einer Viertelstunde aus der Schachtel.

Das *Rauchen verboten*-Schild prangte unbeachtet an der Wand. Kriminaloberkommissar Maijer war der Ansicht, dass das Verbot kontraproduktiv war, und setzte sich darüber hinweg. Er hatte mehr als einmal Ärger mit seinen Kollegen deswegen gehabt. Aber solange er von sich aus für offene Fenster sorgte, hielt sich seine Vorgesetzte die Nase zu. Sie wusste, was sie am erfolgreichsten Ermittler ihres Teams hatte.

Der Tisch im Verhörzimmer des Präsidiums trug die Spuren unzähliger Kaffeebecher, die Ringe ergaben ein hübsches Muster, das sich nicht schlecht auf einem Fenstervorhang gemacht hätte. Für Feinheiten der Hausdekoration fehlte Marina indes der Blick, ihr stand der Sinn nach Rache.

Bernd Maijer hatte sie bei ihrer Freundin in Cochem aufgestöbert. Noch am Abend, nachdem er die Jacke gefunden hatte, hatte er sie ins Präsidium nach Koblenz zum Verhör gebracht. Die Jacke musste noch untersucht werden, aber er war sicher gewesen, dass sie die Mordwaffe im Fall Yvonne Blasius war. Kaschmir, hatte die Forensik festgestellt, als sie den blauen Flusen von Yvonnes Lippen analysiert hatten. Kaschmir stand im Etikett.

Marina war seit vier Tagen in Untersuchungshaft, das Ergebnis der Forensik am Morgen gekommen. Maijer saß an der Kopfseite des Tisches und hatte ihr den wichtigsten Punkt des Berichtes vorgelesen. Flusen und Jackenmaterial stimmten überein.

Maijer spürte, dass sie ihre Wut auf Karl kaum im Zaum halten konnte, sie drängte mit aller Macht an die Oberfläche. Sie kochte innerlich, zappelte nervös auf dem harten Stuhl herum. Sie steckte eine neue Zigarette an, in der irrigen Hoffnung, mit dem Rauch auch Selbstbeherrschung einzuatmen.

Jetzt war es nur noch eine Frage der Zeit. Maijer entspannte sich und ließ neuen Kaffee bringen. Im Plauderton meinte er: »Ihr Mann hat wirklich einen sehr guten Wein gemacht. Gestern Abend haben meine Frau und ich eine Flasche zum Abendessen getrunken. Von dem neuen, diesem roten Riesling. Ganz köstlich zu Ente.« Er lächelte Marina zu und rührte etwas Zucker in seinen Kaffee. Ein netter Plausch zwischen Bekannten.

Marina schnaubte. »Karl? Karl? Das war auch das Einzige, was er konnte. Dieser Scheiß-Wein! Der hat doch unser ganzes Leben ruiniert. Aber es hieß ja immer nur ›roter Riesling, roter Riesling‹.« Marina verfiel in einen gehässigen Singsang. »Roter Riesling hinten, roter Riesling vorne.«

»Und davor?«

»Davor?«

»Was war denn mit dem Haus vom alten Jupp, das wollte Ihr Mann doch kaufen, oder?«

Damit hatte Marina nicht gerechnet. »Ja«, winkte sie ab. »Kann sein.«

»Kann sein?«

»Wusste er nicht genau.« Sie begann, an einem Taschentuch zu zupfen. »Und was soll das überhaupt?«

»Ihre Söhne Robert und Fred sind seit über vier Jahren in Amerika.«

Marina sah ihn misstrauisch an. »Na, und? Viele studieren in den USA. Was haben meine Kinder damit zu tun?«

Maijers Tonfall war mild wie eine Sommernacht. »Ihr Mann ist sehr großzügig gewesen, ihnen ein Weinbaustudium in Kalifornien zu finanzieren.«

Marina zuckte, als würde sie gleich auf ihn losgehen. Ihr Kopf nahm eine knallrote Färbung an. Gleich würde sie platzen, dachte Maijer. Und so war es. Sie kreischte hysterisch, bis ihr die Tränen über das Gesicht liefen. Als sie sich etwas beruhigt hatte, zischte sie: »Großzügig? Der? Robert und Fred müssen sich ihr Geld selbst verdienen, und sie wohnen bei Verwandten. Und freiwillig sind sie ganz bestimmt nicht hier weg. Der Idiot hat sie weggeschickt. Als es drauf ankam, da hat er sie im Stich gelassen. Immer haben sie zurückgesteckt, immer. Keine Ferien, kein Motorrad, die nächste Disco fünfzig Kilometer weg. Glauben Sie, das ist schön für einen 20-Jährigen? Behandelt zu werden wie ein Kind? Arbeiten, ja, das durften sie, da waren sie gut genug für. Und dann dieses Getue, von wegen ihr erbt mal alles, ist doch nur für euch. Lächerlich! War nur für ihn, den Scheiß-Kerl! Scheiß-Wein!« Sie hatte alles hervorgesprudelt, ohne Luft zu holen, jetzt japste sie.

Maijer stellte ein Glas Wasser vor sie hin. Marina trank es in einem Zug aus, wischte sich den Mund mit dem Handrücken und redete ohne Punkt und Komma weiter. »Und dann hat Robert das Geld genommen und die zwei haben sich mal einen schönen Abend gemacht. Na, und? Klar, sie haben Pech gehabt. Aber wenn nicht, hätten sie es zurückgegeben und noch mehr dazu. Karl wollte das natürlich nicht hören. Für den gab's nur, dass sie geklaut hatten. Ich bitte Sie, geklaut! Ich hab ihn angefleht. ›Karl‹, hab ich gesagt, ›Karl, die Jungs haben es doch nur geliehen.‹ Ha, da hätten Sie mal sehen müssen, da ist er erst richtig wütend geworden.« Sie japste wieder und sah plötzlich unendlich müde aus. »Er hat sie weggeschickt. Nach Amerika, zu Verwandten von ihm. Sonst würde er sie anzeigen, hat er gesagt, wie Verbrecher. Dabei waren sie doch wie seine eigenen Kinder.« Sie sprach jetzt langsamer und leise. Sie seufzte. »Er wollte sie nicht mehr zu Hause sehen. Hat sie aus dem Testament gestrichen. Ich bin einmal im Jahr hingefahren. Die Verwandten sind in Ordnung, machen Wein in Kalifornien, und Robert und Fred haben viel gelernt. Seit letztem Jahr haben sie zwei-, dreimal mit Karl telefoniert. Ich hab mit Engelszungen geredet, damit er ans Telefon geht. Die Jungs haben ihm zum Geburtstag geschrieben.«

Maijer sagte: »Sie wollten wieder nach Hause?«

»Ja, sie wollten nach Hause. Und ich hatte Karl fast dazu überredet.« Sie holte tief Luft und sagte plötzlich wieder wütend: »Was denken Sie, warum ich es solange mit dem Scheißkerl ausgehalten hab? Seine Launen ertragen. Ja, mit anderen Leuten, da war er charmant. Konnte sich keiner vorstellen, wie der zu Hause war, keiner. Aber ich hab ausgehalten, meine Kinder sollten schließlich ihr Erbteil wiederkriegen. Steht ihnen ja wohl zu! Aber dann kam der scheiß rote Riesling und der dämliche Carlo, und der Laden lief wieder, und Karl meinte, er brauche die zwei noch nicht hier. Da hab ich wieder geredet und getan. Schließlich hatte ich ihn so weit, zu Weihnachten sollten sie kommen.«

»Und dann kam Yvonne«, meinte Maijer beiläufig.

»Yvonne«, sagte Marina in resigniertem Ton, »war ein Biest. Sie hätte mit einem Schlag alles kaputtgemacht.«

»Sie wollte Sie erpressen.«

»Sie wollte Karl erpressen, der hat sie auch umgebracht.«

»Mit Ihrer Jacke?«

»Die lag da wohl gerade.«

»Auf dem Friedhof?«

»Ich war morgens da zum Gießen. Da hab ich sie bestimmt vergessen.«

»Lassen wir das erst mal. Woher wusste denn Yvonne, dass Karl seine Schwester ermordet hatte? Denn das wusste sie doch?«

»Karl hat mir erzählt, dass Yvonne gesehen hat, wie er Helene in die Truhe gelegt hat. Sie hat nicht schlafen können, ihr war warm, da hat sie sich in den Innenhof gesetzt, neben dem Schuppen steht so ein Trog. Da saß sie und hat zugeguckt, wie er Helene in den Keller getragen hat. Karl konnte sie nicht sehen, an der Stelle ist es ganz dunkel.«

»Vielleicht hat Yvonne aber auch Sie beobachtet.«

»Mich? Ich hab Helene nicht umgebracht. Karl ist alles schuld.«

Maijer sagte nichts. Er stand auf und ging vor die Tür. Er holte sich ein Glas Wasser und schluckte eine Migränetablette. Er war es leid und müde. Er lehnte sich an die Wand und schloss für eine Minute die Augen, dann betrat er wieder das Verhörzimmer.

»Karl hat für die Tatzeit ein Alibi. Frau Petit, Sie haben Yvonne umgebracht.«

»Quatsch, warum denn?«

»Weil Yvonne beobachtet hat, wie Sie Karl beobachtet haben. Yvonne war nicht die Einzige, die gesehen hat, wie Helenes Leiche transportiert wurde. Sie haben es ebenfalls gesehen.«

Marina schluckte.

»Und Sie wurden noch einmal gesehen, auf dem Friedhof«, bluffte Maijer.

»Das kann gar nicht sein. Ich war im Allgäu, als Yvonne ermordet wurde.«

»Sie sind erst nachmittags gefahren, wir haben mit Ihrem Angestellten gesprochen. Zeit genug, Yvonne auf dem Friedhof zu treffen.«

Marina fiel in sich zusammen wie ein Soufflé bei Durchzug.

29. Kapitel

Aber warum hat Marina diese Yvonne letztendlich umgebracht? Das verstehe ich immer noch nicht.«

Marlene, Claudio und Boris standen in Serralunga in der Küche herum. Jeder hatte ein Glas Barolo in der Hand, und eigentlich wollten sie kochen. Der Bericht über die Mesenicher Verwicklungen nahm aber so viel Aufmerksamkeit in Anspruch, dass sie nicht weitergekommen waren, als den Wein einzugießen.

»Marina hatte Karl beim Einfrieren Helenes beobachtet. Ich hab gestern Morgen mit dem Kommissar gesprochen«, sagte Boris. Er war spät in der Nacht angekommen, sofort ins Bett gefallen und spät aufgestanden. »Ich hatte eine Idee, die Maijer gefallen hat. Er hat Marina verhört, sie damit konfrontiert und schließlich hat sie den Mord gestanden. Dass Maijer die Jacke gefunden hat, also das Mordwerkzeug, hätte wahrscheinlich schon gereicht, aber als er ihr den Tathergang serviert hat, ist sie zusammengeklappt. Jetzt hat er wenigstens ein schönes Geständnis mit allem drum und dran. Also – Marina war ganz simpel im Keller, um eine Flasche zu holen, da kam er mit der Leiche die Treppe heruntergepoltert. Sie hat sich versteckt und Karl beobachtet. Yvonne war draußen und hat nacheinander Marina und später Karl plus Leiche in den Keller gehen sehen und dann kam Karl minus Leiche und fünf Minuten danach Marina aus dem Keller heraus. Karl ging sofort in sein Büro und Marina ging mit einer Flasche Wein aus der Kellertür nach rechts, wo sie vom Haus aus nicht bemerkt werden konnte. Yvonne hat sich dann am nächsten Tag mit Marina auf dem Friedhof verabredet. Marina hat sie gesagt, sie hätte durch das kleine Kellerfenster gesehen, was Karl getan hat, deshalb würde sie gerne 50.000 Euro haben und einen Anteil am Weingut, sonst würde sie zur Polizei gehen. Sie muss angenommen haben, die beiden steckten unter einer Decke. Was sie nicht bedachte, weil sie es nicht wusste, war, das Karl keine Ahnung hatte. Er wusste noch nicht, dass seine Frau ihn beobachtet hatte. Das war Marinas Versicherung, das Weingut für ihre Söhne zu retten. Ihr eigenes kleines Erpresserspielchen, ihre Rückversicherung, die sie bei Bedarf einsetzen wollte.«

»Wahrscheinlich hatte Yvonne Angst vor Karl«, warf Claudio ein. »Sie hat gedacht, mit Marina hätte sie leichteres Spiel.«

»Marina wollte ihr Wissen also selbst als Druckmittel benutzen«, fuhr Boris fort, »um ihre Söhne wieder nach Deutschland zu holen, falls das auf ›normalem‹ Weg nicht funktionieren würde. Karl zierte sich noch immer. Vielleicht hätte sie ihr sogar das Geld gegeben, aber was ihr zu schaffen machte, war der Anteil am

Betrieb. Sie hatte für ihre Söhne gekämpft und der Sieg war zum Greifen nah. Da kam diese dahergelaufene Tussi, die meinte, was Besseres zu sein, und wollte dazwischenfunken. Das konnte Marina nicht zulassen. Sie ist in Wut auf Yvonne losgegangen und hat sie gegen den Grabstein geschubst. Yvonne ist mit dem Kopf auf den Stein aufgeschlagen und bewusstlos liegen geblieben. Bis hier konnte sie sich noch mit Affekt rausreden, aber Marina sah ihre Chance und hat sie ergriffen. Sie nahm ihre Jacke und hat Yvonne erstickt. Dann hat sie den Absatz abgebrochen und das Mädchen so hingelegt, als wäre sie über den Begrenzungsstein gestolpert. Danach ist sie nach Haus gelaufen und abgedüst ins Allgäu. Die Jacke hat sie mitgenommen, deshalb wurde sie nicht gefunden, und sie stand ja auch nicht unter Verdacht. Der Koffer war schon gepackt und sie wohl auch in Panik.«

»Na, wenigstens das«, meinte Marlene lakonisch.

Claudio hielt den Rotwein ins Licht und trank dann einen Schluck. »An deiner schönen Mosel geht es schlimmer zu als in Turin. Übrigens, Gianna hat versucht, dich zu erreichen. Sie hat wenigstens dreimal hier angerufen.«

»Sie hat doch meine Handynummer«, Boris hatte plötzlich Herzklopfen.

Marlene lachte. »Ich glaub, sie hat Hemmungen. Du solltest sie anrufen. Aber noch mal eben zu Marina. Wie bist du darauf gekommen, dass Marina wusste, was Karl getan hat?«

»Erinnerst du dich, als wir miteinander gesprochen haben? Ich hatte da gerade im Garten Kinder beobachtet, die einander beobachtet haben. Zum Schluss hast du gesagt, jetzt kannst du wieder Street View spielen. Das ist mir eingefallen. Dass Yvonne Marina und Marina Karl bespitzelt haben könnte. Ziemlich verdreht, aber so war es dann tatsächlich.«

»*Poverini*, die Söhne, zwei Mörder als Eltern.« Claudio stellte sein Glas ab und griff zur Kasserolle. »Nerolina hat Hunger«, meinte er mit einem Blick auf den großen schwarzen Hund, der zu ihren Füßen lag. »Und ich auch.« Er holte einen Lammrücken aus dem Kühlschrank und begann, ihn zu zerteilen. Marlene schälte Kartoffeln, und Boris legte eine Handvoll Schalotten auf den Tisch, die gehackt werden mussten.

30. Kapitel

Der nächste Tag war ein Sonntag. Herbststürme fegten über die Hügel des Piemont. Um den Festungsturm von Serralunga flatterten Krähen. Ihr Krächzen begleitete die Wolkenfetzen, die über sie hinwegrasten.

Boris sah hoch zur Turmspitze und schloss die obersten Knöpfe seiner Jacke. Es war nicht schwer vorstellbar, wie es in früheren, dunkleren Zeiten hier zugegangen sein musste. Wenn sie denn dunkler gewesen waren. Vielleicht war das, was heute hell erschien, damals als Ausbund der Finsternis angesehen worden, dachte er.

Boris seufzte. Er spürte die Melancholie aufziehen, leise zupfte sie an seinem Ärmel, komm' mit. Aber Boris wollte nicht.

Er straffte sich, atmete durch und sagte laut: »Nix da, ich ruf dich jetzt an, Gianna, da kannst du machen, was du willst.«

Er drückte auf die 13 (seine Glückszahl), das war Gianna, deren Nummer er seit über einem Jahr gespeichert, aber nur dreimal angerufen hatte. Das letzte Mal war es zu Weihnachten gewesen.

Er hatte Herzklopfen, als er den Klingelton hörte. Nach dem fünften Mal, gerade wollte er erleichtert auflegen, meldete sie sich.

»*Qui Gianna Lerouge, production de jambons.*«

»Gianna«, er räusperte sich.

»Boris!«, sie hatte ihn sofort erkannt. »Boris, wie geht es dir?«

Sie redete, wollte alles über den Überfall wissen, erzählte von ihren Schweinen und war ab und zu still, damit er auch einmal zu Wort kam. Sie lachten, und Boris verspürte eine wohlige Wärme, die ihn trotz des ruppigen Wetters umfing.

Er erzählte, dass er gerade in Italien war und von den Weinbergen an der Mosel, die er ihr gerne zeigen würde.

»Ich möchte dich bald sehen«, sagte er, als er Giannas Türglocke hörte.

»Ah, das ist Jean, der holt seinen Schinken.« Ihre Absätze klapperten auf dem Fliesenboden. Boris sah sie durch die Küche in den Vorraum gehen. »Ich mach jetzt mal eben die Tür auf, Boris, ich leg dich auf das Tischchen, *un moment*.«

»Grüß Jean!«, rief er ins Burgund. Dann hörte er, wie die Tür geöffnet wurde, die kleine Glocke an der Klinke bimmelte sanft.

»Gianna!«, sagte Paolo Pero.

Die Rezepte

Rezepte mit * sind dem Buch *Küchenschätze von der Mosel* von Gisela Allkemper entnommen.
Die angegebenen Mengen reichen für vier Personen.
Die empfohlenen Weine stammen von der Mosel.

Loast et eich schmacke!

* * *

Ein typisches Moselmenü, das die Freunde gekocht hätten, wäre ihnen keine Leiche in die Quere gekommen:

Vorspeise

SAUERER STAMBES*

Kartoffelpüree
Essig

Das warme Püree mit etwas Essig pikant säuern.

250 g Mehl
2 Eier
1/2 l Milch
Salz

Einen Pfannkuchenteig bereiten und kurz quellen lassen. Pfannkuchen backen und sofort mit dem warmen Püree füllen und aufrollen.

MAUSOHRSALAT
(Feldsalat)

Zwei Hände voll Mausohren

waschen, putzen

1 Schalotte, sehr klein gehackt
neutrales Öl
Weißweinessig
etwas scharfer Senf
Salz, Pfeffer, Zucker

in kleinem Topf gut vermischen, pikant abschmecken und leicht erwärmen, sofort über die Mausohren gießen und servieren.

Salat und eine kleine Pfannkuchenrolle (oder eine Scheibe) zusammen auf einem Teller anrichten.

Ein einfacher Grauburgunder ist der ideale Begleiter.

Hauptgericht

TRESTERFLEISCH*

8-10 Pers.

2 kg gepökelter Schweinenacken
3 Zwiebeln, gehackt

1 l trockener Riesling
2 l Wasser
1/4 l Tresterschnaps
1/2 TL Pfefferkörner
1 TL Wacholderbeeren
3-4 Lorbeerblätter
Zucker

In das Fleisch eine Tasche schneiden und mit den gehackten Zwiebeln füllen, zusammenbinden.

Aus den restlichen Zutaten einen Sud mischen, das Fleisch hineinlegen und 3-4 Tage beizen.

Fleisch und Sud im Bräter bei 180°C 2 Std. garen.

Mit Zucker und Wein abschmecken.

Aufgeschnittenes Fleisch mit Sud im Suppenteller servieren.

Roter Riesling oder eine Riesling Spätlese, beide halbtrocken, können sich neben dem kräftigen Gericht sehen lassen.

Weingelee*

abgeriebene Schale einer Zitrone
125 g Zucker
einige EL Wasser

miteinander zu Sirup verkochen.

1 Flasche Weißwein oder
Viez (Apfelwein)

mit dem Sirup vermischen.

2 Päckchen gemahlene Gelatine auflösen und unterrühren, kaltstellen

Mit Makrönchen und Vanillesauce, Winzersekt, Beerenauslese, Eiswein – ganz nach Geschmack

* * *

Rilles-Ralles*

2 kg Kartoffeln schälen, mitteldicke Scheiben
150 g durchwachsener, geräucherter Speck
4 dicke Zwiebeln, gehackt
Salz, Pfeffer, Muskat, Butter

Kartoffeln schälen und in mitteldicke Scheiben schneiden.

Die Hälfte der Kartoffelscheiben auf einem gebutterten Blech mit hohem Rand verteilen.

Speck würfeln und auslassen. Die Hälfte auf die Kartoffeln geben, ebenso das Fett.

Mit der Hälfte der Zwiebeln belegen und würzen.

Wiederholen, zum Schluss Butterflöckchen darauf setzen, ca. 45 Min. bei 200°C garen.

Wer will, kann geschlagene Eier darübergießen.

Trockener, kalter Riesling in Schoppenqualität.

* * *

Kaninchen mit Kräutern

(für 6 Pers.)

1 Kaninchen, in Portionsstücke geschnitten
Kaninchenleber, in kleine Stücke geschnitten

1 Zwiebel, gehackt
1 Möhre, gewürfelt
2 Selleriestangen, feine Scheiben
1 TL Thymian
1 TL Majoran
1 TL Oregano
7 Wacholderbeeren
8 Salbeiblätter
1 Lorbeerblatt

300 ml trockener Weißwein

Kaninchen in eine Schüssel legen, die Zutaten darauf

verteilen, salzen, Wein dazugießen und wenden. 8 Std. zugedeckt marinieren.

Fleischstücke herausnehmen, trocknen und in Butter und Olivenöl anbraten. Marinade sieben und die festen Bestandteile zum Fleisch geben. Ca. 1 Std. zugedeckt bei kleiner Hitze garen. Die Rückenstücke nach 1/2 Std. herausnehmen.

Ab und zu etwas Marinade zugießen. Zum Schluss die Sauce mit Salz und Pfeffer abschmecken. Evtl. mit Mehl andicken.

Dazu Polenta und Gemüse der Saison.

Ein frischer Arneis aus dem Piemont ist hier der Wein der Wahl. Will man an der Mosel bleiben, nimmt man Grauen Burgunder oder Auxerrois.

* * *

Bonèt

(für 8 Pers.)

4 Eier
4 EL Zucker
2 EL Kakaopulver
50 g Amaretti, zerbröselt
2 EL Rum
1/2 l Milch

Eier und Zucker schaumig schlagen, mit den restlichen Zutaten zu einer homogenen Masse vermischen.

2 EL Zucker in einer Pfanne karamellisieren, mit wenig Wasser zu einer zähflüssigen Sauce verdünnen.

Die Sauce in eine Kastenform gießen und rundum verteilen. Die Masse einfüllen, zugedeckt bei 180°C im Wasserbad 30 Min. stocken lassen. Abkühlen, stürzen, in Scheiben schneiden.

Portwein, roter Banyuls

* * *

Cocktail Red Forest

2 cl trockener Wermut
1,5 cl Grenadinesirup
0,1 l grauer Burgunder
1 Spritzer Zitrone
1 Eisklümpchen

In ein großes Weinglas gießen und ein paar Blättchen Zitronenmelisse dazugeben.

* * *

Martini dry

2/3 Dry Gin
1/3 trockener Wermut
2 Spritzer Orangenbitter

Alle Zutaten in einem großen Glas mit Eis verrühren,

über ein Sieb in ein Martiniglas gießen.

Nach Bond wird geschüttelt.

Klassisch wird gerührt, was den Cocktail klar bleiben lässt.

Nach Churchill reicht es für einen trockenen Martini, wenn die Wermutflasche im Zimmer steht.

Danksagung

In der Reihenfolge ihres Auftretens danke ich ganz herzlich für die bereitwillige und liebenswürdige Hilfe:

Dipl.-Ing. Bettina Lindner vom Institut für Rebenzüchtung der Hochschule Geisenheim, die mir den »Roten Riesling« nahebrachte, mir Proben schickte und eine ungeheuer interessante Führung durch die verschiedenen Gebäude und Weingärten der Hochschule mit mir unternahm.

Kellermeister Roger Grundel, der mich ein paar Schätze probieren ließ und einen spannenden und amüsanten Einblick in die Kellertechnik des Instituts gab.

Martin Arens, der mit seinem historischen Wissen über Mesenich, die Brauereiruine und das Leben an der Mosel meine vielen Fragen beantwortet hat.

Wolfgang Lambertz, Bürgermeister von Cochem, der sich die Zeit nahm, mir einiges über den Bau des Kaiser-Wilhelm-Tunnels zu erzählen.

Karla Stephan von der MDM Münzhandelsgesellschaft mbH & Co. KG, die mir riet, mich an Dr. Hagen

Bobzin zu wenden. Er half mir, die verwirrende Vielfalt der Münzen im Preußen des 19. Jahrhunderts (ein bisschen) zu verstehen.

Claudia Müller und Helmut Zirfas von der Pressestelle des Polizeipräsidiums in Koblenz, die meinen Polizisten zu den richtigen Rängen verhalfen und auch komische Fragen ernsthaft beantworteten.

Zum Schluss sei noch Dr. Yvonne Treis erwähnt, in deren Buch *Ein Kaffee zum Mitholen* das Moselfränkische so schön erklärt wird. Leider habe ich es dann doch nicht angebracht – für mich Niederrheinerin war es zu schwierig.

Ohne Sie alle wäre ich nicht weitergekommen, mit Ihnen allen hat die Recherche viel Spaß gemacht.

Danke!

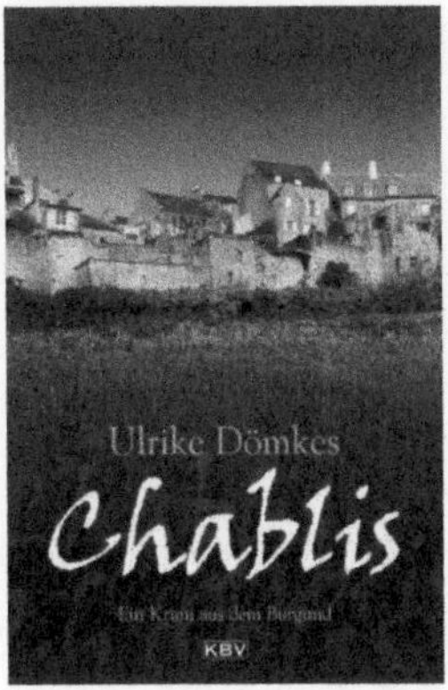

Ulrike Dömkes
CHABLIS

Taschenbuch, 224 Seiten
ISBN 978-3-95441-186-3
9,50 EURO

Es sieht zunächst nach einem entspannten Urlaub im nördlichen Burgund aus. Die deutsche Weinhändlerin Marlene Roth und ihr Lebensgefährte Claudio Manera genießen die traumhafte Landschaft, das gute Essen und natürlich den Chablis, bis eines Morgens im Wasser der Fosse Dionne, einer kreisrunden Karstquelle am Rande des Städtchens Tonnerre, die Leiche einer jungen Frau gefunden wird.

Von einem Moment auf den anderen ist der ganze Ort in hellem Aufruhr, und Marlene und Claudio stecken schon bald bis zum Hals in einer vertrackten Kriminalgeschichte um Lebensmittelfälschung, Erpressung und Mord.

»Neben der Spannung ist es der Humor und die feine Ironie, die die Lektüre vergnüglich machen.« (Kempen Kompakt zu ›Vin Santo‹)

KBV KRIMINALROMAN

KBV KRIMINALROMAN

Heike Rommel

NACHT AUS EIS

Taschenbuch, 400 Seiten
ISBN 978-3-95441-194-8
9,90 EURO

Wenn Dunkelheit und Kälte dich umfangen …

Es ist kalt in Bielefeld. Kurz bevor das Jahr zu Ende geht, wird in einem verfallenen Bauernhaus die Leiche einer jungen Frau gefunden. Kommissar Dominik Domeyer hat die Tote nach Durchsicht der aktuellen Vermisstenanzeigen rasch identifiziert. Es handelt sich ausgerechnet um die sechzehnjährige Freundin seines jüngsten Sohnes. Hat Robin möglicherweise etwas mit dem Mord an dem Mädchen zu tun?
Der Verdacht, der plötzlich auf seinem Sohn lastet, lässt in Domeyers Familie zahlreiche Konflikte aufbrechen. Das Leben des Ermittlers gerät in diesem vorweihnachtlichen Drama völlig aus den Fugen. Seine Frau Betty geht auf Distanz zu ihm, seine beiden Söhne entwickeln Argwohn und offenen Hass gegeneinander, und auch auf der Arbeit läuft es alles andere als rund: Domeyers neuer Chef, der ihn von Anfang an auf dem Kieker zu haben scheint, entfernt ihn wegen Befangenheit aus der Mordkommission und setzt ihn auf eine Vermisstensache an, die zunächst nach einer belanglosen Routineermittlung aussieht.
Doch auch in diesem Fall entdeckt Kommissar Domeyer eine Verbindung zu seiner Familie. Bald stellt sich die Frage: Haben die beiden Fälle etwas miteinander zu tun? Domeyer muss starke Nerven bewahren, um der Wahrheit auf die Spur zu kommen.